重现经典

重现经典编委会

主　编
高　莽

编　委
高　莽　李文俊　叶廷芳
余中先　苏　玲　高　兴
（排名不分先后）

[阿尔巴尼亚] 德里特洛·阿果里 著 By Dritëro Agolli | 郑恩波 译

居辽同志兴衰记

SHKËLQIMI DHE RËNIA E SHOKUT ZYLO

编委会荐语

自林纾翻译外国文学开始,已逾百年。其间,进入中文的外国文学作品蔚为大观,已难以计数。无疑,就翻译文学来说,中国读者是幸运的。几乎每一个受过教育的中国人,都受过外国文学的熏陶,其中的许多人走上了文学的道路。比如鲁迅,比如巴金,比如沈从文。同其他国家相比,中国对外国文学的译介,无论从数量上还是深度上,都处于领先地位。

但在浩如烟海的外国文学世界里,也有许多优秀作家和他们的作品,在不经意之间被我们忽略了。这其中既有时代变迁的原因,也有评论家和读者的趣味问题。有些作家在他们自己的时代大红大紫,但随着时间的流逝而变得湮没无闻。比如赛珍珠。另外一些作家活着的时候并未受到读者的青睐,但去世多年后则慢慢显露出瑰宝般的价值,成为文学经典。比如卡夫卡。除此之外,中国图书市场的巨大变迁,出版者和翻译者选择倾向的变化,译介者的信息与知识不足,阴差阳错的历史契机等等,都会使大师之作与我们擦肩而过。当法国人编著的《理想藏书》1996年在中国出版时,很多资深外国文学读者发现,排在德语文学前十本里的作品,竟有一多半连听都没听说过。即使在中国读者最熟悉的英美文学里,仍有不少作品被我们遗漏。

因此,本书系旨在重新挖掘那些被中国忽略但在西方被公认为经典的作品。对于这些经典，我们的选择标准如下：

1. 从来没有在中国翻译出版过的作家的作品；

2. 虽在中国有译介，但并未受到重视的作家的作品；

3. 虽然在中国引起过关注，但由于近年来的商业化倾向而被出版界淡忘的作家的作品。

以如此标准甄选纳入本书系的作品，当不会愧对中国读者。

至于作品的经典性这里就不做赘述。自然，经典作品也脱离不了它所处的时代背景，反映其时代的文化特征，其中难免有时代的局限性。但瑕不掩瑜，这些作品的文学价值和思想价值及其对一代代文人墨客的影响丝毫没有减弱。鉴于此，我们相信这些优秀的文学作品能和中华文明交相辉映。

丛书编委会

2005年4月于北京

在《居辽同志兴衰记》中，一切都带有讽刺味道，一切都得到美妙的均衡。但是，这种均衡不是靠臂膀支撑的。这是一颗用花瓣裹着的炸弹。阿果里是一位配得上获得全欧洲荣誉的作家。

——法国《费加罗报》

德里特洛·阿果里通过《居辽同志兴衰记》这部讽刺小说，与尼古拉·果戈理赫赫有名的喜剧《钦差大臣》竞美比肩。

——《费加罗报》

米兰·昆德拉出版长篇小说《玩笑》五年之后，《居辽同志兴衰记》一书在阿尔巴尼亚出版了，这两本书在讽刺性方面很相似。

——法国《新观察》杂志

居辽是一个用话语吹起来的皮囊，趾高气扬说大话的人，伪君子，也许他道貌岸然，但又是一个不可救药的傻瓜。

我们可别忘记指出这一点：居辽不只是存在于一个国家，他存在于许多国家，既存在于社会制度相同的国家，也存在于社会制度不相同的国家。

——法国《欧罗巴》杂志

《居辽同志兴衰记》是介于契诃夫、卡夫卡、索尔仁尼琴之间的一部优美、严厉、文学味道浓郁的芭蕾舞。

——意大利《晚邮报》

阿果里出版的这部《居辽同志兴衰记》丰富了世界文学。

——德国《新时代报》

作者对全部事件赋予很高的音调,很少有什么作品能像这部小说这样流畅。这是一部读过之后难以忘怀的小说。谁想了解阿尔巴尼亚的生活,了解全部生活的各个方面,就应当阅读这部讽刺小说。

——德国《法兰克福广讯报》

在阿尔巴尼亚拥有最多读者的作家阿果里,采用一种细致入微的讽刺、幽默和诚意。他清晰地说明:官僚主义不仅存在于阿尔巴尼亚,而且存在于全世界。

——德国《小联盟报》

在阅读《居辽同志兴衰记》这部小说的过程中,你会想起俄罗斯的那些讽刺作家。

——德国《戴斯特和维泽尔报》

目　录 CONTENTS

译序：我所了解的阿果里 /1

第一部
居辽同志在盛大会议上大放光彩 /3
居辽同志期盼一份请柬 /20
居辽同志未能休成假 /35
居辽同志接待来访 /44
居辽同志在医院里看望爸爸 /56
居辽同志接待民间歌手 /62

第二部
居辽同志到山区去 /77
守着酒，居辽同志在农民弟兄中间 /94
居辽同志与人交锋 /107
为了排忧解难，居辽同志写起评论和速写来 /119
有人要求居辽同志紧急回地拉那 /127

第三部

居辽同志遇上点儿灾难 /137

居辽同志在激化关系 /143

彩排时居辽同志谈出几点想法 /150

居辽同志气得直发抖 /162

第四部

居辽同志在海滨浴场休假 /173

居辽同志晒破了皮肤 /201

忧愁之事折磨着居辽同志 /212

居辽同志不失幽默 /229

居辽同志作最后一次演讲 /240

居辽同志在传说的边沿上 /252

译序：我所了解的阿果里

如今四十岁以上的中国人，大概都对《第八个是铜像》、《广阔的地平线》这两部阿尔巴尼亚老电影耳熟能详，可有谁能记得这两部片子的作者竟然是阿尔巴尼亚当代知名度最高、影响力最大的诗人、小说家、文学评论家，一连担任过二十多年阿尔巴尼亚作家与艺术家协会主席的德里特洛·阿果里呢？

四十五年前，笔者在地拉那大学读书时，阿果里才三十岁出头，刚刚从苏联列宁格勒大学新闻系毕业回国，在劳动党中央机关报《人民之声报》任记者。文学对记者来说，犹如母乳对婴儿那么重要，阿尔巴尼亚绝大多数的记者都具有很厚实的文学功底，他们写的通讯、特写，都是具有很强的艺术感染力的报告文学作品，很有可读性。阿果里的文章尤其是这样。

然而，我觉得，阿果里一生事业的主要成就，还是体现在上千首喷发着泥土芬芳的诗歌和真实而生动地反映阿尔巴尼亚人民历史与时代命运的大量小说中。迄今为止，他共出版了《我上了路》、《山径和人行道》、《迟到的朝圣者》、《半夜记事本》等15部诗集和《梅茂政委》（拍成电影时取名《第八个是铜像》）、《带炮的人》、《杯里的玫瑰花》、《居辽同志兴衰记》等十部长篇小说。另外，还有几十篇短篇小说和多部中篇小说。

阿果里是阿尔巴尼亚当代四大诗人之首（另外三位大诗人是伊斯梅尔·卡达莱、法道斯·阿拉比、泽瓦希尔·斯巴秀），泥土诗歌的鼻祖。上个世纪60年代初期，长诗《德沃利，德沃利》一问世，就震动了阿尔巴尼亚诗坛，仿佛在富有优秀传统的阿尔巴尼亚诗海的上空亮出了一道绚丽的彩虹。一个地方的山水草木、风土人情，在外乡人看来，可能平淡无奇，有时甚至显得有失风雅。但是，在热爱家乡的诗人眼里，一山一水，一草一木，却都具有特殊的风韵和异常的魅力。阿果里的故乡德沃利的山水草木，就赋予诗人特殊的灵感和情愫。那清澈甘甜的河水，连绵起伏的山峦、狩猎场、猎狗、大鹏鸟、乡间婚礼、农民的舞姿、闲不住的手，在别人看来也许平常而又平常，但在阿果里的笔下，却是那样的富有生机，那样的令人心醉。诗人把这一切都捧上了美的仙境，赋予它们艺术的内蕴和情趣。现在，让我们品味几段芳香扑鼻的诗行："我要奔赴连绵起伏的山冈，／再到地平线上留下我的脚印；／我愿意和猎手们一起去打猎，／在狩猎场上比比枪法该多开心！／在那里，大鹏鸟展翅拍击苍穹，／猎狗沿着脚印把野兔追寻……""我爱我的妻子，／她具有健壮的体魄，美丽的灵魂！""……我愿痛饮杯中的烈酒，／让它辣歪我的面腮和双唇。／我和德沃利人一起跳舞，／一直跳到夜半更深。""我喜欢德沃利人的婚礼，婚礼上——／苹果吐清香，／肉饼香喷喷。／姑娘们挺起胸脯翩翩起舞。／院子里，她们的脚下扬起烟尘。／这是用辛勤的汗水赢来的婚礼，／怎能不载歌载舞欢庆幸福的时分！"阿果里就是这样把自己对故乡的儿女般的深情同对祖国深挚的爱紧紧地交织在一起，倾诉了对人民的痴情和对祖国的赤诚。全诗感情炽烈浓重，抒情灵活自由，形象奇妙鲜活，语言生动话泼，民俗风情光艳照人。这些均得到读者、文艺界乃至国家高层人士的高度评价。一连多年，在全国城乡的诗歌朗诵会上，《德沃利，德沃利》总是作为大轴子为朗诵会增添格外的光彩和震撼力。

那时候，阿果里的创作正处于第一个高峰期。1974年秋天，他又在《人民之声报》上发表了1400行的抒情长诗《母亲，阿尔巴尼亚》。（不久，诗人在此基础上将它又扩充为3000行的单行本。）这是一首迄今为止阿尔巴尼亚诗歌史中最长的抒情长诗，是一首极富感情色彩、多声部的交响诗。阿果里以罕见的坦诚和独特的细节，赋予生活中的重要事件以鲜明的特色，使全诗高亢激越，轻松流畅。全诗的每一节、每一段都是经过深思熟虑设计出来的，具有深邃的意义。诗中的每一部分内容，都与一定历史时期的关键时刻息息相关。浓缩了的政治势态、社会风情与历史的真实面貌融合得非常协调。这部具有强烈政治色彩的抒情史诗，具有丰富的内容和强烈的感染力，然而并无丝毫政治说教意味，显示出诗人非凡的艺术造诣。阿果里的这首长诗是阿尔巴尼亚当代诗歌的一座高峰，完全可与19世纪阿尔巴尼亚民族复兴时期的大诗人、阿尔巴尼亚新文学之父纳伊姆·弗拉舍里的代表作《畜群和田原》相媲美。这首长诗问世之前，阿尔巴尼亚当代第一大诗人被公认为是伊斯梅尔·卡达莱。而在长诗问世之后，诗坛的第一把交椅，便顺理成章地让给了阿果里，三十年来，没有谁有资格取代他。

　　如同阿尔巴尼亚大多数文人既是诗人又是小说家一样，阿果里从走上文学之路那一天起，就是在诗歌和小说两个园地里同时打开场子的。在地拉那大学读书时，我就读过他的短篇小说集《往昔岁月的风声》中的一些篇章，觉得他的短篇颇有契诃夫小说的韵味，而1970年在《十一月》文学期刊上连载的长篇小说《梅茂政委》，却让我们看到一个真正的社会主义文学大家出现在人们的面前。这部长篇以大众化的朴素而生动的语言，广大群众喜闻乐见的民族形式和撼人心弦的艺术感染力，深广而巧妙地描绘出民族解放战争时期阿尔巴尼亚广大军民战斗和生活的绮丽画卷，准确地反映了那个特殊时期的社会矛盾，隐蔽地烘托出烽火连天、江河呐喊的时代气氛，细致而深刻地再现了在共产党人启发、引导和组织下，人民群众由分散的不觉悟的个体力量变成有觉悟有组织的革命队伍的完整过程，从而突出了共产党对民族解放战争的领导作用。正因为如此，《梅茂政委》便成了阿尔巴尼亚以民族解放战争为题材的小说中的精品。

　　一部小说成败的关键在于作者能否塑造出几个栩栩如生、个性鲜明的人物。阿果里在这方面是很有艺术功力的。《梅茂政委》中的政委梅茂·科瓦奇,医生波洛沃,营长拉波·塔班尼,都被作者写得活灵活现,极富立体感,给读者留下了难以忘怀的印象。特别是拍成电影,经过演员的二度创作之后,这些鲜活可爱的人物形象,显得更加真实可信,简直都成为读者和观众的知己或亲人了。这也是这部小说和根据小说改编的电影《第八个是铜像》受到人们普遍欢迎和很高评价的一个重要原因。

从文学创作的角度来审视,我尤其喜欢《梅茂政委》的灵活而不松散的结构艺术。它通过七名战友护送梅茂政委的铜像进村时一路上的回忆,将战争岁月的风云,令人荡气回肠的往事,以及政委的可歌可泣的战绩,一幕幕地展现在读者和观众面前,使作品的情节极具弹性。

不过,真正使阿果里名声大振,获得欧洲乃至世界声誉的作品,还是长篇讽刺幽默小说《居辽同志兴衰记》。由新闻记者演变而成的作家,一般是既具有政治家的政治素质,又具有文学家的艺术修养。远在上个世纪60年代末,阿果里就以极为灵敏的政治嗅觉洞察到了社会主义国家里某些官员表里不一、脱离群众、追逐名利的丑恶表现。他深刻地认识到:搞得不好,国家的命运可能就葬送在这批官员的手里,于是他便怀着一个作家的勇气和真诚,创作了向两面派领导者发出警告的话剧《第二张面孔》。此剧引起了一些教条主义"批评家"的非难,但是,成熟的阿果里并没有动摇,他觉得话剧《第二张面孔》对这一社会现象的剖析尚欠深刻。随着形势的发展,阿果里对这一问题的认识逐渐加深,这样,他便在70年代初创作了向沾染了官僚主义习气,思想意识和作风急剧蜕变的干部击一猛掌的长篇讽刺幽默小说《居辽同志兴衰记》。需要强调的是,在上个世纪六七十年代那种特殊的政治形势下,阿果里能够洞察到,反映出社会主义制度下某些干部正在变质,可能走向反面这一客观现象,是需要具有很高的马列主义理论修养和无私无畏的勇气的。这一点正是阿果里独有的可贵之处。小说出版后得到广大读者和文艺界同行的赞扬,发行量很大,第一版就印了21000册,后来又再版多次,并且很快被译成了法文、德文、意大利文、俄文、希腊文、保加利亚文等多种文字。在这些国家出版后也非常畅销。评论家称阿果里是20世纪的果戈理,赞美他具有可与卡夫卡、昆德拉比肩的艺术才华,至少代表了当代阿尔巴尼亚文学一半的成就。还应当指出的是,在这部小说中,作者讽刺的目标是那种官僚主义干部,并不是社会主义制度本身。在这一点上,阿果里与某些国家的"持不同政见者"相比,是绝对不同的。

阿尔巴尼亚原来是一个社会主义国家,居辽是在社会主义制度下面蜕化变质的典型形象,像居辽这样表里不一、口是心非、道貌岸然、夸夸其谈、所作所为全被名利思想所主宰的官老爷,在我们国家里也是不难见到的。因此,让我国读者熟悉一下居辽这个典型形象,也是很有意义的。

从文学种类应具有多样性的角度来思考,我国当代文学领域里,讽刺幽默小说尤其长篇小说是相当缺乏的,赏读这部《居辽同志兴衰记》,我国作家特别是长篇小说作家,可以得到很大启发,因为这部讽刺幽默长篇的艺术含金量很高,得到不少世界文学大家的高度评价。我相信,擅长向各国进步文学学习、汲取营养的我国作家,读了这部小说之后一定会有更高、更新的领悟。因此说,这部小说在我国的翻译出版,对发展和繁荣我国的讽刺幽默文学,将是一件大有裨益的事情。

我非常喜爱《居辽同志兴衰记》这部时而让我捧腹大笑,时而又叫我悲喜交加的小说,阿果里同志老早就将它寄给了我,我也非常愿意立刻就把它翻译出来,让我国读者也能像译者一样享受到赏读这部名著的快乐。现在,在重庆出版集团的鼎力协助下,这一良愿很快就将变为现实,阿果里同志和我本人要向这家口碑甚佳的出版单位表示深深的感谢和衷心的敬意。

众所周知,近十多年来,阿尔巴尼亚发生了巨大的变化。读者朋友也许要问:在急剧变化的形势下,阿果里变成了一个什么样的作家?他在人民群众当中特别是文艺舞台上占有何种地位?有着怎样的影响?为了全面而深入地了解我的这位良师益友,前不久,我利用在阿完成一项特殊任务的机会,多次与他以及其他老朋友会晤,从各个方面进一步了解了他的为人和为文。现在,我要骄傲地告诉大家:在我执笔为文的五十年中间,无论在中国,还是在阿尔巴尼亚,我从来都未见到一个能像阿果里这样受到社会各阶层如此衷心地拥戴和高度地信赖,面对任何狂风暴雨、惊涛骇浪都能始终坚定不移地保持自己的人格和气节的作家。他是一个真正的代表劳动人民的作家。

十多年来,阿果里作为一位勇猛的斗士,一刻不停地战斗在剧变的狂风暴雨中,非但用浓重而略带忧虑的笔调写下了成百上千篇短小精悍、挥洒自如的杂感、随笔,而且持续不断地发表和出版了数量相当可观的诗歌、小说、寓言。这里我们不妨按作品发表、出版的时间顺序列一下阵容:《德什达库》(长篇小说,1991)、《迟到的朝圣者》(诗集,1993)、《奇事与疯狂》(寓言集,1994)、《时间的乞丐》(诗集,1995)、《神经不正常的人》(短篇小说集,1995)、《赤身的骑士》(长篇小说,1996)、《来一个怪人》(诗集,1996)、《先辈的心灵》(民歌选,1996)、《魔鬼的箱子》(长篇小说,1997)、《关于我父亲和我自己的歌》(长诗,1997)、《自由的喷嚏》(杂感、随笔集,1997)、《往昔岁月的风声》(短、中篇小说集,1998)、《半夜记事本》(诗集,1998)。

出生于德沃利贫苦农家的阿果里,一生始终与广大劳动人民保持着密切的联系,与他们同甘苦共患难。这一点犹如一条长长的红丝线,贯穿在他的全部作品中。20世纪90年代以前的作品,激荡着欢乐、喜庆的调子,而90年代以后的作品,则蕴藏着为国家的未来、民族的前途、人民的命运深思远虑的忧患意识。诗歌《我好像不是生活在我的祖邦》是这方面的代表作:"我落到这步田地,好像不是生活在我的祖邦,/而是在遥远的异国他乡。/在湿漉漉的表皮剥落的墙壁中间惨度时光。""我觉得房舍正在流出毒液,/时刻我们都在互相传毒致伤……/我不知这毒液从何处而来,对此我无言以对,/只见那毒液在我们的衣服上流淌。""我觉得这个国家将彻底毒化,/毒液将把地基腐蚀得百孔千疮。/到头来地动山摇变成地震,/魔鬼将发出狂笑,露出龇牙咧嘴的凶相。"

20世纪90年代以后,由于大批工厂、企业倒闭,社会失业现象十分严重,即使农村青年也大量外流,出国打工。据阿尔巴尼亚官方材料披露,目前仅在意大利和希腊打工的阿尔巴尼亚侨民,就已超过50万。大量年轻力壮的男劳力流落在异国他乡,繁重的农活落在了妇女和老人的肩上。这一严重的社会问题引起阿果里极大的关注:"在城市远郊的村庄里,全部的井泉都缺水告急,/它们的龙头已经干枯,仿佛飘散出东西烧煳了的气息。/天上一朵云彩慢慢地化掉,/恰似海番鸭的鸽色羽毛轻轻飘移。/""出国谋生夺走了全部的青年男劳力,/只有很少的老人劳作在河后边的田地里。/小麦和大麦等着他们去收获,/举目向那铅灰色的云彩望去。"(《乡村即景》)读着这些诗句,我们不由得想起了立在被秋风吹破的茅屋前呼天唤地的老翁。噢,难怪阿尔巴尼亚文学界的同行称阿果里是阿尔巴尼亚的杜甫呢!

在四十多年的交往中,我深深地感受到阿果里那农民一般的纯朴、兄长待小弟弟一样的亲切、老祖母待孙子孙女似的温慈。不过,作为一个中国人,我从阿果里的言行中体会最深的一点,还是他对中国人民所怀有的那种纯真深挚、始终如一的友情。

人在青少年时代对某国、某人、某事产生的良好印象,往往会影响他一辈子。阿果里青年时代在列宁格勒上大学时,与中国留学生王崇杰结识为友。当时二人友好到什么程度我不知道。但是,四十多年来每次与我相会,讲不了三五句话,他准保要询问王崇杰的情况。话语虽然不多,但是,从他那亲切温和的声音里和慈祥含蓄的目光中,我感觉到他待王崇杰就像待自己的亲兄弟似的。我想,他与王崇杰结下的友谊,大概就是他的感情世界里的中国情结之源头吧!

1967年9月至10月,阿果里作为《人民之声报》代表团的成员之一第一次访华。回国后写下了长篇通讯《从松花江到长江》,在《人民之声报》上连载。这是一篇感情真挚动人,充盈着智慧与才气的美文。与他人秉承上级的旨意,高调地颂扬"文化大革命"的文章迥然不同，阿果里巧妙地避开了"文化大革命"，而对哈尔滨、新安江的工人和沙石峪的农民作了详尽的惟妙惟肖的描述。很显然，阿果里对我国的"文化大革命"是持保留态度的，但在当时的历史条件下，他不可能直说，只能采取躲着走的做法。今天回过头来重新审视当时许多阿尔巴尼亚记者的文章，我们不能不被阿果里的聪明所征服，也不能不被他实事求是、不讲假话的宝贵精神所感动。如今，他人写的那些赞美、歌颂"文化大革命"的中国通讯，都已经随风而逝了，唯独阿果里的这篇《从松花江到长江》依然保持着旺盛的生命力，一直被人们所珍藏、所喜爱。

在此后的十多年里，中阿两国关系出现了曲折，但阿果里对中国人民友好的感情始终没变。据我所知，他是阿尔巴尼亚高层人物中公正地对阿中关系，对我国的改革开放政策最早予以积极评价的开明人物之一。讲到这一点，我们不能不特别再提一下他于1991年在劳动党第十次代表大会（也是最后一次代表大会）上批评党中央落后的对外政策时讲的一段十分真诚而中肯的话："……我们开始咒骂所有的国家，超级大国和强国，落得在欧美没有任何一个朋友，落得只与毛泽东在一起。1976年我们准备把毛泽东也抛弃掉。中国开始开放和面向欧洲与世界，我们便把她抛弃了。这是党的领导的一种心理，一种受苦受穷的心理，友好的国家不应该面向富裕的欧洲，因为欧洲传染我们得病。我们的领导毁坏了同面向欧洲的友邦的关系。"当时劳动党的领导和许多党员的思想还处在与世隔绝的封闭状态，对我国的改革开放还很不理解，甚至持有偏见和敌对情绪。阿果里在十分困难的处境下能讲出这样一番话，是冒着很大风险的。从这番话中，我们不仅看到了阿果里政治上的远见卓识，而且也领略了他对中国、中国人民的深刻理解和实实在在的情谊。阿果里是一个放眼世界、知书达理的时代先行者。近十年来他又以不同的身份访华两次。当然，这期间他也去过欧美一些国家。经过多方面的观察与比较，他对今日中国的认识有了进一步的升华，达到了理性的高度，这一点在他为三十七年前的《人民之声报》驻京记者玉麦尔·敏卓吉最近出版的一本对华非常客观、友好的书《中国，世纪的挑战》所写的序言中得到了再好不过的说明："这本书之所以重要，有价值，那是因为它不仅提供了关于现代化中国前进的丰富的信息，而且还等于向公民们、政治家们和国家领导者们发出了关于同这个巨人进行最密切合作的一封信，中国走向进步的步伐使欧洲连同美国一起感到惊奇。B.克林顿没有白说：'如果中国的经济按着现在的轨道继续增长，那她将是21世纪世界上最强大的国家。'可是，我们的领导者不接受这一想法，因为他们比美国的总统们高大，那当然是叉着双腿骑在山上了！"

阿果里，阿尔巴尼亚人民忠诚的儿子，伟大的作家，中国人民真正的朋友！我们永远不会忘记他为中阿两国人民所做的一切。他的许多精品佳作将来一定会更多、更快、更好地介绍到中国来，中国读者一定会像喜欢《第八个是铜像》、《广阔的地平线》那样喜爱它们、珍藏它们……

郑恩波
2008年11月底于寒舍"山鹰巢"

主要人物表

居辽·卡姆贝里：文化部图书处处长，后任文化艺术处处长，甚是风光。因种种"精彩表演"和"杰出业绩"而衰落下去，被传为笑柄。

阿蒂拉：居辽之妻。

戴木克：居辽领导下的干部，因笔杆子硬且又为人忠厚老实，勤勉肯干，成了专门为领导撰写报告、讲话稿的写手，断送了本来很有希望的文学事业。

泽奈柏：戴木克之妻。

塞姆塞丁：原文化艺术处处长，在干部轮换热潮中被打发到偏远的山乡。

阿拉尼特：居辽的下级，看不惯居辽的种种表现，与领导很对立，后被任命为文化艺术处处长，接替了居辽的工作。

亚当·阿达希：作家、剧作家。

科莱奥巴特拉：亚当·阿达希之妻，人民剧院的演员。热烈地爱上了居辽，但遭到居辽友善的拒绝。

米特洛·卡拉巴达奇：文艺评论家。

扎侬姆·阿瓦吉：文艺评论家。

巴基里：居辽领导下的干部。

达奇：居辽领导下的干部。

迪奥金：居辽的长子。

巴尔德：居辽的次子。

马克苏迪：居辽的父亲，从来没有到过发罗拉，但居辽到处宣扬他是发罗拉战争中的英雄。

农业社社长

阿布杜拉赫·米拉玉梅利：乡间僧侣。

第一部

居辽同志在盛大会议上大放光彩

1

从前，我写的作品在报纸上发表，我的署名总是被读者所跟踪。可是，现在我写不成了。我感觉写不了啦，有的时候，一种痛苦的忧愁，竟然攫住了我整个的心灵。为什么，难道我不在写吗？我还是从前的那个我，脑袋还是从前那个脑袋，手还是从前那双手。我对我自己感到奇怪。我忘记写作了！莫非这是年龄的过错？为什么年龄有错？我没有老，还没满四十岁。四十岁的人是精力旺盛的人。我的精力到哪儿去了？是谁给吞噬了，嗯？

我待在自家的厨房里，坐在桌子旁边喝着稍微加了糖的咖啡，想着心事。我的面前放着一摞白纸，需要我在上面去涂写。在部里，人家要求我后天交出一份报告，现在需要我从头写起。报告将由谁来作，这个我不知道。我只知道一件事儿：报告需要我来写，它将在一次大型会议上宣读。

我喝着咖啡，开始写起来。我的笔在纸上耕耘，写字的手伴随着座钟滴滴答答的旋律活动着。人家喜欢报告写得长长的，写上二十页才好。我妻子坐在长条沙发上，使长针打一件毛衣，时不时地用斜视的目光望望我，感叹地喘着粗气。我很心疼她。"写这样一些报告你不累吗?"她在想。这一念头她不说出来,可是,我心里明白。

"你读过亚当·阿达希的文章吗?他写得很漂亮。"她头不扬眼不抬地说道。

亚当·阿达希是我的熟人,我文笔并不比他差。不过,他继续写作,发表作品,而我却搁笔,不写文学作品了。我在写别人要作的报告。

"我读过了。"我对妻子说。

她在叹息。她的唉声叹气我是理解的。这唉声叹气是在说:你也能写得很漂亮啊。

我从桌子旁边站了起来,双手插进兜里,满厨房走来走去。我在思考亚当·阿达希,思考他的文章、短篇小说和近来开始连续不断地问世的剧本。这些戏剧作品在观众中引起了强烈的反响,在评论界也引起了热烈的议论,在熟悉戏剧艺术的人士当中,还掀起了议论的热潮。

"还有好多没写吗?"妻子问我。

"有。"我对她说。我的心思都跑到后天去了,那一天我需要交出报告。"嘿,后天我就一身轻了!卸掉一个担子!我再也不去下保证撰写别的报告了!让作报告的人自己去写吧!我要重新开始写作,在报纸上发表文章和短篇小说。我不爱干那种差事,我累了!报告吸干了我的精力!我变成了机器!至此结束!亚当·阿达希,你瞧着吧!"

"你累了?"妻子对我说。

我用手擦了擦额头,我不知道自己为什么出汗了。

"我累了。"我说。

这时候,电话铃响了。这铃声刺着我的心,我想不去拿讲话筒,可是却机械地走到电话机前。

"哪一位?……啊,是赛尔曼同志……怎么样啊?……什么时候?……可是,赛尔曼同志,我很忙。有一个报告,我需要后天把它写完……啊,要十天完成?是什么内容?……《文化之家与生产》,要写几页？……十五页？这个报告你要在研讨会上去作？……那好吧，我一定去写。晚安！……"

我放下话筒，叹了一口气。嘻，我暗暗地在心里说，这个赛尔曼，为了一份只有几页的文字材料，还要请求别人来写！这叫什么人，什么人！

妻子内心凄怆地凝视着我。

"报告？"她问道。

"演讲稿。"我说。

"是教育和文化司司长要求写的？"

"是的，赛尔曼同志。"

"我说戴木克，你为什么对他下保证？你对所有的人都下保证，你要生病的……"她一边织着毛衣，一边说道。

霎时间我对自己责骂道："我为什么要对他下保证？我不是部里N司报告专业毕业的，又有一份担子压在我的身上，亚当·阿达希不担承这种事儿，他在写作文艺作品。我一点儿也不比亚当·阿达希的才能差，可是，我枯萎了，全完了。"一种深深的痛苦再一次攫住了我，我为自己感到很难堪……

2

我写完了报告，并将它交给了我们部的N司，是这个司要我完成的这个任务。N司负责文化艺术处的工作。在办公室里，除了领导这个处的塞姆塞丁之外，还有领导图书处的居辽同志。塞姆塞丁收下报告，将它送给了Q同志。这位Q同志是负责这两个处的监视员。这两位处长到Q同志那里去了，同他们一起去的，还有我。我待在办公室里，听他们讲有关报告的事儿。这个报告将在一个大型会议上去作，许多杰出的名人雅士将出席这次会议。

Q同志把我们扔在办公室，一会儿，自己带着报告出去了。

"我来作这个报告。"塞姆塞丁同志说。

另一位薄薄的嘴唇上略带讽刺意味，在一旁听着。

"这个报告我也能作。"第二个人，即居辽同志说道。

"两个人都相信报告写得好。"我心里想，"如果他们不相信的话，那就不会争着去作这个报告，无论是第一个人，还是另外那个人，都不会作。"

"为什么你要来作？"塞姆塞丁急匆匆地问道，"命题是我给戴木克的。为了这些命题我一连苦干了十天，这事儿Q同志也知道。"

我脸上布满了愁云。塞姆塞丁同志没给过我任何一个命题，他只是同我一起交谈过报告的内容。不过，即使这次交谈也是非常概括，非常笼统的，其中没有谈到任何一个命题或命题的形式。

"报告要由我来作，这事儿我同Q同志交谈过。Q同志表示同意。"居辽同志简短而果断地说道。

塞姆塞丁同志从办公室桌旁边站了起来。

"我感到奇怪。我说居辽，你听着：我写报告，作报告的人却是你！你要在会议上大放光彩，这对你不合适！"塞姆塞丁同志说道。

"报告不只是你一个人写的，而是我们大家都帮了忙。我帮了忙，这一位也帮了……"居辽同志伸手指着我说道。

"真是怪事儿！我是帮忙的？不是我用这双手从头写起的？"我在想。

"报告是我的！"塞姆塞丁同志大声喊道，"你来要什么？你掌管的是另外一个处，尽管咱们是在一个部里，同属一个社会活动领域！"塞姆塞丁同志气冲冲地说。

居辽同志微微一笑，说：

"文化和图书是不可分割的。戴木克在你处里工作，但与我处紧密地联系在一起！"居辽同志对我点头示意。

这时候，Q同志进来了，手里拿着报告。

"你们有什么好争吵的？"他说道。

塞姆塞丁同志望着居辽，但未说话，Q同志把报告递给了居辽同志。

"拿去看看吧！再补充点儿什么，以便显得有理有据，并且准备去讲！会议将具有非常重要的意义。你明白重要的意义意味着什么！"Q同志将手指抬得高高的。

居辽同志接过报告，在椅子上坐下来，向塞姆塞丁同志投去一瞥胜利的目光。

"Q同志……"塞姆塞丁同志说道。

"讲！"Q同志说道。

"报告好像应该由我来作！"他说。

Q同志望了望他，微微一笑。

"报告将由居辽来作，他的声音比你的好，念起来更精彩，更稳健。你讲话感情太外露。"Q同志说道。

"我跟……太累。"塞姆塞丁同志说道。

"对于工作么，我们向你表示感谢，你也好，戴木克也好，你们都帮了忙，以至于报告写得好而精。我对人们讲的那些，你们全都写进去了……说到底，为了一个报告，几个同志一起干，可是，作报告只需一个人。"Q同志说道。

然后，Q同志拉起我的胳膊，我们走出了办公室。在走廊里，他停下脚步，慢条斯理地对我说：

"部里嘱告我参加讨论，需要准备一份简短的讨论发言稿，大概有那么八九页就行了。可是我的工作太多，瞧，现在我就要去参加一个会议。我诚心请你帮帮忙，坐上一个下午，给我写出来！内容嘛，是关于培养导演干部的问题。用一句话说吧，为了培养未来的戏剧导演，我们要干些什么。我喜欢一份清晰并具有很好的理论水平的发言稿。不允许我们讲些文化层次不高的话。会议是严肃的。戴木克，想一想，好好想一想！"Q同志拍了拍我的肩膀说。

"您什么时候要？"我问道。

"明天。"

"那好吧。"

他走进他的办公室,我留在走廊里。我感到自己很累。今天晚上,我又得到厨房里去写,妻子又要一边打毛线织毛衣,一边伤心地望着我,她将向我念叨亚当·阿达希的漂亮的文章。

我独自一人思考着,觉察到了脚步声和一声干咳,回头一看,看见了塞姆塞丁同志那个处里一位叫阿拉尼特的干部。我同他没有什么交情,人们说他是尖酸刻薄、蔑视他人。在专业方面,阿拉尼特曾经是经济学家,可是后来他却又从事起文化工作来,正像他人所说,他不仅对文化,而且对历史、考古以及艺术,都有广博的学识。在会议上,他皱起忧郁的眉毛,鼓起宽宽的、重重的两腮,用男低音那种粗犷的嗓音讲起话来的时候,所有人都鸦雀无声,因为他的权威性使大家感到钦佩。有些人认为他应当在居辽同志或者塞姆塞丁同志的位置上。居辽同志从前听到过这种声音,因此,对这个表情沉郁,总是埋头工作,一向多思多想的人,他也有点儿憷头。阿拉尼特的眼睛,总是在他那粗粗的眉毛下面看世界,眼神里带着轻蔑的表情。对居辽同志,他就没看在眼里,尽管并不同他一起工作。不过,既然居辽同志领导的部门与塞姆塞丁同志领导的部门离得近,所以,阿拉尼特对这两个部门的全部事情反应都很敏感,这一点也与他们的办公室在一个走廊里有关系。

"您为报告抬高了身价吧?"阿拉尼特以轻蔑的口吻向我问道。

"每个人最好还是管自己的事儿去吧。"我说道。

"抬高吧,抬高吧!"阿拉尼特气愤地说道,迈着沉重的脚步,沿着走廊走开了。

3

我早早儿回了家,解开我的黑提包,掏出一大包纸。用这一大包纸我可以写一部中篇小说或篇幅长的短篇小说。从前我写过一篇长长的短篇小说,发表在《十一月》①文学杂志上。这篇小说后来被选入多种文选。这是唯一的一篇不断地提起我的名字的作品。可是,他们能提起我什么呢?报告吗?我目视那一大包纸,陷入沉思之中:"我若根本不给 Q 同志写发言稿会怎么样?我要开诚布公地对他说:亲爱的,我不愿意写。我要生场病,从医生那里拿到一份报告,把自己关在家里。嗐,真见鬼!我怎不跟随某一个代表团,去一次桑给巴尔,从报告和发言稿的囚禁中解脱一段时间呢!"

妻子推开门,看见我站在桌子前边。她的脸上露出喜悦和欢快的神情。她走到我跟前,双手搂着我的脖子,对我说:"今天晚上咱们去都拉斯②。戴木克,你知道吧?扎娜订婚了。"

扎娜是她的妹妹,也就是说是我的小姨子。

"愿她生活幸福,长命百岁!"我冷淡地说道。

"咱们坐五点钟的火车去,咱们已经有两个月没去那里了。"

"看看再说吧。"我说道。

"干吗要看看再说?咱们在脱离群众,把自己关起来,门也不出。"妻子说道,双手松开了我的脖子。

我羞口对她说出明天我需要向 Q 同志交出一份发言稿。为了明天能交给他这个发言稿,今天晚上我需要埋头去写才成。

"我去不了,泽奈柏,最好你自己去吧。"我对妻子说。

---

① 《十一月》(Nentori) 阿尔巴尼亚文学、艺术、社会和政治月刊。阿尔巴尼亚作家与艺术家协会机关刊物。1954 年创刊,政情发生骤变后停刊。

② 都拉斯 (Durrës) 是阿尔巴尼亚最大的海港,距离首都地拉那只有 37 公里。

她的脸上堆起阴云。她坐在长条沙发上，向我投来非常伤心的目光，然后望了望那一大包白纸，末了又凝视起我的黑提包来。

"你……又要……"她慢慢地说道。

我没有说话。

"我说过了，你已经甩掉了包袱。"她说道。

"Q同志请求我为他写一篇出席那个大型会议的发言稿。"我对她说道。

她从我的烟盒里抽出一支烟，点着火，吸起来。我在想，她是挺伤心的，这一回我也没让她开心，扔下她一个人孤孤单单地去都拉斯，不去分享她的快乐。

"你已经考虑开始写一部中篇小说，戴木克，你讲给我听的故事是很精彩的……"一阵沉默之后，妻子说道，手指夹着香烟。

我疲倦地坐在椅子上，用手捏了一把额头，说道：

"泽奈柏，我开不了头！"

泽奈柏没有吱声，我觉得她不会回答我，即使回答我，也将把罪过推在报告上。

她从包里取出一本新书，放在桌子上，然后开始准备午饭。我看了一眼书的封面，沉思着坐在那里。泽奈柏一边往盘子里盛菜，一边说道：

"戴木克，你已经很长时间没读过任何一本书了。阿文书、俄文书、法文书……所有的书你都齐备，从前你可是经常读书的……"

在泽奈柏面前我感到挺害臊，如同在一个陌生人面前。别人都知道我在读书，其实我早就不翻任何书本了。现在，我只是看报告和决议，还有从这些东西中摘录一些语录。我准备写报告和发言稿时是需要语录的。

"在这方面你是正确的。事情在于我的阅读条件变得困难了。每天适应几种环境的紧张活动，迫使我去干一系列文学创作活动以外的事情。"我不假思索地对她机械地说道。

她霍地站了起来，我的话语叫她感到吃惊。

"戴木克，"她说道，"你已经忘记该怎么样讲话了！……"

我笑着说道：

"今天你以你的吃惊叫我感到吃惊。"

"我怎么能不吃惊？你说'在这方面你是正确的。'从前你可不这样讲话……"

我开始省悟自己是怎么回事儿了。连我自己都不明白，我居然使用我写的报告中的语言同妻子讲话……顷刻间我竟战栗起来，但我还能控制住自己。我不愿在妻子面前降低身价，对她说：

"你不要那么太认真，我开个玩笑嘛。"

"你不是开玩笑，戴木克，不是开玩笑！"她说道，并且把一盘菜放到我的面前。

我一边吃饭，一边思考我的生活，思考居辽同志，奇怪得很，也想了想阿拉尼特。在我们三人当中，肯定要出点儿事儿。不可能不出事儿！事情的走向将有另外一条道路。我整个一生都要从事撰写报告这种事儿吗？如果阿拉尼特身居居辽同志的位置，他就不会要我写报告降低自己。

"这不可能！"我手里拿着勺子，面对盘子喊道。

"戴木克，你怎么了！"泽奈柏惴惴不安地说道。

"没有！我想起一点儿事儿！"

她走到我跟前，凄切地说：

"戴木克，拿份报告来！"

我惊奇地望着她，说道：

"我每天都拿报告！"

"嗐，戴木克！我是说要你搞一份医生的医疗报告！"她唉声叹气地说道。

4

第二天，我把发言稿交给了 Q 同志；第三天，大型会议开幕了。报告将由居辽同志来作，塞姆塞丁同志脸色阴沉沉地坐在头排座的椅子上。我坐在居辽同志的妻子阿蒂拉旁边。居辽同志和 Q 同志坐在主席团的位置上。

居辽同志讲话了。我在倾听我写的字字句句。居辽以平稳、清晰、美妙的语调朗读着报告，所有的人很感兴趣地聆听着，跟随着报告的内容。居辽的妻子时不时地把嘴贴在我的耳边，说道：

"为了这个报告，居辽忙活了整整两个星期，夜里一直工作到十二点钟。可我不感到难为情，因为他准备了一份很好的报告。"

我不断地低下头，默默地不搭她的话。有的时候，我觉得她的话很可笑。

"有你瞧的，大家都会对这份报告感兴趣的。居辽他干每一件事情，总是干得挺出色。"她说道。

"干得出色。"我说。

"有些人对此有气。你看到了吧？他对我说塞姆塞丁同志想把报告据为己有。报告是居辽写的，可塞姆塞丁同志却想去作报告，炫耀自己。Q 同志听说了这件事儿，迎头给他洗了个冷水澡，这事儿他要记住一辈子！这你都看见了！"

一种疯狂的思绪钻入我的脑际，心里产生了讥讽一下这个傻瓜女人的愿望，不过，我还是克制住了自己。

"居辽他有多少难做的工作要做呀！他太累了！他写完报告的那天下午，我们像过节似的庆贺了一番。他卸掉了一个重担，我们也卸掉了一个大包袱，全家人都如释重负，因为我们原来都承受了很大的压力。"她说道。

就在这一刹那，大厅里响起了掌声。居辽同志擦了把汗，等着掌声停下来。那掌声都是很真诚的。报告的那一段我确实写得很漂亮，甚至我还让它带有一点儿幽默和挖苦的味道。我这个默默无闻、无人知晓、以前坐在大教室里随便什么地方的椅子上的人，同大厅一道，也感受到了激动的情绪。

"Q同志对居辽的报告多么感兴趣啊！你看看，Q同志是怎样地微笑啊！"阿蒂拉一边点头指着主席团的座位，一边说道，"居辽，我感到很满意，太棒了！你将使我们感到光荣！"

"那是。"我说道，全力将心思抛到大厅外面随便什么地方去，以便不去听这个饶舌的女人讲话。可是，她依然不停歇地讲下去。

"你看过居辽的报告，还是第一次听到它？"阿蒂拉问我。

我失去了忍耐力。

"我在居辽同志之前就看过了。"我说道。

她目瞪口呆地愣了一会儿，然后笑了起来：

"戴木克，你可真是个会开玩笑的人！"

"我是个会开一点儿玩笑的人。"我说道。

就在这时候，大厅里再次响起哗哗的掌声。居辽同志将报告一页一页地收拾起来，离开了麦克风。他的话讲完了。

下午将进行讨论。

我们同居辽同志的妻子走出大厅。在大楼的走廊里，时不时地聚集着许多人，人们不断地会见居辽同志，同他握手，以示祝贺：

"居辽同志，我们对报告很感兴趣……"

"太精彩了！……"

"都是些重大的问题！……"

作家亚当·阿达希同他的妻子科莱奥巴特拉从大台阶上走下来。这个女人长着一张黝黑、光滑、漂亮的脸，讨人喜欢。她的脖子长长的，边上还长了一个小小的瘊子。他们看见了我和阿蒂拉，向我们跟前走来。科莱奥巴特拉微笑着，先跟阿蒂拉握了手，然后又跟我握了一下。她高兴得眉飞色舞，好不容易控制住了自己，还不在意地拍起她的小手来：

"居辽同志，报告有多精彩啊！话讲得有多棒、有多长啊！"科莱奥巴特拉说道。

"很叫人感兴趣。"亚当·阿达希说道。

阿蒂拉从一个那么叫人有好感，那么有文化教养的女人口中听到了对自己丈夫的热情洋溢的评价，感到很高兴，科莱奥巴特拉是首都屈指可数的文化素质最高的女人中的一个。

"我甚至还记下了我觉得非常漂亮的句子。这个我装在包里了。"科莱奥巴特拉说道，打开她的白包，掏出一张纸，念道："'文化使人变得美好，它清扫掉古代的野蛮的枝蔓，把人美化起来。有文化的人是美丽的！'说得好极了，亚当！"她转身向她的丈夫喊道。

我听着，阿蒂拉的脸上闪烁出喜悦、骄傲的光芒。

亚当·阿达希同妻子走开了，阿蒂拉以亲切友好的目光为他们送别。居辽同志滞留在宽宽的走廊中间，被密密麻麻的人群包围着。人们的脸上闪耀着满意、高兴的神采。他们对报告讲了许多赞美的话，评论了不少非常重要的问题。在他们的行动中表现出强烈的公民责任感；这种责任感证明，他们准备积极地行动起来，解决这些紧迫的问题。在这群人当中，挨着居辽同志跟前还有两个著名的文学艺术评论家，他们是扎依姆·阿瓦吉和米特洛·卡拉巴达奇。一个是异常高的高个儿，另一个是特别矮的矮个儿。在这种大型会议上，他们的出席是必须的，因为他们常常阐发非常重要的见解。他们不仅是文艺评论家，而且还是社会及文化生活领域里的现代思想家。所有报刊的编辑部期盼他们的文章就像七月中旬期盼冷水一样。除此以外，我们还不要忘记，扎依姆·阿瓦吉和米特洛·卡拉巴达奇还是很敏锐的论战家，任何一个也不希望陷入由他们那锐利的笔燃起的烈火中。

我和阿蒂拉从远处只听到了这样一些断断续续的谈话：

"报告真是好极了！……"

"太重要了！……"

这些是出自扎依姆·阿瓦吉和米特洛·卡拉巴达奇之口，对居辽同志的报告的特色作出的评价。

居辽同志的妻子差点儿没飞起来。她高兴，因为人们都跟她的丈夫握手；她高兴，因为她听到了那么多好听的话。

塞姆塞丁同志锁紧眉头，脸色忧悒地从我们身边走过去。他走到居辽同志跟前，冷淡淡地跟他握了握手，走开了。

"爱握也好，不爱握也好，反正他是跟居辽握了手。"关于塞姆塞丁同志，阿蒂拉这样说道。

"成绩迫使他这样做。"我说道。

"那是一定了。"她说道。

就在我同阿蒂拉交谈的时候，阿拉尼特从小会议室走出来。像平时那个样子，紧紧地皱着眉头，堆满又深又粗的皱纹的宽大额头上，耷拉着一绺儿头发。他用冷冰冰的目光看了看我们，举手摸了一把厚厚的腮帮子，站了一会儿。阿蒂拉准备向他问好，可是他一句话也没说，就朝门旁的路上走去。自尊心受到挫伤的阿蒂拉说道：

"这是我所见到的最……最无耻的人！真是的，怎么受得了他！"这女人搐动着嘴唇说道。

"每个人都有自己的禀性！"我说道。

人们散去的时候，我和她拉着居辽同志的手，一起走了出来。他累得够戗，依然满面红光，汗水津津，但是，全身上下却焕发出心满意足、吉祥飘逸的神采。

"我坐在那里好紧张啊，心都要冻结了，悄悄地对自己说：'人家会如何对待居辽的报告？'精彩，好精彩。"阿蒂拉对丈夫说。

我们三个人在街上走着，只有她一个人说话，那些话弄得我耳朵嗡嗡直响。

"我问戴木克是否看过你的报告，你知道他跟我说什么？他跟我说：'我在居辽同志之前就看过了。'瞧他说得多么风趣！我不知道戴木克原来还是个爱开玩笑的人！"她一边笑着一边说道。

15

居辽同志的脸色变得沉沉的，向我甩过一瞥尖利的目光，然后带着假惺惺的微笑，转向妻子说：

"戴木克很少开玩笑，但是，开起玩笑的时候，他还真的开！"

说完这些话之后，我们都不再做声，默默地一直走到大街中央。

我们分手的时候，居辽同志慢声细语地对我说：

"这几天我正往文化艺术处调。我要竭尽全力把你留下来和我在一起，因为人家想把你和塞姆塞丁同志一起调走。你将是我的右臂，我还在上边对那些人说到了你……在处里咱们要进行重大的变革，咱们要建立起具有时代特色的工作方法和工作风格，正像社会发展的现阶段和今日之人的文化总体水平所要求的那样。每件事情咱们都要建立在科学的基础之上。"居辽同志以充满活力和乐观精神的语调总结道。

阿蒂拉两眼直勾勾地看着丈夫，盯着他的嘴唇，全神贯注地听着他那具有无所不含的宝贵价值的谈话。

"那阿拉尼特呢？"我问道。

居辽同志用锐利如锥的目光盯了我一眼，说道：

"戴木克，我极力请求你不要干预人事上的事情。我给你一个劝告：人事问题不是文学问题、形象化问题、情节问题……"

尽管如此，我还是继续问他：

"那么说，塞姆塞丁同志到哪儿去？"

"调到另一个部门去。"他说道。

"那为什么？"

"他那个处瘸腿了，走不动了……我想说这个，人们都了解！"

"可是，居辽，你没跟我说过！"妻子插嘴说。

"好吧，好吧，应当说。再说了，这些都是人事工作。"居辽同志说道，然后转过身对我说：

"你不想和我一起工作？"

"按决定去办。"我说，"不过，我要好好考虑考虑。"

"想想吧,给我一个回话。"他说道。

我们互相握了手,告别了。居辽同志需要我,非常地需要我。只有这时我才明白为什么塞姆塞丁同志没有作报告,原来他在调动工作。

5

下午,讨论会开始了。我和居辽同志的妻子还是坐在第一次会议曾经坐过的椅子上。她是一个仪表堂堂,令人感到惬意的女人。我是两年前在塞姆塞丁同志的办公室里同她相识的,那时候我受塞姆塞丁同志领导,而现在,我将要受居辽同志领导。

"你跟居辽在一起要比跟塞姆塞丁同志在一起好得多。"我们聆听发言者讲话的时候,阿蒂拉讲道。

"对我来说都一样。"

"塞姆塞丁同志是一个好男人,可是,他净纠缠一些小事情。作为文化之家的负责人,我对他有很深的了解,因为他是我的上司。他连曼陀铃和双弦琴琴弦的事情都要插一手。居辽可不是这样,他抓艺术中美学教育的重大问题,不参与小事情。"她说道。

穿着咖啡色上衣的Q同志登上了讲坛。开始念发言稿时声调是低的,后来逐渐抬高了调门儿。

"Q同志很喜欢居辽,经常往家里给他打电话,他参与了居辽调到文化艺术处的事情。"

然后,阿蒂拉不吭声了。Q同志念发言稿速度很快,听懂那些句子费大劲儿了。大厅里响起了乱哄哄的声音,我感觉他发了脾气,整段整段地扔了不少,干脆不念了,叫我好不伤心。很显然,他的发言稿我是很快赶出来的。这样一来,Q同志的讲话,不论在大厅里,还是在主席团,都没留下好印象。

"不,不,居辽可不敢拿这样的发言稿登台!这有多不好!多不好啊!Q同志是个大人物,怎么能无所准备呢?!"居辽同志的妻子说道。

大厅里乱哄哄的声音越来越大，我满脸通红，低下头。

"你也觉得害羞吗？"她向我问道。

"大家不听他讲话。"我说道。

"他们做得好。"她说道。

Q同志读完了发言稿，没任何人鼓掌。他老练地在主席团的位置上坐下来，用手掌紧紧捂住红扑扑的额头。居辽同志在他跟前弯下腰来，对他说了点儿什么。Q同志艰难地微微笑了笑。

另外几个发言者讲完话之后，会间休息开始了。

我从大厅里走出来，因为想抽支烟。我和Q同志面对面地站在走廊里，他打量着我，先盯腿脚，然后举目端详我的脸。

"听到你的作品了吗？它取得了很好的效果！"Q同志说道。

"你说得太快了。"我说。

"我如果慢读的话，大家就不会喧闹，因为都睡着了。"他说道。

我下意识地笑了。

"你是带着你不幸的命运笑。"Q同志说完这句话便离开我走了。

我在会上坐不住了。这是我头一回干了这么一件如此迅速的事情。最好我不去干这种事儿。刹那间我想起了我曾经想写的一部中篇小说的情节，还想起了泽奈柏跟我提到的亚当·阿达希的文章，够了，到此画个句号吧！我再也不为他人写东西了，报告也好，发言稿也罢，我一律都不写了！

可是，这时候我感觉到有一只手落在我的后背上。那是居辽同志。

"咱们谈论的那件事儿你想好了吗？"居辽同志向我问道。

"谈的什么事儿？"

"你会到我处里工作吗？"

"对我来说都一样。"我又把对他妻子讲过的话重复了一遍。

"我很高兴。"他说道，接着又作了补充，"Q同志准备得不好，引起了大家和主席团的关注。他是不是生病了？他如果跟我说说，我就会帮他的忙。我已经做好了牺牲我的时间的准备。说真格的，我可以陪他坐上两夜，给他赶出一篇发言稿。你已经看到我是怎样把你费了好大力气写成的报告推翻了的。你做了很好的搜集材料的工作，但是，报告是我从头写的。报告嘛，是有人帮帮忙，这倒是真的，不过，最后一道手续，还是作报告的人去完成。我说了，这个报告将以学术研究的形式在《十一月》杂志上发表，我只需要把关于人们要做的组织实际工作几部分作一点儿压缩，再在理论观点上稍增加点儿东西。编辑部的那些同志求我把稿子给他们。好了，看看再说吧。"居辽同志说道。

居辽同志刚把话说完，教育司长赛尔曼来了。他笑容可掬地拉起居辽同志的手，说他对居辽同志的报告很感兴趣，要居辽同志给他找一份。居辽同志对他保证说，一定给他一份，然后他面带幸福的笑容走开了。这时候我想起了应该给赛尔曼写的发言稿，感到非常烦恼。

"戴木克，你干吗那么心事重重的？"居辽同志说道。

"没有！"我说道。

居辽同志因为有人喊走开了。

我在走廊里闲着徘徊了一两个来回，然后走出了大楼。居辽同志的话在我的耳畔嗡嗡作响。"真是一个怪人！"我默默地对自己说道。

居辽同志期盼一份请柬

1

居辽同志把部里一个新的处级部门的领导权抄到了手。人家也通知我将留在这个处里，在居辽同志身边工作。这一通知下达三四天以后，我到居辽同志那里报了到。我走过长长的狭窄的走廊，在我新上司的门前停下脚步。这扇门除了标着房间号码之外，没挂其他任何牌子。我把手指靠在门上敲了敲。

"阿洛！"从屋子里传出回应的声音。

这是居辽同志亲切甜腻的表达方式的一种。他不回答"请进"，而是喊"阿洛"。这种表达方式是他以前在国外上大学时从他的一位教授那里借用来的。

居辽同志坐在桌子旁边，他的右手托着下巴，眼睛看着一份厚厚的手稿，左手一页一页地翻动着，不时地发出"噗！噗！噗！"的感叹声，搐动着嘴唇。我怕给他破坏了安静气氛，慢慢地凑到他的椅子旁边。居辽同志抬起满是白发的头颅，没有跟我说话，抓起电话：

"啊，是克里斯托夫啊！听我说，你今天晚上到哪儿去？……嘀，去一个隆重的晚会？……我那是肯定的！……对，对，请柬我这里有！"居辽同志的脸色刷地一下子红了，一种抑郁的感情攥住了他的心。

我就在他的眼皮底下，可是，由于这一抑郁的心情他连我都给忘了。他再次拿起电话，给一个地方打过去：

"给我们送来了几份请柬？……三份？……谁拿去的？……一份给巴基里……一份给达奇……那第三份飞到哪儿去了？……阿拉尼特？就是嘛！就是嘛！正确。我们当领导的经常出席这种隆重的晚会，让同志们也去去嘛……"

他放下电话的时候，注意到了我。

"啊，戴木克，阿洛！请坐，戴木克。"他对我指了一下沙发。

"我来了！"

"阿洛，我看见你了！咱们要开始完成新任务，愿咱们旗开得胜。请原谅，你进来时，我没注意到你。"他说道，举起厚厚的书稿，然后重新将它扔到了桌子上。

"我埋头看稿子去了。大学里的那些人可是叫我倒了霉哟。这是修改加工过的《阿尔巴尼亚历史》再版本书稿。我有一大堆意见。他们干得不错，可是，相当多的解释带有主观主义色彩；除此之外，还缺乏准确性（居辽同志已经习惯用'除此之外'这个词代替'另外'一词[①]）。请坐，戴木克，请坐！"

我坐到沙发上。他的桌子下面有张一个小孩手持小提琴的照片。我好奇地看了看，认出那是居辽同志的儿子迪奥金。居辽同志注意到了我的目光。

"是迪奥金，未来的贝多芬！"居辽同志大声地笑起来，"你可知道，这是一个奇怪的孩子。他已经开始创作交响乐了，才十岁呢，真是个机灵鬼！看一下总乐谱你要大吃一惊。你知道他给交响乐如何定的题目吗？定名为'火热的春天'。你看见了吗？我担心他可别生

---

① Përveç 和 Përpos 两个词皆为"另外"或"除此之外"之意，但前者为阿国内人常用，后者为阿侨胞常用，居辽不用前者而用后者，以显示自己不凡的身份。作者以此用语细节，突出人物一种变异的心态。

病……他会更了解更熟悉你的……怎么说呢,我说戴木克?"

"我来这儿和你见面。"

"不要对我作解释。所有的事儿我全了解,为了能让你和我在一起,我亲自介入了此事。在咱们把事情理顺之前,咱们将会碰到许多困难和麻烦。真差劲儿!当初,塞姆塞丁领导过这个处,把每件事情都搞得乱七八糟!他们干事儿没有标准!这些人对工作缺乏爱惜的感情!戴木克,我很奇怪!我应当采用当代体制,建立行动的科学方法。真差劲儿!"

居辽同志站了起来,把双手插进裤兜里,在我坐的沙发前满办公室来来回回地踱起来。

"你将是我的右臂。在咱们的前面有一片行动的广阔天地。其实,这是手持学问、知识和社会科学的武器进行激战的战场。在这种激战中,也是要求讲究战术、战略、方法和体制的。体制意味着行动工具的辩证的统一,塞姆塞丁的失败可用体制和方法的缺乏作解释。他有限的能力,自身文化素质的空空如也,把他推向了失败。戴木克,这些事儿你可不能简单视之,认为无所谓,你要从哲学的高度理解它。哲学能解释一切,说明万物……我要对你予以忠告:哲学的词语不要用一而要用二来书写。"

这时候,电话丁零零地响了起来。虽然他就在旁边,可是,并没有立刻拿起它,因为多年来忙于工作,他养成了这一习惯……他听着电话铃响,摇晃着脑袋说道:

"这些人简直是不让咱们工作!……"然后,他胳膊肘拄着桌子,拿起电话。

"啊,Q同志吗?……我们累得气都喘不过来,都要憋死了!哪里能歇一会儿,喘口气哟……嗯?我正在写一篇关于知识分子和文化之家的研究文章。这个由我和几个干部来做……从科学的角度……什么?1938年有多少座教堂和清真寺?这事儿我们不知道。统计材料全都付诸东流了,不过,从我五年前写的一篇研究文章中你可以查到数字……是，那是，那是必须的。存在，存在！……夫人好吗？孩子们呢？是这样，是这样！……出席盛大的晚会？……像经常那样。在那儿你会见到我。那一定！……阿蒂拉挺好。她想到你那儿去，可是，她跟迪奥金吵了一架，闹得粗脖红脸的。为了那交响乐的事儿……哈哈！哈哈！对，对，乐队伴奏太不合拍了。你说得对……再见！"

居辽同志挂了电话，转过身来对我说道：

"Q同志是个怪人，还特别关心给我请柬的事儿，跟我说由政治局的一个人给我把请柬送来，可我不把这事儿放在心上，可能他们把请柬送到家里了。Q同志是一位伟大的探寻者，对我的研究工作也很关心。昨天他到我家里，我们一起谈了所有的事情，可他还是想起我，给我打电话。我很心疼Q同志，因为重大而繁多的工作把他给累瘦了。他干起事情来，简直像一匹马一样。我跟他讲过好几次要他爱护身体，可他就是不听。其实部里的事情是由Q同志主要负责，反正这事儿你清楚，知道他在什么位置上工作。部长站在他面前都毕恭毕敬的。哼！哼！就连塞姆塞丁的调动也是Q同志决定的。哼！哼！"

从走廊里传来了笑声，少许几分钟的正式休息时间结束了。居辽同志面卷愁云，意味深长地瞟了我一眼：

"你瞧瞧，这些人学会了怎样的举止行为？他们不管别人是否在工作！过错全在塞姆塞丁身上，是他把行政管理工作给搞乱了。行政管理工作是国家的脸面，损坏行政管理工作，那就是毁坏国家的脸面。"

然后，他站起来，离开桌子，急匆匆地把门打开。

"请不要干扰我们！今天我请求你们，明天我就要下命令。我请你们不要强迫我改换官气十足的新面孔……脑力劳动和研究工作要求绝对的安静。如果你们习惯在喧闹中工作，这种状况我可不允许。"居辽同志说道，关上屋门。

他手里还拿着一部多卷本著作的手稿。此事一开始我没有注意到，后来，我看到了它，还注意到了那一整部书，于是，对自己笑了笑。

"戴木克，你笑？真叫我来气，无意中我还把这部鬼书稿弄到了手！"他淡淡一笑，把手稿扔到桌子上。

走廊里，喧闹声中断了，那些欢笑的人，看到居辽同志手上拿着那么一整部书，都惊愕失色：他真被学习、研究的事儿给吸引住了啊……

桌子上的电话又响了，居辽同志把手放到电话中间，感慨地说："听见了吧？在这种环境里工作？！明天我得用钥匙使用电话，钥匙就放在你的办公室里。咱们两个人使用一部电话。对无关紧要的人就说我忙于工作没空儿。"说完又对着电话说，"喂，你是谁？……喂，谁呀？……赛尔曼？……街道里有会议？……好吧……上周柬埔寨死了多少人？好一个赛尔曼！我可以向你讲解力量关系的对比，已形成的形势，形势的尖锐程度。可是，要我告诉你一天死多少人，我特别请求你……不行，不行，求你了，我说不出来。对这事儿你问问《人民之声报》国际部的工作人员萨科·巴冈吧，他全知道……"他转身对我说："你听见了吧？这真丢丑！赛尔曼询问柬埔寨的牺牲者！……"

居辽同志的工作、活动、工程，每分钟都排得满满当当的，看他那个样子，好像除了孩子教育，对音乐天才迪奥金的指导和栽培的急难之事以外，还把国家的全部困难和急事儿也担在肩上。嘻，迪奥金！居辽同志为他伤了多少脑筋啊！居辽同志从来也不愿意让迪奥金的天才在这样稚嫩的年纪爆发出来，因为怕孩子早早就沾染上骄傲自大的毛病。一个人首先应该是个谦虚的公民，然后再做天才。居辽同志不愿意……阿蒂拉，却恰恰相反，她唆使迪奥金从事音乐事业，不过，不要去搞那种大型作品，如交响乐那样的大部头。为此，在他们家里爆发了冲突，居辽同志背着迪奥金，把总乐谱藏了起来，阿蒂拉却发出了警报："迪奥金的交响乐总乐谱哪儿去了？"她开始大喊大叫，甚至因为神经紧张哭闹起来。于是，居辽同志采取了一种妥协办法：将总乐谱又给了迪奥金，这所有的焦躁不安，鸡犬不宁便……

"戴木克，你也要到我家去一下，我要叫你与迪奥金直接认识认识。"居辽同志说道。

我摇了摇头，然后生起气来。"他要叫我跟迪奥金认识认识！好像迪奥金跟我是一个年纪！"我暗暗地对自己说。

他在椅子上坐下来，开始在抽屉里找什么东西。他伸手到一些乱七八糟的纸张和文件中间翻找，终于抽出一团打字稿。

"为了这项研究课题，我还有许多事情要做，几个想法已经记在纸上了。还要到档案室里埋头找一找。有些人真叫我奇怪，凭两三个材料随意一写就是五十页……当然需要喽，我自己搜集不了资料，你也要稍微搜集一些。不要怕！我要对你提出几点指导性意见，大人物们也是这么干。你想怎么的？你以为所有的事实都是他们自己搜集的吗？不过，把东西串联到一块儿那是要自己干……比如说，安得烈·茂鲁阿院士在写作《弗莱明》之前，就召唤过……"

他没法讲完话，因为电话响了。然后立刻又停了。接着又响起来，停一停，再响起来……

居辽同志笑了。

"这是阿蒂拉。她打电话要连打三次。这是家庭暗号，你要注意才是呢！"

他拿起电话：

"阿蒂拉？唉，浴场休假房间？那是肯定的，我们领导干部，要给房间和厨房的……我说让给某个工作人员吧，好吧？最好我们去住宾馆吧……对，对，正在调整……什么，Q同志？他说将在隆重的晚会上见我……问一下，我是否要在主席团的位置上入座？我经常不坐在主席团的位置上，让别人也到那样的位置上坐它一次嘛……我的请柬来了？……怎么，还没来？没关系，现在他正在给我寄。谁晓得那些笨手笨脚的老头子把请柬胡乱地弄到哪儿去了。邮递员的事儿！……迪奥金在干什么？……又弄交响乐？不要叫他太累着！你给他蜂蜜吃？……他没吃？……你对他关心得挺好，他是在浪费精力，人在成长中损失的精力是最大的损失……好吧，好吧，我就到。"

他瞟了我一眼，小声说：

"瞧，咱们需要会见 Q 同志。他也在准备一个关于宗教的研究题目。他向我要几份材料，我没有别的办法。我要回家翻一翻经常在笔记本里作的记录，找到以后在盛大的晚会上见到他时交给他。听着，邮递员送请柬来的话，告诉他我在家里……"

他站起来，把他的研究课题提纲装进书包里，跟我点头示意，我们走了出去。

"戴木克，你要离开巡视员办公室，明天你将有自己的办公室。"

他腋下夹着提包，慢慢地顺着狭窄的走廊走了出去。

2

我不希望到任何一个办公室去。我挺累，坐在居辽同志对面的沙发上。除此之外，我还很想喝杯咖啡。因此，我也跟在他后面走了出去。我走进"地拉那"咖啡店，在窗前的一张桌子旁边坐下来。我一边坐在沙发上思忖着，一边开始对自己发笑："对于我来说，居辽同志是个非凡人物。我跟很多人一起工作过，了解很多人的心理、性格、道德、特性。可是，我所认识的人不能与居辽同志相比。如何同他一起工作呢？我觉得他自己将亲自写讲话和报告，我只给他搜集资料就行了。这样，我至少可以轻松些。"我坐在桌旁想道。到目前为止，我已经适应与塞姆塞丁同志一道工作，幻想过一种不同的生活方式。后来，我马上产生了一个想法："如果每天我在一个笔记本上记录下来一部分同居辽同志交谈的内容，记录下来他电话中的部分讲话，记录下来他与人们的部分交谈，这将是一件稀罕事儿，我就可以重新从事文学事业了，泽奈柏就将看到什么样的作品是最棒的杰作。是亚当·阿达希写的那些描写订婚、退婚，虎背熊腰的男人和教士的作品好，还是我将写的作品是上乘之作。"我又笑了，不过，这一回我可是笑出声来了。这笑声之后，一种莫名其妙的失落感攫住了我的心。在我的第二意识里经常有报告的回声传来。这一回声经常这样跟踪我，即使某一种模糊不清的高兴之事在我身边出现的时候，报告的回声也撞击着我那自身意识的墙壁，并将那刚刚燃烧起来的喜悦熄灭得无踪无影。"在居辽同志这里也一样。"我默默地想，"我不会从报告中得救。居辽同志需要我，所以他要求把我留在身边。比如说，他将会叫我平静一段时间，然后呢？"我向自个儿发问，"如果居辽同志不搅扰我，那Q同志也不会放过我。Q同志照样也需要报告。噢，戴木克，你的后腰上要背着从白色的档案中进进出出的全部函件！"

我再次像个精神病人似的笑了起来："不，不，我觉得要出错儿……"

坐在桌旁，我想起了居辽同志的请柬。他的请柬没到，等也是白等。他知道请柬没寄出来，而且即使没有寄，他也要说寄来了，只是没兴趣去罢了……Q同志有放弃盛大晚会的危险，他要到居辽同志家。（居辽同志是这么想的。）

我为他感到遗憾。如果我有一份请柬，那我就送给他好了，让他去嘛……

坐在桌旁，透过窗户我看到了我的同事巴基里。他看见我，转身向我走来。

"我们说你要到我们办公室工作，可你要和当官的人在一起工作。"他说。

"我是头一次去那里。"

"他给你作指示了吗？"

"我们一起谈了谈。"我回答道。

"他从科学的角度讲述了头一批研究成果？"

他笑着说道。

"我们说别的事儿啦。"我说道，因为我不愿意嘴上念叨居辽同志。

"迪奥金的总乐谱他跟你说了吗？"他又问道。

"没说。"

"奇怪！他把总乐谱放在提包里……"巴基里笑着说道。

"要来一杯咖啡？"我问他。

"任何东西都不要。"他说，"以前您很了解居辽同志吗？"他补充说。

"了解一点儿。"

"我很了解他。从前我跟他有相当深厚的友谊。他以为我是嘲笑他，于是他离开了。"巴基里说。

"从前你们还一起干过什么工作吗？"

"在学校里我们是同班同学，后来他提升了，做负责工作。尽管这样，我们的友谊还继续存在着，即使现在我们也依然有点儿交情。"

我们的交谈停了片刻，从窗外吹来一丝温暖的风，薄薄的窗纱摆动着，风不时地吹到我的脸上。

"居辽同志的理想是被任命为驻欧洲某国家的大使。"巴基里说。

"这个我有所耳闻。"我说。

巴基里笑了。

"有一天，他告诉我们，说人家请求任命他到一个国家当大使，可是，他拒绝了这件事儿，因为他不喜欢单调乏味的工作。到一个人生地不熟的国家，没那么容易……他说：'对习惯于在广泛的社会交往中生活的人来说，出国是寂寞的事情。'"

我也觉得好笑。巴基里非常逼真地模仿起居辽同志讲话的音调来，每个字的腔调都和居辽同志的很相像。做着跟居辽同志一样的手势，一样的动作。也许这就是居辽同志对巴基里冷淡的原因。没有比把一个人置于出丑可笑的境地更可怕的了。笑可以叫人垮掉。阿里斯托芬[①]用笑声解除了上帝的武装。巴基里有一个习惯，那就是每当他讲一句幽默的话的时候，便放声大笑，双手拍打膝盖，然后抓住你的肩膀，以便引起别人的注意力。

[①] 阿里斯托芬（约公元前448—公元前380年），古希腊喜剧作家，被称为"喜剧之父"。

"你到过他的家吗？"他向我问道，抓住我的肩膀。

"没去过。"

"你要去，去了会很满意的。"巴基里说道，闭上了一只眼睛。

"为什么？"

"我什么也不告诉你，以便不让你失去稀奇感。只不过你去他家时，把我也带上。"巴基里说完站了起来。

"再待一会儿！还早呢。"

"我走了，戴木克。"

我独自一人待在那里，我的思绪又重新回到我应当从居辽同志的生活里保存下来的记录中。顷刻间，我为之感到很难过，心都碎了。我想起了阿尔封斯·都德的《达拉斯贡的戴达伦》，心里琢磨我的记录将跟那本聪明的书中所描写的内容很相像。"人们会以为我模仿了《达拉斯贡的戴达伦》。"我对自己说。后来，我又平静下来。《达拉斯贡的戴达伦》的写作，要比塞万提斯的《堂吉诃德》、果戈理的《死魂灵》和太凯里的《无用的展览》晚得多，但是，人们并没有诬陷都德模仿了这三部著名的长篇小说。

想过这些事情之后，我站了起来，这时候中午已经过去，我妻子应该下班了，所以我便慢慢向家里走去。

进到屋里时，我看到桌子上有个信封，信封上写着"泽奈柏同志收"。

我打开信封取出一张厚厚的磨得光光的纸，原来是一张请柬。

我手拿请柬走进厨房，妻子正在往盘子里盛菜。

"是出席盛大晚会的请柬？"我问道。

"你干吗大惊小怪的？怎么只有你写报告的人才有权利出席盛大晚会吗？"她说道，狡黠地一笑。

"奇怪得很，这样的一份请柬怎么就没到居辽同志的手上。"我说。

泽奈柏手里擎着盘子，惊奇地看着我。

"什么？居辽同志竟然没收到请柬？"

"真是不幸。"我回答说。

"这不可能！"她说。

"就是没收到！"

我们彼此又交谈了两三句话，然后开始吃午饭。

午休以后，我妻子穿上深色西装和白上衣，我们一起出去了。她去出席盛大晚会，我去会晤亚当·阿达希，交流对文学的某种想法，向他介绍我未来的一部长篇小说的情节。自然了，我不会告诉他我是从什么地方得到这个情节的，因为他了解居辽同志。尽管如此，我还是担心可不要叫他看穿了我的心计。

我和妻子肩并肩地朝前走着，在经过文化宫前面的广场之前，迎面碰上了居辽同志。他穿了一件黑色西装，扎着一条细碎白点的领带，满脸正气。他看见我，朝我走来，脸上露出微笑，伸手拍拍我的肩膀，说道：

"去出席盛大的晚会？"

"不去，陪陪老婆，她有请柬。"我说。

他把头转向泽奈柏：

"请原谅，我没注意到您，您好吗？"他跟泽奈柏握了手："那好，您去吧，我稍晚一会儿到。"

与此同时，我们看到了克里斯托夫。此人留着稀疏的偏发，裤线笔直笔直的，像刀削的一样。我妻子很了解克里斯托夫，他担任过食品联合企业的工程师。

"咱们晚了，走吧？"他说道，看了看我，"戴木克，您也去吗？"

"泽奈柏有请柬。"

"咱们坐在一块儿，泽奈柏我喜欢和你坐在一块儿，真是太好了。"克里斯托夫说道，然后又转向居辽同志，"走，居辽！"

克里斯托夫从小就认识居辽同志，就像巴基里了解居辽同志那样。对于居辽同志及其聪明才智，他总是有一个弱点。克里斯托夫不像巴基里那样总是嘲讽居辽同志,而只不过是常常刺激他。

居辽同志把黑提包夹在腋下,将一只手伸进兜里。

"往前走吧,克里斯托夫!我在等Q同志,我们要一起切磋一下我现在正准备的一项研究课题。"他说道。

"稍微歇一歇吧,我说你这个幸运儿!连在盛大的晚会上也要搞研究?"克里斯托夫眯缝着眼睛说道。

居辽同志笑眯眯地说:

"你可是了解Q同志的,他一分钟也闲不住。我有啥办法?他请求我:'求求你了,请你看一看研究提纲和想法。'我把它拿到手里,笑了笑对他说:'如果选我进主席团,那怎么切磋?'因为他希望我们坐在一起。"居辽同志笑容可掬地说道。

我差一点儿笑出声来,克里斯托夫也注意到了这一点,此人从外表上看挺愚笨,可实际上却很聪明。

"不管怎么说,我劝你还是别太累着。"克里斯托夫说。

"在我们这个年纪,应当工作。"居辽同志说。

"我在办公室的时间里,邮递员一份请柬也没送来。"为了控制满腹的笑意,我说道。

居辽同志活动了一下右肩膀,脸变得微红,转身对我说:

"邮递员是些粗心大意的马大哈。在家里没找到我夫人,把请柬扔到邻居家里了。他应当把请柬亲自送到我手上,信封上甚至还写着:您在主席团的座位上入座。假如不是Q同志从中干预,不要我坐在主席团的位置上的话,那我可要丢人了。主席团的同志已经到了半个小时了,可我这会儿才刚刚拿到请柬。"

我们大家都相信了他最后的一句话。

泽奈柏捅了一下我的胳膊肘,小声地对我说:"毫无疑问,居辽同志收到了请柬。"对她的话我也予以肯定。

"太好了,泽奈柏,咱们走吧?"克里斯托夫说。

"走吧!"她说道,然后,他们就消失在文化宫前的广场中了。

克里斯托夫走在我妻子的肩膀旁边，居辽同志对我小声感叹地说："这个克里斯托夫挺不错，不过太能吃，胃口太大了。有一次我去打猎，差不多打了二十只鸽子。我找他到家里吃晚饭，好家伙，他竟吃了我十一只，十一只啊！"居辽把一根手指举得老高。

我们一起站着的时候，我注意到居辽同志的神情很不安。

"Q同志是怎么搞的！莫非是?!"他问道。

"你有出席不了盛大晚会的危险。"我说道。

"怕会这样。"居辽同志说。

我和他分手了，去一个小卖店买盒香烟，我面前是文化宫的台阶。最后一批人登了上去。与此同时，居辽同志匆匆地从小卖店前走过，只走了几步，就钻进"十一月十七日"的电影院旁边的那个小巷子里了……我点着一支烟，叹了一口气，我为居辽同志感到遗憾……

3

我没有到亚当·阿达希那儿去，我感觉先前我没开始为别人写报告和发言时那种从事文学创作的愿望，又在自己身上重新复活了。"只是为了这事儿我也要晓得感谢居辽同志才是。"我思忖着，"是他复活了我自我意识中那早已开始酣睡了的创作激情。然而，我又害怕，那些报告或自然主义的句子，作为出版业的反动，可别涌入我的小说中。不过这是不会的，从今天晚上开始，我就要写起我的长篇来。我要努力展开对居辽同志形象的塑造。归根结底，文学究竟是什么？文学是人的再创造，是创作者的心灵和思想经过过滤器的过滤，是一种对抗，一种创造，它是抽象的东西。它是雕塑出来的一团烟雾。"

我脑子里装着这些想法度过了整个会议时间，直到盛大的会议结束为止。于是，我便从我苦思冥想过这一心事的咖啡店里走出来，向文化宫前的广场走去，等候我妻子。

人们开始走出来,我放眼瞭望,寻找泽奈柏。突然间,居辽同志手拿一个黑黑的提包,汗流满面,不知从哪个胡同里钻了出来。

"你妻子说话就来。"他说道,"太热了,我受不了,所以快点儿出来了。出席这样盛大的会议,为了一支烟会叫你鼻子火烧火燎得难受。"

居辽同志点着一支烟,好像是如愿以偿地开始抽起来。

在这个节骨眼儿上,泽奈柏和克里斯托夫来了。

"你钻到哪里去了,我说幸福的人!我根本就没看见你,你是不是坐在最后一排了?"居辽同志说道。

"靠近最后一排。"克里斯托夫说道。

"我想就是嘛!我在第一排,跟Q同志坐在一起,休息时我都没出去,因为埋头看研究课题的提纲去了。Q同志怪得很,最爱追根问底了,是一个伟大的探索家!'你是如何形成这想法的?这一概念有什么意义?这一评价的本质在什么地方?……?'得啦,得啦,对我提出了一百个问题!所以说,差不多,我们就像没见过面似的。"居辽同志说道。

"你的肩上承受了繁重的工作。"克里斯托夫说道。

一切我都了如指掌,心里感到特别可笑,我想起了在我买烟的小卖店前居辽同志的奔跑,那时候会议已经开始了。

我挽起妻子的胳膊,讲了祝愿他们晚安的话,便和他们分手了。

走在路上,泽奈柏对我说:

"居辽同志的工作真忙,即使在盛大的会议上他也忙着工作,可你却说他没有请柬!"

我深思地凝视着泽奈柏,对她说:

"真伟大,我说老婆,他真伟大!……"

路上,亚当·阿达希追上了我们,腋下夹着他那份永远带在身边的材料袋。看得出来,他也去参加盛大会议了。说到会议,他便用左手从腋下抽出材料袋,举得老高,说道:

"我的话剧《战胜暴风雨》终于被'人民剧院'采纳了,艺术委员会对它评价很高，称它是对我国戏剧事业作出的新贡献。"

"我很高兴！"我说。

"自然喽，他们有些夸大，当他们说是一个新贡献的时候，那是言过其实了……不过，尽管如此，为了创造一点儿新意，我尽了努力。我想居辽同志看了彩排，也会给予好的评价的。我们不晓得评论家们的印象将会怎样，特别是米特洛·卡拉巴达奇和扎依姆·阿瓦吉二位不知会有什么看法。"他若有所思地说道。

"我相信他们会公正地予以评价的。"在这样的时刻碰面我很不情愿，为了能从这种碰面中得到解脱，我如此说道。

"你如果有空闲时间，也可以看看，不过，我想象得出，你工作太多太忙。"亚当·阿达希注视着他的材料袋说道，档案袋封面里边是六十页纸的打字稿。

我沉默不语。他明白我没有阅读这部话剧的愿望。

"人家告诉我居辽同志要去休假。"他说道，将剧本放进材料袋里。

"这事儿我不相信！"我说道。

"我也不相信，居辽同志工作太多太忙。"他仰望着达依迪山说道，仿佛是在沿着山上的小路把居辽同志的心魂追寻。

过了一会儿，我们分手了。亚当·阿达希腋下夹着材料袋走了，他为自己的艺术创作感到自豪，这一工作使他在人民群众当中享有非常高的声誉。

居辽同志未能休成假

人们请求居辽同志开始休假，可是，居辽同志反对，因为他一个劲儿地埋头工作。工作都把他淹到脖颈儿了。于是，巴基里、达奇和我这些他的下属都聚集到一起，劝说他去休假，好好歇一歇，因为他的活动实在是太多太密集，让他太累了。

"工作我是没法放下不做的，你们很对，如同全体公民一样，我也应该休息。可我不能休息。刚刚 Q 同志还给我来电话，叫我去休假，而我却反对这样去做……"他运用摆在自己面前的研究课题提纲中的话讲道。

在这儿，作为部工会主席，巴基里插了进来。

"我们应该爱护干部，居辽同志。前天差点儿要了你的性命。你叫自己受苦受累，我代表工会有义务敦促你接受准假，马上开始休息。"

居辽同志把我们大伙逐一地打量了一番，您动脑筋想想吧，他就像一个好爸爸仔仔细细地观察围在他身边，跟他恳求什么东西的孩子那样地注视我们。

"我们处面临的状况不允许我休息。我刚到这个处，所以我决定今年取消休息。我们面前有很多任务。十月份，我们要举办盛大的民间文艺会演。会演要取得成功，需要我们流汗、受累、费脑筋。我要去会演现场，亲临其境观察事态的进展，感受将参加会演的艺术团体所面临的实际处境，我要解决这些艺术团体的物质基础问题。我要同官僚主义者、经理、主任、负责人、农业生产合作社社长交锋；这些人给艺术团体制造种种障碍，不容有才干的人存在，而是把他们死死地钉在劳动岗位上，因为他们一门心思盯在完成生产任务上。我看清楚了，我将和这些官僚主义者进行尖锐的斗争，不过，胜利将属于我们。除了在国内进行这些斗争，可能还要在国外，在国际会议上斗。历史呼唤我们去斗争和为捍卫它的伟大事业而行动。这种伟大的事业就是我们的事业。我们几乎是唯一的捍卫历史正义事业的国家，捍卫人类正经八百的真正幸福的国家。可你们却恳求我去休息，不，弟兄们！集体的利益高于个人狭小的利益！这可是我的原则！请你们去到你们的工作岗位上，在相关的部门做挺得住立得牢的台柱子吧。从你们手里想要得到休假许可的人让他现在就拿到许可吧，让他到都拉斯、发罗拉、申津、迪维亚克、达依迪①等地方休息去吧……让他们养精蓄锐，带着新的精力回来。"

　　这次讲话，对于我们来说是伟大的一课，听完这一席话之后，居辽同志离开椅子站起来，舒展双臂，这表示接见算是结束了，于是我们大家开始从他的办公室里走出去。

　　"是这样。"我思忖着，"真是这么回事儿啊！他要去非洲啊！啊！我可不喜爱非洲！我不爱兜里带着讲话和报告奔赴通往这片大陆的道路！"我无意识地看了看同志们。

　　达奇激动得满脸发红，小声地自言自语，怀着对居辽同志一种极大的尊敬之情微笑着。

　　"这真是条汉子，可不像咱们以前的那些领导！"在走廊里达奇说道，与居辽同志会面留下的印象，依然还让他的脸上泛出红晕。

　　"咱们应该保护好居辽同志，居辽同志可能会生病呢。"巴基里说

---

　　① 这些地方都是阿尔巴尼亚旅游和度假胜地，或在河滨，或在高山，风光秀丽，景色宜人，空气清新，生态环境甚佳。

道，掩藏住流露在唇边的一种达奇不喜欢的感情。

"巴基里，你总是想嘲讽人们崇高的品质。"

"我不嘲讽，咱们应当保护好居辽同志……"巴基里说道。

对巴基里的第二次肯定性的话语，达奇仍然不满意。

"你想怎么说就怎么说好了，反正居辽同志是条汉子，跟塞姆塞丁可不一样！"达奇真诚地说。

这时候，居辽同志将门打开了，手上拿着几张开张较大的纸，上面记着研究题目的提纲。

"阿洛！"他说，"你们没看到你们在妨碍我吗？"

"请原谅，居辽同志！"达奇说道，他第一个离开了走廊。在他之后，我们也走了。

此刻居辽同志喊我：

"戴木克，等一下！我找你有事儿，阿洛！"

我回去了。他把一只胳膊放到我肩上，拉我回到办公室。他用手指了指沙发，示意让我坐下。我坐下了。他在他的桌子旁边就位；桌子上摆着档案袋和书籍。书有的是阿文的，有的是别种语言的。他戴上一副大黑框眼镜，打开厚厚的灰皮本子，拿起红铅笔，对我说：

"你写，戴木克！唉，你没有纸吗？从我的簿子上撕给你几张吧。好好看一看，可不要把家中书房里我已经写了字的某张纸撕给你了。戴木克，学着点儿，要使用卡片纸和日历牌把工作干得井井有条才是！卡片纸上记号码！记录后面要记上作者的姓名、书名、页码和书的出版年代。好好看看，可不要把我记下了什么东西的卡片纸给了你……"

我打开一看，果然是四张在一面上写了字的卡片纸。

"你给了我四张卡片纸。"我说道，站起来把纸递给他。

居辽同志微微一笑，问道：

"我在上面写了些什么？"

我念了第一张纸：

萨克斯冯诞辰125周年了。他以1845年发明了具有阿道夫·萨克斯精神的乐器的技艺而成为闻名的发明家。萨克斯是发明家的姓,"冯"是音响的意思。

居辽同志挥了挥手,说道:
"甭提这个!这是我为迪奥金记下的一桩奇闻妙事。我没有给他们讲科学。下一张上写的是什么?"我读了第二张纸:

人睡眠时也要耗费许多精力,计算好了,人睡觉时呼吸动作消耗的全部能量,相当于一天工作中消耗的能量。还可以作个比较,这种能量的消耗也相当于人从他居住的楼房第一层提500公斤的东西登到第二层所消耗的能量。

居辽同志又挥了挥手,说道:
"算了,不说这个!这是我为巴尔德写的。你认识巴尔德吗?他是我八岁的儿子,非常喜欢动物学和植物学。这孩子太怪了!另一张上写的又是什么?"
我读了第三张纸:

生命,类似生命的东西就其本身而言,是死亡的胚胎。黑格尔。哲学科学百科全书。

居辽同志双手捂着头顶,感慨万端地说:
"噗!噗!这条注释将会叫我走投无路!这是黑格尔最强有力的思想之一,恩格斯在《自然辩证法》中的'生命与死亡'这一注释里还提到了它!下一张上写的是什么?"
我读了第四张纸:

个子最矮的人曾经是波利娜·玛斯戴尔斯，她身长56厘米。

我笑了，居辽同志皱起眉头说：
"你觉得高吗？"
我忘了他说的数字，肯定地说：
"高嘛。"
"戴木克，你玩什么游戏？我儿子迪奥金出生时就有54厘米，差不多和成年人波利娜·玛斯戴尔斯一般高了！"居辽说道。
我脸红了。
"请原谅，我是想说矮。"
"就是么，你叫我发疯！"他笑了，又给了我几张纸，以便补充我对他写在卡片纸背面的那些东西的认识。我检查了一下，找出五条在一边加了语录。
"怎么会这样子呢？！我竟然全都写上了！"居辽同志笑了，"说说看，我写了什么？"
我读了另一条：

思想像小鸟一般飞翔。鸟，我们看得见；思想，我们感觉得到。这就是区别。居辽·卡姆贝里评论。

我不解地凝视着居辽同志，我是读了他的一篇评论。
"得了，得了。这是我对抽象事物的想法。我觉得这些都属于特殊现象的范畴。对于具体范畴的那一些我都放在家里了。活见鬼，这些我给忘在桌子上了！另外一张上又写了什么？"
"写的字看不明白。"我说。
"给我看看，怎么看不明白呢！瞧瞧，这上面写的是什么：我喜欢音响，不过，可不喜欢教堂敲钟的声音……我喜欢听人的声音，但不喜欢牧师的声音。居辽·卡姆贝里评论。"居辽同志读道。

我笑了，居辽同志脸色通红，因为他以为我是在嘲笑他，伤害了他的自尊心。然后，他笑着接过话把儿：

"有带幽默的评论。另一张上还写了什么？"

我念道：

声响是歌曲的爸爸。居辽·卡姆贝里评论。

"你反对吗？"他问道。

"不。"我说道。

"下一张又写了什么？"

我念道：

为什么植物的名字没有性别之分？比如说吧，狗是有性别不同的名字的，公狗我们称它为"Qen"，母狗叫"Bushtër"，可是，松树就没有性别不同的名字，我们称公松树为"Lis"，那为什么不称母松树为"Liseshë"，而同样称它们"Lis"呢？居辽·卡姆贝里评论。

这是我读过的最奇妙的评论，逗得我笑出了眼泪。居辽同志挽起我的手，说这是对具体范畴的现象评论的一部分，有时评论也涉及抽象范畴。然后，为了不把话扯得太长，他对我命令道：

"请记录我下面的几点要求，你要在这几点上下下工夫，为我的研究课题《知识分子与文化馆》搜集材料。"

我拿出钢笔，等着记录。居辽同志坐下来，埋头看着他在那个灰色笔记本里记下的东西。

"请记下来这些问题：我国有多少个文化馆和文化之家；有多少个知识分子；从前有多少名牧师和神甫；文化馆和文化之家的现实状

况怎样；农业技术之角使用情况如何，是否有文化馆变成粮库的事情发生；是否有将这些设施变成了村子里的一种点缀，而不使用的现象出现？何地、如何、何时，要了解得具体才好。村名；农业生产合作社社长的名字；有多少册书，有人阅读或无人阅读；在文化馆里青年人唱些什么歌，我们的新歌曲传播得如何，人们所说的那首歌《噢，从山上下来着黑装的她是个啥！》是否在流传。在社会主义社会里不存在悲剧。在崭新的社会主义社会里要斩断旧事物的爪子。要唱《先进的队长》。在它之后是那首《噢，从山上下来着黑装的她是个啥！》……黑色产生悲观主义，当歌曲里也这么唱的时候，情况尤其是这样。歌里唱的这些东西是个啥！一位穿着黑衣服从山上下来，另一位来自德莱诺瓦，待在草地上。德莱诺瓦我是熟悉的，正像人们所歌唱的：德莱诺瓦，我说德莱诺瓦女人啊，你把我的心给抓去啦！似乎我们没有其他的事情可做，似乎我们也拿不出个啥，可我们能把心儿往外拿！句号！那些科尔察男人没有放弃德莱诺瓦女人或从山上下来的那个她。来，戴木克！好好想想，对我说的这些要拿出一个主意！我们要为新歌开辟道路！"他命令道。

我机械地写着，因为我的思想溜了号，心思都在我需要炮制的整个那份报告上了。他口授给我所有的几点，居辽同志称其为提纲。是这样，是这样，我的命运已经注定了，我整个一生都要在报告中度过，倒霉啊，泽奈柏，她以为我们得救了。

居辽同志把话说得很长，他给我的几张纸我全写完了。《噢，从山上下来着黑装的她是个啥！》，他对这首歌的想法，我记在了他在背面写了评论的纸上了。我注意到了这一点，请求他原谅，他把手在空中一挥说，没关系，因为他要在一张新卡片纸上再抄写一次。他只是命令我念给他听。

那张纸上只写了一个格言：嘴里叼着烟，整个嘴唇痒不了。

我不由得大笑起来。

"戴木克，你发神经？"居辽同志看我不停地笑，对我说道。

"高！"我说道，我笑得说话都有些困难了。

"奇怪，有些事情并不能让我发笑，可是却能叫你那样地感到好笑。"他说道。

我停下来，不笑了，因为我注意到居辽同志发火了。

"今天就说这么多，好好干，搜集好资料！深入地研究悲剧问题！在社会主义现实哲学万花筒的照耀下，今日生活中的悲剧观念不应该存在于乡村知识分子的思想意识中。悲剧只作为范畴的东西存在。生活的欢乐——这应成为基础观念。"他说道。

我大胆地插话：

"我们是否坠入了享乐主义哲学？"

他耸了一下右肩，说道：

"在社会主义条件下让生活过得愉快，不是享乐主义，我看你与我是相隔十万八千里，说话根本说不到一起，我要把那些风马牛不相及的东西清理出去，因为你会无意中把一些毫无关系的东西汇集到资料里，然后为了我的课题你还要交上来，对此我可不感兴趣。然后，你就停止为我提供服务于国际会议的材料！这么一来，事情可就完蛋了。政治路线在受到伤害！"

我深受震动地走了出去。居辽同志曾是个严厉的人，他真的挺厉害！

他能在我为他准备的报告中找出某一思想性错误。真是见鬼了！是什么火燃起了欲望，促使他要求我来面对悲剧范畴的问题？这个范畴同农村知识分子有联系吗？

他打开门，再次把我喊了回去。

"戴木克，"居辽同志说道，"你当初同现在调到戴佩莱那的塞姆塞丁一起工作是比较轻松的，他要求你随便去搜集什么资料，而我要的则是科学性的、在文学方面被鉴别为有价值的东西，对哲学（fillozofi）这个词不要在发音时读成一个'l'，而要读出两个'l'，即'll'。不说了，这是正字法要求的！在人类精神生产的这些领域，我劝你得学习才成啊。你应该知道，精神生产转换为物质生产，转换为生产力。而你们却对我说，要我去休假！你们在想什么？想要我把工作扔下一半，要我把身体躺在海滨浴场的沙滩上？领导过这个处的塞姆塞丁，曾经叫身体躺在海滨浴场的沙滩上，所以才把这个处领导得一团糟，然后等着从上面派来一个工作组调查我们处的情况。这个工作组应该找我这个经验丰富、精明强干的人。当前，在这种状况下，我怎能到海上休息呢？"

"话是这么说，居辽同志，你还是应该休息休息。"我说道。

"你什么时候有我这样一种负责精神，那时咱们再一起说话！"居辽同志说道，摇着头，想着心事。

"那我哪儿知道！是同志们在为您担心。"我说道。

"我有个原则：同志们的话我听，但这一次，说到我休假的事儿，我不听，请原谅。不过，你听着，明天你有什么事情吗？"

"没有。"我说道。

"那么晚上你带着巴基里一起到我家来一下，彼此亲亲热热地坐坐，就会有更多的了解。你一点儿都不要害羞！从前，你们不到我们这些领导者的家里，现在，你们就来吧！咱们大家都是人民的儿子。咱们之间不存在鸿沟。"居辽同志说完这番话又说，"我不愿意你们再跟我念叨休假的事儿。就这些。埋头工作，好好干吧！"

我从居辽同志办公室走出来，他刚把门关上，又从屋里喊我：

"阿洛！"

我又走回去。

"你忘了记的东西！听着！我给你提个意见。塞姆塞丁可以对忘事儿的马大哈感兴趣，你不能像从前跟塞姆塞丁那样跟我工作。把卡片拿去！"他皱起眉头，以权威者的架势对我下命令。然后他软了下来，脸上露出一丝微笑，补充说，"好吧，戴木克，明天晚上我在家里等你们，你和巴基里两个人。借此机会你了解一下我另一方面的生活，这方面的生活我们称作私生活……"

居辽同志接待来访

"咱们走进屋里,将看到迪奥金伏在总乐谱上忙活,居辽同志埋头研读一本厚厚的书。"在居辽同志居住的公寓门外边,巴基里以一种令人纳闷的腔调说道。

"你从哪儿知道的?"我问道。

"我想出来的。"他说道,"迪奥金要出去玩,居辽同志好不容易把他留在屋里,这个场面咱们将会看到,咱们要对这个孩子异乎寻常的毅力表示惊奇。"

我们在门前稍站了一会儿,楼梯上闪着微弱的光,一片安静。巴基里摁了一下门铃,没听到有人的动静,他又摁了一次,一阵鸦雀无声。

"居辽同志在埋头学习,用心钻研问题呢!"巴基里一边摁第三次铃,一边说道。

这时候,听见脚步声了。开了门,阿蒂拉肩披一条丝巾出现在我们面前。她穿了一件蓝的确良连衣裙——那裙子裁剪得非常得体、时髦,鸭蛋脸,白白净净的皮肤,又大又黑的眼睛,厚实而漂亮的嘴唇,全身闪耀着健康而快乐的神情。即使一个陌生人也会明白,在这个女人身后的住宅里,笼罩着欢快和乐观的气氛,绽开着无忧无虑的富有生命力的百合花。这些乐观主义的百合花的芳香也向我们的脸上扑来，扑到正派的工作人员——我的朋友巴基里的脸上，也扑到我这个闷头写报告的人的脸上。她的住宅里飘散着这种幸福的百合花的芳香的时候，阿蒂拉可晓得我在纸上刷刷地写着，忙个不停，在为她的丈夫、非常可敬的居辽的研究提纲梳理"资料"？阿蒂拉是否知道，我在塞姆塞丁身边工作时写下了多少页的东西？不过，可怜的塞姆塞丁对我写的报告没有哲学品位的要求，正如居辽同志所说的，他连平铺直叙的东西都接受。只要把一页页纸填满了数字和事实，对他来说就足够了。而居辽同志则不然，他要求哲理性论证，要求文字要有评论色彩和思想性，甚至还要有格言警句和民间谚语。

她那动听的声音唤醒了我：

"请进，请进！巴基里，你好吗？戴木克，你怎么样？在居辽讲话的会上，我就没见到你。"她说道，然后向丈夫喊："戴木克和巴基里来了！拿什么款待你们呀？太棒了，太棒了！"

"阿洛！"从屋子里传出居辽同志的声音。

居辽同志躺在长沙发上，阅读一本厚厚的外文书。他穿的是军装，下身穿的是上腿肥下腿瘦、紧紧贴在腿肚子上的马裤，上衣是呢料制服。帽子挂在墙上，同样是军人式的。我们一进屋，他就站了起来，用一个手掌把马裤理得板板正正。然后，擦了擦眼睛，不声不响地待了片刻，好像要使足力气作出重大评判似的。后来终于皱了皱眉头，高高地举起一根手指，做了举手不动的姿势，说道：

"我回来有一个钟头了。我跟Q同志到达依迪山上打野鸽去了……"转过身来对像个小大人似的拿着乐谱坐在桌子旁边的迪奥金说："够了，够了，别老摆弄那些乐谱了，你这样要得病的！"

"算了吧，居辽，让他作曲吧！作曲，妈妈的宝贝儿子，作曲去！"阿蒂拉说。

迪奥金手里拿着钢笔坐在桌子旁边，在密密麻麻的五线谱上面勾勾画画地忙碌着，连看都不看我们一眼。

与此同时，阿蒂拉做了一个突如其来的动作。她展开双臂，使劲儿地拍巴掌。这是一个信号,表示发生了一点儿令人惊奇、预想不到的事情。

"居辽,你忘了从腰带上卸下手枪了!"她说道。

"真的!"居辽同志说着就把手枪带子解了下来,"嘿,真是!"

阿蒂拉接过拴着宽皮带的手枪,将它挂在墙上。巴基里对我挤眉弄眼,点头向我作了个暗示,靠到我跟前,慢慢地对我说:

"手枪是这会儿别在腰上的!别在腰上给咱们两个看,阿蒂拉装出一副没看见的样子!"

"小声点儿,慢慢说,都让人家听见了。"我胆怯地说。

居辽同志再次靠到我们跟前,拍着我们的肩膀说:

"你们来得正是时候,你们干得蛮漂亮,让我很开心!"然后,他稍停了一会儿没做声,接着又补充说,"只来了你们两个?"

"我们想叫克里斯托夫也一起来,但他没有来,因为在'达依迪'宾馆他有一个活动,要出席款待几位外国民间文艺家的宴会。"巴基里说道。

居辽同志用手掌拍了一下额头,说道:

"啊,他哪里找到机会今天晚上要去出席宴会!我对克里斯托夫很感兴趣,因为他挺幽默。他若是来了,从地方报纸上刊登的犹如珍珠宝石一般的话语中来上那么一两句,该有多好!他找到那么些笑话,真是好极了。从《山谷的雷声》那家报纸上找到的笑话最多。是吧?他是怎么找到这句话的:田地里相当大数量的老鼠,被手艺人做的捕鼠器捉到了!还有另外一句:老鼠玩火柴,烧毁了猫的家。瞧瞧,讲了这样一些东西。"

巴基里和我走进另一个房间,居辽同志把它称作工作间。迪奥金手里拿着乐谱也进来了。居辽同志打着灯,他的工作间宛如剧院演出的舞台一般出现在我们的面前。前边墙上挂着大壁毯,壁毯上交叉地悬挂着两把古剑。古剑的两边是两支手枪。一支手枪上镶嵌着燧石并安着用白银装饰得很讲究的剑把;另一支是那干式的,上面还带着石磨的图案。右边的墙边有一个大书架，上面摆着从最古老的到最新的书籍，有阿文的，也有别种语言的。在书架上边的墙上，缠结着一个散发着树脂香味的鹿头。桌子上，除了两个海中贝壳样式的烟灰缸之外，两边摆放着纸张和笔记本。墙角处安了黄色的蜗牛样式的地灯。

直到这时我还没有坐下来，又回过头来去看以壁毯为背景挂着的两支手枪。迪奥金注意到了我，声音又大又尖地说：

"爸爸还有一挺机关枪！"

居辽同志听见了儿子的话，转过身对他说道："迪奥①！我们要谦虚点儿，第一，它不是机关枪，而是自动步枪。第二，这一点更为重要，父辈人的武器使我们感到自豪，可是不能太过分哟！"

阿蒂拉从门槛那边冲着他们说：

"住嘴，一边歇着去！真是太奇怪了！居辽，你跟迪奥金以牙还牙地吵，他是个小孩子呀……"

居辽同志双手叉着腰，遗憾地凝视着阿蒂拉，说道：

"你跟我说他是个小孩子！可他在谱写交响乐！"

"天才是一个范畴，年龄是另一个范畴。同志们说在对辩证法的了解方面，你不是个弱者。"阿蒂拉笑着说道，那声音像姑娘的声音一样，这使我和巴基里很开心。

"好，好！咱们不说这些！"居辽同志说道，坐到沙发上。"请坐，都好吧？你们怎么样？下午过得如何？"他又冲阿蒂拉说："他们俩是我的左右两臂，没有他们我就寸步难行，就完蛋，没法飞起来。"

阿蒂拉站在门槛处微笑着。

"居辽谈论起同志们来，总是激情满怀，情绪高昂。我懂得他为什么没接受到阿尔及利亚当大使的任命。居辽不和同志们在一起是活不成的。"她一边紧拉了一下披在肩上的披巾，一边说。说着她来到

---

① 迪奥是迪奥金的简称。阿尔巴尼亚人与人之间说话常叫对方名字的简称。此处居辽称儿子迪奥有故意张扬、显摆、吹嘘自己家人的意味，从这一小事儿上也可以看出作者对人、对生活的观察是多么细致入微。

巴基里跟前坐下来，位置在她丈夫和我中间。

巴基里把手向小桌子上一个挺大的烟盒伸去，居辽同志站起来，一边拿起烟盒递给我们，一边请求我们原谅：

"我这脑子想事儿就没想到地方……"

霎时间屋子里宁静下来，我逐一地端详着书籍、壁毯、手枪、鹿头。巴基里把烟灰弹在海贝壳做的烟灰缸里。居辽同志注视着我的目光；这目光从家中的一件件东西上扫过。他用天鹅绒一般软绵柔和的语调说道：

"那把用白银装饰着鞘套的剑，是我曾祖父用过的，后来传到我祖父的手里，祖父年轻的时候用它进行过抗击土耳其人的斗争。另一把带有石磨图案的剑我父亲用过，那是祖父送给父亲的。在索古时代，我父亲使用它同索古制度的宪兵和走狗开展过斗争。我爸上哪儿去了？"他向阿蒂拉问道。

"领巴尔德到姨母家串门儿去了。"阿蒂拉说道。

"马克苏迪老人身体保养得挺好。"巴基里说。

"保养得不错，瘦了许多。整个一生都是在斗争中度过的。参加1920年发罗拉战争的时候他二十岁，后来到法国里昂矿山工作，在那里他还加入了法国共产党，是马赛·卡胜的亲密朋友……"居辽同志微笑着说道，这时巴基里对我作了带有讽刺意味的暗号。

"巴基里叔叔，爷爷是位勇士，跟赛拉姆·穆萨依①一起在德拉绍维茨战斗过，担任过副司令。"迪奥金说道。

父亲以严厉的目光瞥了儿子一眼，这一瞥目光意味着迪奥金应该住嘴。

"迪奥金，这事儿我已经对你强调过一次了！我不想让你成为一个骄傲自大的人，一个喜欢吹牛皮的人！不要拿你爷爷去吹嘘、宣扬自己！……"

---

① 赛拉姆·穆萨依是1920年发罗拉战役中的著名英雄。

48

"爸爸，为什么？爷爷不曾是赛拉姆·穆萨依的副手？"迪奥金问道。

"为什么他是赛拉姆·穆萨依的副手？那是有原因的。所以你应该是个谦虚的人。就像爷爷那样！你不记得去年出于谦逊的原因，他拒绝《团结报》记者的采访吗？斗争是人民进行的，爷爷是人民的公仆！"居辽同志还转过身来对我们说："因为谦虚，爸爸不接受在《阿尔巴尼亚历史》'发罗拉战争'那一章把他写进去的做法。什么是真理呀，我也请求历史学家不提他的名字，有别人呢……"

他刚说完话，电话铃就响了，居辽同志看了看我们，站了起来。电话机安在另外一个房间里。

"这些人不让居辽得清闲！即使半夜十二点他们也给他来电话，女人有个担负重要责任的丈夫很难哟。"阿蒂拉说道。

"这些人每件事情都问爸爸，似乎他们就没有单独胜任工作的头脑！"迪奥金说道。

阿蒂拉咬着嘴唇说：

"嘘！爸爸听见了，会宰了你！"她冲着我们小声说，以免被她儿子听见："居辽说，人在孩提时就应当将骄傲自满、吹牛炫耀的根子拔掉。他不让迪奥金把头翘得老高！我担心这可别阻碍他成为一个杰出的人物……"

与此同时，居辽同志打完了电话，对妻子提出的是谁来的电话的问题，他只用扬了一下胳膊这样一个动作作了回答，同时补充说：

"Q同志请我今天晚上到他家里去，跟我说他心里挺寂寞，想和我一起聊一聊。也许是他有什么问题想请我和他一块儿切磋切磋。不过他是一个谨慎、成熟的人，一个文化素质很高的人。可是一听我说请巴基里和戴木克吃晚饭，他便请求宽恕……"他说道，目视着妻子，接着讲道："把部长从普尔梅特给我带来的烧酒给我们每人斟上一杯。"

"可不要打搅你们！我们来只待一小会儿。"巴基里一边冲着我挤咕眼睛一边说道。

这事儿被迪奥金发现了，于是毫不害羞地说道：

"巴基里叔叔，我看见了，看见你怎样对戴木克叔叔挤咕眼了！"

巴基里满脸变得火炭一般红，处境非常难堪。不过，很快他就脱离了这种境况。他大口地深深吸烟，同时还笑着咳几声，说：

"烟进到你嘴里的时候，你把眼睛睁得大大的吗？"

"不是这么回事儿，烟没进到你嘴里！"迪奥金说道。

居辽同志打断他：

"住口，小丑！"

我们大家都笑了，阿蒂拉去准备喝的东西去了。居辽同志站起来，走到书架前，打开书架门，从里边取出一个厚厚的材料袋。

"十五年前，我也写过一些短篇小说，是那时我打好了字，准备出版的。可是，就在准备把书稿送往出版社那天，我改变了主意。他们恳求我出版，一直追到我家里，要把稿子拿走，可我坚持不给。因此，从那时起，这部题目为《山鹑》的手稿，就在这个书柜里安歇睡觉。这是令人感到奇怪的。这本书提出了有关解放妇女和实现全国电灯照明的几个问题，这些问题即使在今天也具有现实意义。

"真正的艺术走在时代前面。"巴基里说道。

"那当然。这些短篇小说没有什么太高的艺术性，但是，提出的问题却是严肃的，有极个别的篇章写法有点儿老套……"

我接过厚厚的材料袋，开始翻起打字稿来。第一篇小说的题目是《山鹑》，跟书名是同一个名字。以下还有这样一些篇目：《鲜血没膝的勇士们》、《岿然不动的峭壁》、《山里的女人，高高地抬起头来》、《高山牧场之花》、《茶和强盗》，等等。

我一篇一篇地翻着书稿，注意到这些稿子确实是很久以前写的短篇小说，因为这从已经变黄的纸张上可以辨认出来。除此之外，几篇小说的封面是蓝色纸，另几篇封面是白色纸，还有几篇封面是浅红色纸。这也能说明不同年代市场上纸张发行的历史。五十年代发行的几种纸就与六十年代的几种纸有区别……

"你拿去看看!"居辽同志看我挺感兴趣,对我说道。

"你记得吗,爸爸,你把文稿给那个作家看过,那个作家叫什么名字来着?对了,叫亚当·阿达希,他抄袭了你的一个短篇小说发表了,你想起这事儿了吧?"迪奥金说道。

"这是真的?!"我问道,"亚当·阿达希剽窃了你的一个情节?!是在哪篇小说里?"

居辽同志露出一个冷漠者的表情,他对这件事儿并不在乎。

"没什么,时间将会说明此事。"他说道。

"我感兴趣的是从哪个短篇里剽窃的。"我对他说道。

"是亚当·阿达希,你应该记得,他发表了一篇题为《当你从草地里回来的时候》的短篇小说。"

"对,那篇东西我读过,是一篇中等水平的小说。"我说道。

"那是肯定的,剽窃者是半吊子,也许你记得,对于剽窃者,伟大的黑格尔曾讲过一句话:'大自然连同她那浩瀚的空间很像一头大象,而她的模仿者则像跟在大象后边爬行的蛆虫。'这句话具有伟大的意义,我的那篇小说也许不具备包罗万象的价值,可是,剽窃我的人改写了一篇相当平庸的东西。这篇小说阐释的根本思想,正是我的中篇小说《高山牧场之花》所表现的主题。亚当·阿达希更改了我的主题。你将读我的小说……"

我们交谈的时候,阿蒂拉手端着几杯酒进来了。她听着我们讲话,看了我们一眼,然后又看了她丈夫一眼。谈话的时候她稍停了一会儿,然后把大大小小的斟满了不同酒的杯子放在了茶几上。

"居辽自己有严重的过失。这些短篇都将被偷走。他把小说给作家们看,他们把小说的情节都给盗走了。假如居辽先把作品出版了,那就让人家偷好了,那样的话,他们就是剽窃者。可现在,倘若把这些小说出版了,居辽自己将被称为剽窃者。是谁的剽窃者?真是的!是亚当·阿达希的剽窃者!天啊,是个什么作家!在一篇小说里十个人互相仇杀；在一部中篇小说里十五个姑娘同丈夫离婚；在一个短篇特写里，两个人砍掉胳膊，并且发誓要为祖国而工作！而这个人却不要出版自己的作品，因为他在追求伟大的艺术！"阿蒂拉以火辣辣的言辞长篇大论了一通。

"亚当·阿达希真的不是什么有特点的作家，不过他倒是有个漂亮老婆。"巴基里笑着说道。

"科莱奥巴特拉！"居辽同志深深地吸了一口气，感慨地说。

阿蒂拉摇动着她的长手指。

"睁开眼睛，居辽，因为亚当·阿达希偷的是你小说的情节，而科莱奥巴特拉偷的是你的心……"

居辽同志紧锁眉头。

"噢，要对付这个科莱奥巴特拉！"

"我觉得可笑，可笑……不过，对小说本身，你自己是个犯罪者。"阿蒂拉说道。

"时间将说明此事。"居辽同志又说了一次，"再给我们拿点儿下酒的小菜来，再煎上三四只我打猎打来的鸽子……"

我把材料袋放到茶几的一角。居辽同志的话语把我带到了野鸽飞翔的群山和山洞里，想象着居辽同志手持双筒猎枪追逐鸽子的情景，脑子里描摹着鸽子被打中后拼命挣扎时他高兴的劲头。

"我给了 Q 同志六七只鸽子。他是个很好的猎手，可是今天打得不好，只打中了三只。"居辽同志说道。

"我已经在煎锅里煎上了。"阿蒂拉迟误地回答道，然后又从屋里出去了。

居辽同志再次站起来，打开大书架，拉出一个抽屉，伸手取出两三本旧杂志和一摞打字稿。这时候，我们闻到了从厨房里飘散过来的煎鸽子的香味。

"巴基里，你闻到香味了吗?"居辽同志手里拿着杂志问道。

"唉，要是克里斯托夫在这儿嘛！他对这些可怜的鸽子会多感兴趣啊！我想起来了，有一回我们一起在科尔察，在马利奇自然保护区附近，我差不多打下来二十只鸽子。在林业站我们把鸽子烤熟了。这二十只鸽子克里斯托夫一个人就吃了十一只。不过，这个人挺幽默。人做起幽默事儿来，就不会为吃了那么多烤鸽而难为情了。愿他胃口好！哎，我把话说到哪儿了？"他又指着杂志说，"这是1946年的两本《新世界》杂志，在第二期上我发表了题为《社会主义现实主义与时代》的文章。这是第一篇关于社会主义现实主义的文章。咳—咳，咱们可以讲，在我国我是这一创作方法的奠基人。"他哈哈大笑起来，竭力给谈话增加一种说笑话的色彩。

我接过杂志，在那两本杂志中我真的找到了他所提到的那篇文章。那是一篇短文，有杂志的两三页那么长。

"拿回家看看！"居辽同志说，"这是我在1946年关于艺术的任务问题所作的一次讲话，其中有两部分曾发表在《团结报》上，诚如你所说的，戴木克，还是在19世纪我就从事文学了！"

"你曾经从事过文学，可是，现在你不从事。"阿蒂拉说道。

"时间将会说明此事。"她丈夫说，"弟兄们，尝尝鸽子肉！"他又把每个杯子斟满了酒，举起他的杯子同我们碰杯祝福。

"祝愿你们在工作和生活中取得成功！欢迎你们接受邀请光临舍下！"

"祝你幸福、愉快！"我和巴基里说道。

我们开始饮酒，吃鸽子肉下酒菜。

"这可不要是最后一次哟！"阿蒂拉以非常好客的感情说道。

她肩上搭着披巾，坐在默不作声的迪奥金身边。迪奥金前面有一块鸽子肉，他正费劲儿地用刀叉吃着。

"爸爸，"迪奥金说道，"你是用什么样的双筒猎枪打中这只鸽子的？用自动的还是普通的？"

"用自动的，可你倒是吃啊！"居辽同志说道。

"咦——！"迪奥金惊奇地说，"为了一只小小的鸽子还用上了自动猎枪！"

居辽同志用小餐巾擦了擦嘴唇，说道：

"你有能耐，用弹弓打鸟！可是等你长到像我这么大，将要……"

他没来得及把话说完，因为门铃大声地响起来了。阿蒂拉站起来，赶忙跑到走廊里，居辽同志手擎刀叉呆住了。尽管他已习惯了电话和门铃声，但总是还感到有些不安。

传来走廊里的喊叫声：

"真倒霉，爸爸他！真倒霉，爸爸他！"

居辽同志认识她，原来是迪奥金的姨母。在喊声的波涛中间，他发呆了，不知所措。不过，姨母惊恐失色地进到屋里，他还没有全糊涂。

"真倒霉，爸爸他！真倒霉，爸爸他！"

居辽同志明白了，巨大的灾难落在他父亲——马克苏迪老人身上了。他站起来，走到奥迪金的姨母面前：

"别害怕，别害怕！发生什么事情了？"

"爸爸他要不行了！"

居辽同志转回身对我们说：

"弟兄们，请原谅我！"

我们站了起来。

"血管梗塞？神经错乱？"居辽同志冷静地问道，就像在困难情况下经常询问别人那样。

"不知道，我们打发人去喊一个医生。"姨母说道。

"咳，有多无知啊！立刻赶到这里来！"居辽同志失态地喊道，然后走到另一屋里打电话去了。我们不知如何是好，相互你看看我，我看看你，没有言声。

"还没苏醒过来吗？"阿蒂拉问道。

"苏醒过来了，可是，听言语好像是说胡话。"

这时候，居辽同志走了进来。

"我往医院院长的家里打了电话。你们走吧,因为院长要亲自给他看病!请你们原谅我!"他又转身对我们说道。

"居辽,爸他说……"阿蒂拉说道。

"说?说什么?"居辽同志问道。

"他说胡话:'我们为自由战斗了,工作了……'他反复说这些话。"姨母说道。

居辽同志两眼噙满了泪水,再也不能保持先前的冷静了。

"可怜的人!这些话给爸爸增加了光彩。二十岁就在德拉绍维茨爬过铁蒺藜。"他泪水满面地说着,同时凝视着我们,"瞧,这就是生活,既有欢乐,但也有痛苦。"

我们默默地低下头,就那样地站了片刻。然后,我们便与居辽同志握手告别:

"祝老人家早日康复!"

"谢谢!待一会儿嘛!"他说道。

"我们走吧,这样好些,你正承受着巨大的痛苦。"巴基里说道。

"实话实说,是这样。"居辽同志一边跟我们握手,一边说道。

居辽同志在医院里看望爸爸

居辽同志的爸爸生病的消息，在我们处里很快就传开了。大家——尤其是达奇——都为这一巨大的灾难感到难过，达奇难过得差点儿没哭出来。马克苏迪老人住进医院的第二天，达奇就对我们说要到医院去看望他，因为自己言听计从于马克苏迪老人，而且对他怀有深深的敬意。达奇要我去医院，我告诉他我将改天再去，这样，他便独自一人去了。

关于患病的马克苏迪老人，关于居辽同志的巨痛和达奇的伤心这些事儿，我是根据后者的叙述记录下来的。在这些记录中可能会有什么不准确或多余的记载，但这不是我的过错，我转述了达奇讲述的事情。达奇是我们的一位品德行为很好的同事。

达奇说：我为居辽同志感到难过，一天的时间他就变得消瘦，脸色苍白了。眼窝塌陷，上下眼皮也发青了。可是，他很坚强，任何时候都不会陷于悲观主义；他仇视悲观主义。他的生活口号是：乐观主义，乐观主义，永远都是乐观主义，而且生活将像盛开的鲜花一样美丽！他赞赏这一很有原则性的感情。我怀着疼痛到医院探望马克苏迪老人。我对门卫刚说出我是居辽同志打发来的，他就立刻把两扇大门打开对我放行，并对他要我站了两分钟一事请求原谅。

我往肩上披了件白大褂儿，走过病房区的走廊，进到马克苏迪老人躺卧的病室里。他躺在一个很清洁的床上,由院长亲自率领的五名医生聚集在他的身边,他们有问有答地议论着,切磋着,询问马克苏迪老人从儿时到今日所得过的全部疾病,他回答得锐敏清晰,逻辑正常,让我产生妒忌之意。

我走到他的床边,一心想拥抱他,可是,医生不允许我这样做。他们对我说,不要用触摸手和脖子打搅他。

"怎么样,马克苏迪老伯伯,您怎么让我们大家为你感到心痛?我们处里各个办公室的同志都谈论您呀!"我说。

"没事儿,愿我们的政权日久天长!"马克苏迪老人自豪地说道,好像任何事情都没发生似的。

"您感觉怎么样?"我向他问道。

"好像是在休养所休养。瞧瞧,我身边有多少精兵强将!死见到他们都害怕哩。"马克苏迪老人一边伸手指着院长率领的医生,一边说道。

"真了不起,马克苏迪老伯!"院长说道。

这时候,居辽同志来了,他跟医生们和院长握了手,坐到爸爸旁边,轻轻地吻了吻他的额头,露出微微的笑容。

"我们不让您躺下去,因为您是我们的光荣。"居辽同志说道,"您很快就要起来的,爸爸!当年,在发罗拉战争中,您中了五颗子弹都站起来了,今天,在这样幸福的清晨,不能不让您起来呀!今天我们有几百所医院和成千上万名医生,怎么能不叫您站起来!因为区区的小感冒就死人的时代已经一去不复返了,爸爸,我们要把您作为纪念碑保护起来!"

马克苏迪老人微微地一笑。

"你待着,听我说,居辽!我怎能不起来!整个卫生部都来看我了。"他说道。

"今天部长原本要亲自来的,可后来有个离开首都紧急出差的任务,所以不能来了。"居辽同志说道。

"我说居辽，你有这么多大人物做朋友，这事儿真叫我高兴。这高兴劲儿正在给我治病，让我早日康复！"马克苏迪老人说道。

我注意到居辽同志脸上露出了不高兴的阴影，心里为之一怔，因为我不愿意在居辽同志和马克苏迪老人之间产生什么分歧。可是，我听到居辽同志的答语之后，赞赏他的感情征服了我的心。

"爸爸，"居辽同志说，"您一向是个谦逊的人，劝告我要谦虚谨慎。不要说我有那么多大人物做朋友叫您高兴的话，我的朋友，首先都是群众中普通的人，您瞧，达奇就是一个。"他扶在我的肩上说，"到这儿来看望您的这位达奇，就是群众中的人，一个热爱工作的人，没有任何地位，今天他是忍着疼痛来看望你的……"

"忍着疼痛那是真的。"我说道，眼睛满含着泪水。

"还有，那些您称作大人物的人，都是来自群众怀抱的儿子，他们代表着群众。就说这个医院的院长吧，"他又扶着医院院长的肩说，"他是人民群众那些儿子中的一个。人民培养他们成长，人民让他们到学校里读书……"居辽同志如此讲述着，我聆听着他的话语，思考着他的聪明才智和紧紧抓住那种基本环节的能力；这种能力我们费大力气才扒抓得住。从另一方面讲，我还注意到了居辽同志早已具备的谦虚品质，这是他日常生活中的基本原则，咱们当中如果有谁从爸爸的嘴里听到句如此值得炫耀的话，是不会答话的，而是要接受，甚至还会沾沾自喜；而且即使不沾沾自喜，也不会反驳父亲，因为怕惹父亲发火，怕打搅父亲。而居辽同志则不然，他能反驳生病、血管梗塞的爸爸。你们懂得这是一个什么样的人吗？对于咱们处来说，这是种幸运，因为处里有这样一个人。咱们当中还有人批评居辽同志，真是无聊！他是人之魂灵。咱们有这样一位杰出人物实在是种幸运。

达奇继续讲下去：

医生们一动不动、直挺挺地站在那儿，以至于让居辽同志产生了怜悯之情，于是他对医生们说，请他们去休息。可是，医生们拒绝这样做。他们也让我担心起来。我在琢磨：难道居辽同志的父亲病情危险，医生们想把他一个人孤零零地丢在一边不管？然而，并非如此，医生们之所以这样做，那是为了表现良好的举止行为，表达对老者的敬意。

居辽同志在床边待了一个多小时之后站了起来，亲吻了一下父亲的额头，准备走开，同时对我说：

"达奇，咱们走吗？"

我对他讲我还要在马克苏迪老人身边再待一会儿，可是，就在这个节骨眼儿上门打开了，阿蒂拉领着迪奥金走进病室。她一边哭着，一边扑到马克苏迪老人的床上，开始亲吻他。

"爸爸，您让我们家塌架了！"她在泪水中哭诉着，而迪奥金非常伤心地站在一旁。

"卡姆贝里家庭的小白鸽，过来，让爷爷亲亲！"马克苏迪老人把手伸到床单上面，一边说道。

迪奥金拥抱了爷爷，然后坐到床边。

"世上所有的人都到了我们家，爸爸！他们打听你的身体健康情况，街道里的人，居辽的同志们，老革命们都来了！……"阿蒂拉一边用纤巧的手擦了擦额头，一边说。

我没见过公公与儿媳之间有这样一种十分和谐融洽的感情！

"世上所有的人都来了！"阿蒂拉又重复一次。

居辽同志皱了一下眉头，摇摇手，先看了看医生，然后又看了看阿蒂拉。

"不要说过了头。自然是这样了，人们来了，打听你的情况，对这些话我不感兴趣。

"居辽说得好，我这个人是个老头子了，不需要世上那么多人来看我，打听我。"

居辽同志像个有过错的人似的微微一笑。

"我说的不是那个意思，爸爸，世上需要您，我不想把事情弄得满城风雨，让人们受惊。"居辽同志说道。

"我没有把事情弄得满城风雨，来了成百上千的人啊，可我要说，居辽，凭你这种谦虚精神过日子，那你将要变成一个忧郁寡欢的人，咱们为什么不能实情实说呢？"阿蒂拉说道，眼睛望着医生们。

我们又待了个把小时，就准备走了。居辽同志嘱告医生们一些事情，然后和院长走过病房区，像对待父亲那样看望了许多病人，对他们予以关心。这一高尚的举动给所有的人都留下了很深的印象。

达奇把自己的故事讲完了。

我们聆听着，微笑着。巴基里捅了捅我，如同一贯那样哈哈大笑起来；这笑声一直传到大街上。

"没有比居辽同志更伟大的男子汉了！科莱奥巴特拉来看望过马克苏迪老人吗？"巴基里问道。

达奇老练地回答道：

"我们刚走出去，她就和亚当·阿达希一起拎着一个大礼包来了。"

"真体面！科莱奥巴特拉？"巴基里说道，脸上露出好奇多怪的表情，他接着说，"亚当·阿达希准备为马克苏迪老人写一部长篇小说，他要在马克苏迪老人……之前，抓紧时间搜集回忆录……"

达奇搐动着嘴唇，激动地说：

"多无耻！竟然嘲讽病人。"

巴基里挥了挥手，好像想要说"现在，你给我住嘴吧！"

阿拉尼特依偎在沉重的沙发里，像平时那样紧锁眉头，愁容满面，心事重重。

"哼，跟这个马克苏迪搞在一起，你简直是发疯！"他突然对达奇说了这么一句。

达奇的脸色刷地变白了，开始朝门口张望，好像是怕居辽同志进来。

"他是居辽同志的父亲，再说了，又是发罗拉战争中的老革命。"达奇说道。

"跟那个马克苏迪、那个居辽一起滚蛋吧!"阿拉尼特说道,"还老革命呢!他从来就没去过发罗拉!不论是从前还是现在,他都没去过。"达奇开始毫无声响地搐动嘴唇。

阿拉尼特站起来,一句话也没说,比以前更加抑郁地走出了办公室。

"这是一个疯疯癫癫的人!"阿拉尼特刚关上门,达奇立刻说道。

居辽同志接待民间歌手

1

父亲生病之后,居辽同志受到一次巨大的震动,不过,他并没有惊慌失措,也没有失去工作才干。尽管父亲倒在床上,他照样开展了广泛的活动。电话从四面八方打来,机关大门外边和走廊里,人们等候着,要与居辽同志见面。居辽同志钻研学习,写东西,出席会议,发号施令。一分钟是短短的一点儿时间,可是,在居辽同志的活动中,那可不是无关紧要的时间单位,工作和出力的事情促使他总是把每分钟都安排得满满当当的。

他摁了我的门铃,把我叫到他的办公室。办公室里烟雾缭绕,居辽同志吸烟更勤更多了,这让他的友人们感到非常担心。特别是达奇,他担惊受怕极了。他说要竭尽全力让居辽同志少吸烟,最后要他戒掉烟,因为吸烟有害于健康。

像往常一样,我见到居辽同志还是那么专心致志地学习。因为这样深入地专心学习,所以他既没听到开门声,也没听到我的脚步声。只有当我问他"居辽同志,你找我有什么事情"的时候,他才抬起头来,示意叫我坐下。

"我这个课题的材料你搜集得怎么样了?"他向我问道。

"正在搜集。"我回答道。

"别慢慢腾腾地爬行!"他满面愁云地说道。

"我正在努力而为之。"

"'正在努力而为之'是一种抽象的表述,你不要强迫我对你说出意见来。我需要材料!少到各个办公室串来串去地闲逛,少说笑话,不要没完没了地笑,更多地是要工作,勤干活儿,快行动!"居辽同志脸色阴沉地说道,不过精力旺盛,劲头还是很足的。

我低着头,倾听着他的要求和命令。我的耳畔吹刮着居辽同志严厉话语的风声,这风声把家庭式温情脉脉的体面撕了个粉碎。

"为了接待十二位最优秀的民间歌手,采取了哪些措施?"他询问道。

"你将在办公室里接待他们。"我说道,"巴基里将简要地介绍一下他们的创作活动,然后你就给他们讲解一下方针、政策。"

居辽同志用铅笔敲打着桌子,半闭着眼睛,这种姿势持续了整整一分钟。然后,他重新睁开眼睛,将铅笔推到桌边,冲着我说:

"在民间歌手到来之前,我交给你一个紧急任务。"居辽同志稍停一会儿,接着说,"你给我从大玛勒西、佩什科皮、特罗波耶、库克斯、米尔迪塔、库尔维莱什、戈勒、奥帕里、科洛尼亚这些地方各找三句民间谚语……"

我感到有点儿奇怪,他注意到了我的表情,问道:

"这有什么好奇怪的?"

"谚语要求些什么内容?"

居辽同志的脸色刷地一下子变得苍白了,说道:

"你知道我不承认有什么别的内容比劳动这一论题更有用,就这些。"

我站起来要出去,居辽同志拦住我,说:

"我忘了,告诉巴基里,叫他从将要出席接见的十二名民间歌手的作品中找出十二段最精彩的诗作。这些诗段要具备崇高的内容和优美的形式，就这些！"

2

在阿拉尼特的办公室里，我找到了巴基里，他坐在沙发上，吸着烟。阿拉尼特待在那里，一如既往地紧锁着眉头，用红铅笔标记出一点儿什么东西。黑黑的头发耷拉在汗水津津的额头上。他这个人脾气怪僻，性情沉郁，思想上持重老实，很有独到见解，自主意识很强。他能打断任何人的谈话，一旦觉得谈话者讲得不正确，他就表示反对，任何事情也不能把他弄糊涂，也不能叫他惧怕。他不怕说出自己所感悟到的想法，即使对部长也是这样。我们大家都敬重他，更多地是听他的，而不是听我们的上司居辽同志。开始时我觉得他瞧不起我，把我叫做缺乏毅力的人、轻飘飘的人。后来，他开始接近我，不过还是背地里对我抱有成见。我冲着巴基里说：

"居辽同志吩咐我，叫你从出席今天接见的十二位民间歌手的创作中找出十二段好诗来。"

巴基里熄灭了烟，在沙发上略微活动一下。阿拉尼特低着头，一瞥轻蔑的目光从额头下面投到我的身上，这目光让我很不轻松。

"又是他！他要这些诗段干什么！"巴基里说道。

"他要评论这些光荣民间歌手的作品。"阿拉尼特说道，讲话的腔调充满火药味。

"他还要求我从八个行政区里各找出三句民间谚语，总共是二十四句。"我说道。

阿拉尼特站起来，把手插进兜里，走到我们跟前。

"我也来给你提供一句民谚，这句民谚出自咱们机关，是说给居辽的。"他还是用那个腔调说话。

我冷漠地瞥了他一眼。实情是怎样的呢？我并不是对他的话语表示冷漠，而只不过是作了那么一个冷漠的姿态。阿拉尼特觉察到了这一点，但没有把话停下来。

"据我所知，在咱们处的组织机构中，没有为居辽设置秘书，他触犯了法律。"阿拉尼特说道。

"你说这话是什么意思？"我问道。

"是谁任命你为居辽的私人秘书？"他问道，问话中强调了"私人"和"居辽"两个词。他是我们处里唯一对居辽同志不称"居辽同志"而称"居辽"的人。

"我不是他的秘书！"我发火地说道。

"只有秘书才传达领导的命令和任务。"阿拉尼特说完就从办公室里走了出去，把门摔得咣当响。

我和巴基里默不作声地待在屋里，阿拉尼特的话语还在我们的耳畔嗡嗡地响着；那是充满压力和轻蔑意味的话语。看样子他是对一切都烦恼，对一切都有气。

"我不理解这个阿拉尼特。"一阵沉默之后我说道。

巴基里耸耸肩膀，然后用手掌摸了一下额头，叹了口气，又点着一支烟。

"他称居辽同志为狂欢节的小丑！"巴基里说道。

"狂欢节的小丑！"

这时候，阿拉尼特又进到屋里，表情比原来更加忧悒。他在门口脱了上衣，挂在钉子上，一句话也没说，便在他的椅子上坐下了。我们没敢说话。真是奇怪！在完成任务、领取工资和工作方面，我们和他都是平起平坐，可是，他一在场，为什么我们就要受到震动？

"你要参加居辽同志组织的对民间歌手的接见吗？"巴基里问道。

阿拉尼特为之一怔，脸色变得苍白，双手开始颤抖起来。他从椅子上站起来，竭力控制自己，不让自己流露出生气的神情，说道：

"我对狂欢节的小丑不感兴趣，你们没看到你们正在妨碍我吗？我请你们从我的办公室里出去！"

我们互相你看着我，我看着你，呆板地朝门口望去，可是，这个时候居辽同志进来了。在此之前，阿拉尼特一直站着，居辽同志进来后，他示威性地坐下了。

"阿拉尼特同志，你忙吗？"居辽同志问道。他不是简单地称呼"阿拉尼特"，而是称呼他"阿拉尼特同志"。

"忙。"阿拉尼特干巴巴地说道。

"我想交给你一个小小的任务。"居辽同志说道，"如果你准备一下，对民间歌手们谈一谈他们的诗歌的语言，谈一谈这种语言应该具有的多样性的特点，谈一谈每个区对方言的保护，将是多么好的一件事儿，因为这会增加色彩……"

阿拉尼特瞪大了眼睛，捏紧了手指。

"不！"他斩钉截铁地回答。

"我想知道为什么。"居辽同志平静地问道。

"因为我把这样一种想法看成是愚蠢的行为。"阿拉尼特说道。

我和巴基里站起来，等待暴风雨的爆发。居辽同志没有吭声儿，两眼直瞪瞪地盯着阿拉尼特宽宽的脸庞。

"是这样。"他说道。

"对。"阿拉尼特说道。

"你竟要反对民间歌手？"居辽同志问道。

"是反对你！"脸色苍白的阿拉尼特说道。

居辽同志一时间变得惊慌失措，然后勉强地微微一笑。

"你真是一位伟大的喜剧演员！"居辽同志说道。

"是你给我准备好了小喜剧的剧本！"阿拉尼特说道。

这是难以忍受的，即使我和巴基里也陷于困难的处境，然而，居辽同志竭力保持着冷静的头脑。

"阿拉尼特同志，你把我的命令称作小喜剧？"

"比小喜剧还要严重。"阿拉尼特说道。

"你在哪儿观看这些小喜剧？"居辽同志发问。

"在你要的要尽量具有方言特色的民歌里。这样一来,你在我们处里也用一种方言土语讲话,以保持你的办公室具有一种情调。"阿拉尼特声音颤抖地说道。

办公室里出现了沉重的寂静,居辽同志朝门口迈了一步停下来,把头转向阿拉尼特:

"你要对你这些反对多少世纪以来形成的我们的民间文艺的错误观点负责!……"

阿拉尼特双手扶着桌子,似乎是想要自己停住身子。他那双深深的眼睛直盯居辽同志不放,说道:

"我很喜欢民间文艺,而且还采用民歌形式写了几首诗。为题写碑文我写了这样两行诗:

畜群的牧犬挂着大铃铛
只有半奥卡①奶汁的产量!……

居辽同志睁开眼睛,先扫了我一下,然后又把目光落在了巴基里身上。

"你是在诬蔑我们的经济,街道的店铺里有的是牛奶、羊奶,要多少有多少。"他说道。

"街道的店铺里可能有奶制品,可是我们大脑的店铺里……民间文艺有时理解起来不是容易的。"阿拉尼特用粗鲁的腔调说道。

这是一场突如其来的冰雹,居辽同志还呆呆地戳在门口。鸦雀无声中他惊奇地凝视着我们。后来,好像是想起了一点儿事情,使劲儿把门打开,慌里慌张地走了出去。居辽同志走后,我也和巴基里一起出去了。

巴基里在走廊里停下脚步,若有所思地讲了句关于阿拉尼特的话:

---

① 奥卡是欧洲一些国家的计量单位,1奥卡相当于1.25—1.5公斤。

"我欣赏他的勇气和逻辑思维能力。"

"我也是这样。"

3

下午五点钟,十二位最著名的民间歌手开始陆续来到居辽同志宽绰的办公室里。居辽同志走到门口,真诚地跟他们握手,然后一边拍着他们的肩膀,一边说些夸赞他们的话。同居辽同志在一起的还有我和巴基里,而阿拉尼特没有出席,或者是没有得到邀请。

在一张长长的桌子上摆着一瓶白兰地和十五个酒杯。

民间歌手们欣然地微笑着,因为在这里举行非常荣耀的招待会,他们的脸上露出幸福而愉快的表情。居辽同志请他们在T字形的长条桌子两边落座。随手携带二弦琴①的民间歌手们,把琴搁在办公室墙脚的一把椅子上。

居辽同志拿起一杯酒举起来:

"祝大家愉快,欢迎你们到这儿来!对于我来说,能够与用手指和嘴巴演奏歌唱的人们相聚在一起,是一件非常高兴的事情!"他说道,并与十二位民间歌手丁零零地碰起杯来。

"祝您愉快!对于我们来说,也是莫大的光荣!"那些民间歌手说道。

这一序曲过后,他们相当严肃地谈论起民歌尤其是叙事性民歌来,对此居辽同志可是一位信息非常灵通的人士。

"你们是诗歌的真正代表,诗人们应当以你们为榜样。我们有不少很好的作家,可是有几个犯了错误,原因就是他们没能在你们的诗歌中找好基础。就拿蒂莫·舒卡这个作家来说吧,竟在其中篇小说《脖子》中犯了错误,对现实抹黑,滑到资产阶级艺术的泥沟里去了。为

---

① 阿尔巴尼亚的一种很古老的乐器,与我国新疆的冬不拉相似。

什么会这样？因为他没把你们的诗作看在眼里。作家的十部长篇小说都不能与你们的一首歌相比。因此，你们应当尽量多写、多出版诗集，不要因为官僚主义出版家可能给你们制造障碍而退却。我们知道他们给你们设置障碍，扬言什么你们的诗歌是用陈旧风格写成的，用的是八个音节的诗行，好家伙，我哪里晓得哟！可是，八个音节的诗行是写诗作歌的基础中的基础。我们要的是八个音节的诗，而不想要那种拆毁音节的玩意儿……我们要的是诗歌的音律！"

在交谈的末尾，民间歌手嚷嚷起来了，他们当中的几个人肯定居辽同志的想法。

"他说的那些话是正确的。我送给出版社十本诗稿，可人家一本也没给我出版。"民间歌手焦克·乔库说道。

"而我往出版社送了十二本诗稿，结果他们费了好大劲儿才给我出版了一本载有二十首诗歌的小册子。"民间歌手阿利·阿利扎费里说道。

"我哪，他们给我退回了两大本诗稿，对我说我汇集到一起的歌儿只能唱而不能出版。"民间歌手科奇·居莱说道。

居辽同志听到这些话气得脸色都变了。他用拳头猛击桌子，酒杯碰得叮叮响，都偏到一边去了，但是酒并没有流出来。

"请原谅这一举止。"居辽同志说，"可是，我控制不住自己，因为你们提供给我的事实迫使我造反。"他向我转过身来，命令我作记录。"同志们，不过你们也犯了错误，为什么你们不带着诗稿和出版社的答复信件一起到我的办公室里来？这叫什么事儿呀？官僚主义出版人怎么竟敢侮辱你们光荣的诗歌？为什么？他们想干什么，想叫你们去歌颂超短裙？歌颂秋天和黄树叶？歌颂人行道和湿漉漉的柏油路吗？"

居辽同志发火了，站起来，拿起电话听筒，用发抖的食指拨了一个电话号码，等着对方回话。民间歌手们互相对视着，惊愕地晃头晃脑。

"这个人可真是条汉子！"民间歌手焦克·乔库说道。

"嘀，真了不起！"民间歌手阿利·阿利扎费里说道。

"他要叫那些人把一双鞋穿在一只脚上！"①民间歌手科奇·居莱说道。

民间歌手焦克·乔库用胳膊肘捅了他一下，要他改个说法：

"不是一双鞋穿在一只脚上，而是一双脚穿在一只鞋里。"②

"你说对了。我说错了！"民间歌手科奇·居莱说道。

居辽同志转回头：

"不！你们永远也不会错！"

我和巴基里讪讪一笑。

"我是居辽·卡姆贝里，我要找编辑部主任梅尔斯·图法尼说话……哎？你是？……工作，那当然喽。你知道我为什么找你吗？嘀，跟民间歌手的事儿怎么样？……知道，我知道他们是唱歌的，可为什么他们不能出版自己的书？……我说你们都出版了些什么！两本破破烂烂的书！你知道你是在反对方针政策吗？你把十本诗集稿退给了焦克·乔库，十二本诗集稿退给了阿利·阿利扎费里！你的神经不正常！真是可耻！……好了，好了，我要当着你的面，同出版社社长亲自谈这事儿……梅尔斯，你听着，你不正常！再见！"居辽同志说道，他气得脸红脖子粗。

民间歌手们继续摇头晃脑，小声地互相喳喳：

"听听！多诚实啊！"

真见鬼，一股凉飕飕的笑意攫住了我，巴基里使劲儿咬紧嘴唇！

"您救了我们，居辽同志！"民间歌手阿利·阿利扎费里说道。

"我们永远也不会忘记这一荣誉！"民间歌手焦克·乔库说道。

"这是我的工作，我有义务这样做。"居辽同志说道，"可是，我

---

①② 这是一句谚语，意思是给别人制造困难，相当于我国人民群众中讲的"给某人小鞋穿"。一开始科奇·居莱说错了，所以焦克·乔库予以纠正。此话在原文中是很形象、很生动的。

们还是有官僚主义者，在我们处里就有这种人。几个小时之前，我就和我的一个同事谈过话，此人明目张胆地反对你们的诗歌里应该具有的色彩……"

巴基里用胳膊肘碰了我一下，居辽同志歪曲阿拉尼特的思想，而且含沙射影地诽谤他，我觉得这不是正派的做法。

这时候，民间歌手弗罗克·道尔蒂尼插了进来：

"真实的情况是怎样的呢？帮助我们的既有出版者，也有政府机关。我只是想说我们不应该太挑剔，我们想把一切都出版。为什么一切都应该出版呢？"他冷静地问道，接着继续说下去，"一首咏唱的歌，跟一首发表的诗是一样的。所以说，居辽同志，不要大惊小怪地发警报，每件事情都挺正常。梅尔斯·图法尼同志准备要出版的诗集里，既有焦克·乔库的诗，也有阿利·阿利扎费里的诗，还有科奇·居莱和我的诗。是不是这样，我说同志们？我们干吗要这么惶惶然地惊动、打扰居辽同志呢？"

民间歌手们你瞧瞧我，我瞧瞧你，看得出来，他们当中有几个人是接受了弗罗克·道尔蒂尼这番话的。居辽同志微微一笑，虽然他并不希望有人中间插这么一杠子。不过，他并没有作任何回答。然后，居辽同志把谈话转到了未来即将举行的文艺会演的问题上，议论起工作的内容来。为了给自己的想法涂脂抹粉，他背诵了几则谚语和民间歌手们几节精彩的诗：

"不工作，就没有工作！人民这么说，这也应该成为你们诗歌的主题。"他参谋道。

大家都同意这一想法，于是，居辽同志便背诵了几行诗：

"民间歌手阿利·阿利扎费里写得很精彩——

   工作——脊椎骨里的骨髓，
   工作——春天的花朵，
   工作——长双头的鹰，

工作——人类的歌……"

巴基里又用胳膊肘碰了我一下,对我慢条斯理地说道:
"这几行诗若是阿拉尼特听到了就好啦!"
民间歌手阿利·阿利扎费里一听到他的这几行诗,就开始在桌旁活动起来了。他嫣然一笑,说道:
"居辽同志,最后那行诗我不是写的'工作——人类的歌',而是写的'工作——人民的节日'。"
"最好还是写'工作——人类的歌'。"他说道,"我们应当说得更精确些。假如用'工作——人民的节日'来表述,我们会被误解,工作不是节日,节日是工作的结果。"
"喂,我说,多棒的男子汉!"民间歌手焦克·乔库心满意足地小声嘟囔,然后抬高了嗓门,"居辽同志,我甚至还要说,那行诗应当改成'工作——无产阶级的拳头'。"
居辽同志插嘴说:
"那样的话,上边一行'工作——长双头的鹰'也要改,因为不押韵。"
"上边一行要改成'工作——热火朝天的跃进'。"民间歌手科奇·居莱说。
"是这样!"居辽同志说,"这样一来,这节诗就应该是这样的:

　　工作——脊椎骨里的骨髓,
　　工作——春天的花朵,
　　工作——热火朝天的跃进,
　　工作——无产阶级的拳头。

"同一了。内容和形式都成功。"居辽同志总结性地说道。
会见持续了很长时间,我作了很多记录。我不时地望望民间歌手弗罗克·道尔蒂尼，他用手托着山羊胡，若有所思地坐在那儿。透过窗户他朝达依迪山上张望，看样子是在思考些事情，突然间他说道：

"是的，是的！"

大家都有些奇怪地望着他，居辽同志问道：

"'是的'？这个'是的'是什么意思？"

"是的！"民间歌手说道。

"是的，是的！肯定高于一切，弟兄们！"居辽同志说道。民间歌手们喜不自禁地笑了起来。

最后居辽同志跟民间歌手们握手告别，把他们一直送到楼梯口。

往回走时，我们在走廊里见到了阿拉尼特。居辽同志没答理他，而他对居辽同志连看都没看一眼。我放慢了脚步，阿拉尼特把头转到我的胳膊旁边，说道：

"居辽讲的那些参谋性意见你都记录下来了吗？"

"记录下来了。"我对他说。

"太好了，对你很有用。"他一边笑一边说。

我第一次看见他笑，他为什么要笑？

第二部

居辽同志到山区去

1

爸爸生病稍微妨碍了居辽同志到山区去，投入群众的怀抱。正像他自己所说的，他到那里是为了向群众学习并以他绵薄的能力给群众以帮助。但是，鉴于父亲的情况在好转，而且过了重病期，他便开始认真地准备起来。他要到深山区出一次差。他没有理由再待在办公室里了。

在他居住的那座楼的院子里，一辆乳白色轿车等候一个小时了。迪奥金和巴尔德围着轿车转来转去，喊叫着：

"爸爸的轿车，爸爸的轿车！"

从窗户里传来阿蒂拉的声音：

"别捣乱，弄坏轿车！"

整个楼都在说：

"居辽同志要出差去！"

阿蒂拉很忙活，从一间屋子里走到另一间屋子里。为了准备居辽同志出差，她在有意识地整理一个绿色的手提箱。叠放好丈夫的衬衣、背心、睡衣和袜子。居辽同志把纸、笔记本、课题《农村中的知识分子和文化馆》的提纲、为课题他所需要的书、铅笔和钢笔装进一个挺大的手提包里。

阿蒂拉锁上手提箱,将它放在桌子上。居辽同志拉上手提包的拉锁,把它搁在手提箱的上面。然后他拍了一下我的肩膀,对我说,喝杯咖啡我们就出发。这时他又想起了一点儿事情,转身对妻子说:

"半导体收音机你放进手提箱里了吗?"

"哎哟!把这事儿给忘了!"阿蒂拉喊叫道。

"我说,这东西你应当作为第一件东西放进去!连续十天,在政治方面你想叫我变成个聋子吗?政治是一个庞大的怪物,可你并不熟悉它任性的怪僻劲儿,它要求你时时、日日地跟踪它,不然的话,它就要抛弃你。噢,政治的怪僻!嘿!你知道吗,当今的世界有多混乱?你想要不跟踪这种混乱?"

阿蒂拉走到另一个房间里,给丈夫拿来半导体收音机,同时告诉他把收音机拿在手上,因为手提箱已经塞得满满的了。

"拿在手上!为什么,你把我看成什么了?看成一个手里擎着半导体收音机,在大街上荡来荡去的流浪汉!"居辽同志来了脾气,阿蒂拉明白她的思想超前了。

夫人将咖啡壶放到电炉上,我和居辽同志在一旁等着。

"昨天,那个阿拉尼特气得我发火发大发了。"他说。

"你有点儿来火。"我说。

"我对他该怎么做呢?他公开地反对民间文艺会演的方针和奥林匹克节,方针是整个指导委员会制定的!"居辽同志说。

我稍微沉思了一下,我对那个方针是有意见的,但是,我有个习惯,那就是提意见态度很慎重,讲究方式方法。

"真的,居辽同志,会演是不是太多了?"我问道。

居辽同志挺直了腰板,说道:

"不多,一年组织四次会演,这还包括小城镇和区的会演……"他说。

"那还是多。"我说。

"这要看是谁决策的了。"他含糊其辞地说道。

阿蒂拉给我们端来了咖啡,我们点着烟,接过咖啡杯。他对着妻子说道:

"这十天我要让你孤单单地留在家里。你要关心爸爸,如果发生什么,就往戴佩莱那区执行委员会打电话。对孩子要给予特别的注意!一周要去学校三次,要询问他们在学习和操行方面有何进步。不要让迪奥金在创作交响乐的过程中太劳累。跟街道里的女人们一句闲话也不要说。对流传的那种话要把道路给它截断,你就对她们说:'这事儿我不知道!'她们是些什么人?要通过人事部门管理街道?"居辽同志回过身对我说:"街道里议论纷纷,说什么我要到阿尔及利亚当大使……"

"这事儿我也听说过。"我说。

他挥手示意:

"看见了吧?这事儿还在议论中,而闲言碎语就铺天盖地地传开了。"

他看了看表,站了起来。

"时间到了,咱们走吧,咱们都误了时间了。Q同志对我说,这车让我使用十天,可是我今天晚上就要把车还给他,因为我不想开着车在村子里转悠。人不应该舒舒服服地躺坐在车上炫耀自己。"居辽同志说。

"那样的话,腿要出血的!这种平易俭朴会要你的命的!"阿蒂拉说。

我们走下台阶,在院子里停下脚步。中年妇女和老太太们走到凉台上观看,整个楼房都在喊喊喳喳:

"居辽同志出发了!"

居辽同志向出现在凉台上的人挥手致意,然后上了小轿车,他又打开车门,吻别了孩子和阿蒂拉,然后再次关好车门,我坐在前面的座位上,靠司机旁边,居辽同志对前座不感兴趣,有些人说,居辽同志这样做是为了突出自己更重要的地位，因为司机旁边的座位通常是给陪同人员准备的。

这时候，车还没有启动，我们看见亚当·阿达希和科莱奥巴特拉正急急忙忙地赶来。科莱奥巴特拉摆手致意，而亚当·阿达希却在腋下紧紧地夹着他那个永远不离身的资料袋，居辽同志的脸上顿时大放光芒了。

"他们是不能不来的嘛！"他说道，下了小轿车。

"差点儿您就走了，居辽同志！"科莱奥巴特拉老远就喊起来。

"客观地说是这样！"居辽同志说。

"我催促了亚当一个钟头，可他说完了这句，还有下一句，没完没了地说！"科莱奥巴特拉说道，并向亚当·阿达希严厉地瞥了一眼。

"思想的风暴把你吞噬了的时候，是不会松口放掉你的。"居辽同志莞尔一笑。

"真的来晚了，因为我忙着给《光明报》写完一篇短篇小说。我寻思您不会出发得太早。"亚当·阿达希一边说，一边从腋下抽出资料袋，拿在手中。

居辽同志胆怯地瞅一瞅资料袋。

"你是否感兴趣让我们看看小说呢？"

亚当·阿达希欣然地露出微笑。

"您现在要赶路，不过，虽然如此，我可以给您一份。"阿达希想要打开资料袋。

居辽同志退让一步说：

"这些日子我的活动实在是太多太密集了，只有听听收音机广播的时间，你若是把小说录了音，再安上个耳机子就好了，不然的话，那是要费工夫的。"居辽同志笑着说。

科莱奥巴特拉再一次向亚当·阿达希投去一瞥气愤的不可容忍的目光，然后，笑容可掬地对居辽同志说：

"噢，我有多嫉妒您啊！您去到大自然母亲的怀抱里！山岭、河流、田野！像您这样有多幸运啊！"

阿蒂拉搂住科莱奥巴特拉的腰，说道：

"哎哟，我说科莱奥巴特拉！他要受苦受累的，时而这里有会，时而那里有会！跟这个人交锋，跟那个人比试，居辽同志哪里有时间去观光赏景呢。"

居辽同志皱了一下额头。

"真是的，你也这么说居辽同志！你这么说居辽同志是什么意思！"

阿蒂拉稍有动摇地说：

"大家都这么说，科莱奥巴特拉也这么说……"

亚当·阿达希找个别的话题把谈话岔开了：

"我也希望跟您一起去，可是，在人民剧院我有一部话剧在排演，我需要待在导演身边。"

居辽同志摇晃着一根手指头说：

"要跟紧话剧，亚当·阿达希！我回来时要看彩排！"

科莱奥巴特拉又微微地扭摆一下身体，以示亲昵之情，并且举起她那细巧、纤长的手指说道：

"居辽同志，您和亚当看彩排时，可不要对他们太严格、太苛刻。您回来时将带回一箱子生活经验！这样，您在评价话剧《战胜暴风雨》时，就会更现实。"

亚当·阿达希手扶在轿车座舱上说：

"科莱奥巴特拉说得对。我的这部话剧所描述的事件，就发生在您将要去的农村里……"

居辽·卡姆贝里笑着说道：

"你能够感觉到，剧情在农村里展开，可是观众可能不相信。现实的真实有别于艺术的真实。艺术中的真实重造现实的真实。这是一个长期争论的问题。假如我继续说下去，那我出差就该是明天出发了！"居辽同志说道，并跟所有的人握手告别。

"他对大家的表示有多精彩啊！"科莱奥巴特拉把她那小巧玲珑的

81

双手拍得脆响，可是阿蒂拉却挺有意见地注视着她。

轿车出发了，居辽同志从车窗里再次对大家招手致意。他点着一支烟，说道：

"我的思想溜到哪儿去了，亚当·阿达希在哪里！"

2

我们从山上开下来，来到杜什库村。天气变坏了，但是依然很闷热。农业生产合作社办公室的房子的玻璃迎着太阳闪闪发光。蝈蝈欢叫着，发出巨大的喧闹声。

司机停下车。居辽同志把腰靠在轿车后排座的后背上等待着。司机打开车门，居辽同志手里拿着上衣下了车。他戴上草帽，在一排办公室前面站住了。在房子前面有三四个男子，居辽同志点头向他们问好；他们朝居辽同志跟前走来。

"社长在什么地方？"居辽同志问道，然后同他们握手致意。

"去地里了。"他们当中的一个人说道。

居辽同志向一座小山丘望了一眼，似乎是在寻找社长，或者是打量一下他到那个山丘有多远的距离。

"那就是说去军训了。"他笑着说。

"是的。"农民说。

"那你是干哪行工作的？"

"我是会计室主任。"

"一言以蔽之，你是每天都和人民的财产打交道喽。"居辽同志再次笑了笑，拍了一下会计室主任的肩头，同时冲着我和司机说，"从前的牧人之子，如今掌管会计工作，没有财会工作就没有社会主义，因为社会主义就是报表统计和会计……"

头戴带檐草帽的会计，站在居辽同志旁边，有礼貌地微笑着。只有交谈之后，他才作出判断，懂得了自己接触的是一个重要人物。

"请进屋吧！"他说道，"您辛苦了。"

"恰恰相反，在这些美丽如画的山丘与河谷的清新空气中，我们感觉自己都歇过来了。"居辽同志一边在会计后边走着一边说。

我们从栽有高高的洋槐树和树荫下摆着木椅的院子中间走过，走进一座配有宽敞露台的平房里，这是农业生产合作社的俱乐部。我们在露台的一张桌旁坐下来。桌子上蒙着一块干干净净的白布，上面立着一块硬纸板，纸板上用很大的字写着"包桌"。居辽同志摘下草帽，放在桌子的一角。会计拿起草帽，挂在露台后边的墙上。

"看到室内布置得如此漂亮，严整有序，心里真是愉快！这不是农村，而是城市嘛！"居辽同志说。

"他们把它建得很美！"我说。

露台后边坐着一个男子，此人长得很胖，生有一张圆圆的红扑扑的脸。他愣头愣脑地望着我和居辽同志。

会计朝着这位男子瞥了一眼，然后对着我们说道：

"两年前这个人是个僧侣。"

"啊，僧侣！到这儿来，僧侣，过来！"居辽同志对男子说。

他露出乐呵呵的笑容，走到我们身边，说道：

"我曾经是僧侣，是僧侣……"

"怎么样啊？我看你膀大腰圆的，身子骨蛮不错，你应当把这么好的身体用来为农业社谋福利才是啊！是这样的！再也没有什么'快乐啊，快乐，僧侣造出来的快乐'！你可以制造快乐，但那得是让集体快乐。"

微笑在僧侣的脸上结成了冰。

"是的，先生说的是。"

"啊，这样说话我们觉得不好。把'先生'、'hejvallah①'这些寺院语汇从语言中清除掉。这是些什么词！"居辽同志说。

---

① hejvallah 为僧侣用词，意思是"谢谢"。

"我将清除掉,我将清除掉。"僧侣说道。

"你剃掉长胡子的时候就该把这些词汇清除掉,不然就习以为常了。就是这样,僧侣,就是这样!"居辽同志一边拉起他的手一边说道。

僧侣刚一离开,居辽同志便向会计询问,像这一类人在他们村里是不是很多。会计回答说有那么三两个。

"他们现在都干什么活儿?"

"两个下大田劳动,一个放羊。"会计说。

"巨大的变化!"居辽同志感叹道,稍停了一会儿,又补充说,"尽管是这样,还应该注意,不要让宗教思想在暗地里偷偷地传播,不要以为这种思想会立刻消失,这是长期的斗争!僧侣们可不像外表上表现出来的那么蠢。相反,他们很狡猾,因为他们有千百年的经验。他们结婚了吗?"

"没结婚。"

"使把劲儿,给他们结婚,因为家庭能管住他们。我怕他们利用单身汉的身份去乱搞……"

会计粲然一笑。他从居辽同志口中听到的这种事儿,在此以前就没在脑子里想到过。不过,虽然是这样,会计觉得这一想法还是对的。这时候,他看到僧侣要了一杯咖啡,坐到露台的尽头。只有这时,他才觉察到忘记问我们想要点儿什么了。我和司机每人要一份咖啡,居辽同志要了一份橘汁儿。

露台上吹起凉丝丝的小风,为了凉快凉快,居辽同志袒露出胸膛。他叹了口气,尽享凉意。周围的这些山丘,凉风的飕飕声,从远处传来的母鸡的咯嗒声和萧萧的马叫声,把他送进一个真诚的世界,送进生机勃勃的大自然中。他连小卖部服务员放到餐桌上的清凉的橘子汁儿都没有注意到。真正的激情完全征服了他。

"是的。"他不冲任何人讲下去,大发感慨,"大自然用她那美妙绝伦的妩媚和温柔征服了我,她把咱们变得柔和而温情,将咱们身上的野性和粗鲁一扫而光。生活中的苦苦拼搏，人与人相互间的交锋、较量，无数的困难和不幸弄得咱们忧心忡忡、郁郁寡欢。假若不是大自然具有如此诱人的美丽，面对包罗万象的美，咱们就会变得冷漠无情。喂，我说戴木克！"

他的双眼向绿葱葱的山丘望去，那山丘被淡淡的薄薄的宛如轻纱的云雾所笼罩。我们默不作声，望着沉浸在激情大海中的居辽同志。

会计拿起那瓶橘子汁儿往杯子里倒，瓶嘴发出的"咕嘟咕嘟"的响声唤醒了居辽同志。

"噢，"他说，"橘子汁儿来了？"

他拿起杯子，送到唇边，橘子汁儿很凉。

"你们在哪儿把橘子汁儿保存得这么凉？"居辽同志问道。

"俱乐部后面的树木当中有一个泉眼，我们把啤酒、橘子汁儿和其他饮料都浸泡在泉水里，喝的时候非常清凉爽口……"会计说。

"这事儿可太美了。在这般极富生命力的泉水面前，电冰箱等于零……"居辽同志一边表达极大的欣喜之情，一边说道。

远处出现了两个人，其中一个身材很高，头上戴着一顶草帽；这顶草帽跟居辽同志的那一顶一模一样。

"社长来了。"会计说。

"哪位是？"居辽同志问道。

"高个儿戴草帽的那一位。"

这两个男人靠近了俱乐部的台阶。社长迈步朝前走，登完了三层台阶，登上第四阶时就进到露台里了。居辽同志打量了一下社长的腿，并与他自己的腿作了一番比较。

"喂，戴木克，大自然养育人长高个儿，犹如抚育橡树和杨树那样。这些在大自然环境里长大的树，是人工培育的树不能相比的。"居辽同志说道。居辽同志刚把话说完，社长就又向前迈了一步，来到我们桌前。

"欢迎你们到这儿坐坐！"社长说。

居辽同志站起来，跟社长握了手。我向社长介绍居辽同志的情况，告诉社长居辽同志的姓名和职务。社长讲他能与他的同志相识并坐在一起感到很高兴。

"你们怎么样？是不是有点儿累？"社长说。

"我们自己感觉非常好。"居辽同志说。

"那太叫人高兴了！"社长说。接着他又冲着会计说，"彼特罗，告诉司机车库在什么地方，把车存到里边去，防止小孩子淘气把车弄坏了。"

居辽同志看了司机一眼，然后又看看社长，说道：

"我要打发车回地拉那，不爱把它留在自己身边。我希望在大约十天的时间里步行活动。我要把车给那些同志送回去。"

"最好还是把车留下。"社长说。

"没关系，等到我回去的时候，他们会给我把车送来的。车留在这儿，我心里不痛快。"居辽同志说。

社长微微一笑，说道：

"人追求多种花样，我说，同志们，你们想喝点儿什么？"

"我们正在喝。"居辽同志说。

社长先看了一眼会计，然后瞄了瞄橘子汁儿瓶子和我们的咖啡杯。

"咳，我说彼特罗！你用橘子汁儿款待这些同志，叫他们受苦？去对卡索说一下，让他给我们端八瓶啤酒和六盘烧牛排。"

居辽同志插话说：

"谢谢，这太过分了！我们不想吃什么！"

"彼特罗，要八瓶啤酒和六盘烧牛排，就这样，照我说的办！"社长命令道。

居辽同志再次干预，可是，社长并不动摇。

"这是坚决的命令，我们很高兴啊！"社长说。

会计站起来，走进俱乐部里，跟小卖部的服务员说，要他为尊敬的客人准备啤酒和烧牛排。社长递给我们每人一支烟,他坐在桌子旁边,因为个子超常的高,所以看上去仿佛是站在那里似的。这时我想起了居辽同志那张身体状况报告单。报告单上面有这样的记录:世界上最矮小的人是波利娜·玛斯戴尔斯,其身长是 56 厘米。

"农业生产的情况怎么样?"居辽同志问道。

"截至目前情况不坏,玉米生产开头情况不错,小麦呢,目前正在收割,我们要说的是,每公顷的产量是 20 公担。"社长说。

"太好了!"居辽同志说,"文化活动你们开展得怎么样?"

社长在坐着的位置上动弹了一下,看了一眼自己的同志,他是个少言寡语的农艺师,这会儿正默默地坐在桌子的一角。农艺师捋着山羊胡,若有所思地说道:

"不怎么样。不过眼下是收割大忙季节,小麦打下来要入库,玉米要除草、中耕,还要浇水。"

"一句话,没有时间搞娱乐。"社长说。

居辽同志没有兴趣去听这些话,他的脸上露出苦溜溜的表情。可是,然后又无可奈何地微微一笑:

"社长,我要和你交锋呢。"他说。

"交锋啊,居辽同志。"社长严肃地说。

"文化不应该处于小麦和玉米的后勤位置上。"

社长往烟灰缸里弹了一下烟灰,掏出手帕擦擦汗水。

"扔下小麦于不顾,围着未收割的麦穗去跳舞吗?"他说。

"舞嘛,要晚上跳。"居辽同志说。

"整天割麦,打麦,腿脚还能让我们去跳舞?"社长说。

"停停,停停!我是在同一个反文化的人交锋。"居辽同志笑着说。

"居辽同志!……请你,居辽同志!……"社长的火气上来了。

我注意到了,社长是一个脾气很大的人。居辽同志也明白这一点,因此改变了谈话的腔调。

"我是说为了让干活儿的人快乐快乐,可以组织一场杂剧①演出。"

"冬季里,我们的业余演出队,有时会在某个地方组织一场演出的。"社长较为平静地说。

"现在我们正在准备举行盛大的民间文艺会演,我想你们的业余演出队应该参加。"居辽同志说。

社长说着话,脾气又上来了。

"现在我们正在热火朝天地搞收割,没有时间去准备民间文艺会演。"他说。

"咱们要交锋的,社长同志!"居辽同志重复地说了一遍。

"咱们交锋嘛,居辽同志!"社长也重复地说了一遍。

就在这时候,啤酒和下酒的小菜来了。

居辽同志和社长互相碰杯、祝酒。谈论文化时他们的话都非常谨慎,以便彼此谁也别伤害谁。我的上司在良好的品行方面是出类拔萃的。

"文化么,"他说道,"是唯独人才能拥有的财富,野兽和其他生物同这一财富毫无联系。"居辽同志向农艺师点头示意,就这一想法想得到他的理解,"其他东西作为财富只有野性,人在没有文化而生活的时间里保存了野性,也就是说,人还是野兽的时候,或者刚刚脱下兽皮的时候,是保存了野性的。有些伟大的学者,由于他们特别喜爱文化,所以曾提醒说:只有依靠文化才能进行革命。在此处他们有错误……"

社长突然蹿个高,喊道:

"在此处我有你!"

对居辽同志来说,这一喊叫声来得太突然了,把他吓了一跳。

"这是怎么了?"他问道。

---

① 杂剧(Estrada)是阿尔巴尼亚的一种文艺演出形式,歌曲演唱、幽默独白或对白、杂技表演等多种节目交织演出。其中独白或对白略似戏剧小品。

"所以说，当我对你讲不能用上文化课收麦子的时候，我是正确的。"

居辽同志清醒过来了：

"请你不要这样，不是一回事儿！不要把学者们偏激的哲学观念弄得很低级、很庸俗。我们处于另外的环境里。呵，咱们将要交锋的，社长！"

这场谈话一直持续到我们站起来朝着田野走去的时候。

3

我们将要到社长家里吃晚饭。居辽同志挺尴尬，因为社长是叫他作为尊敬的客人到家里吃晚饭的，在这种时候，他没有道理去跟人家进行思想交锋。良好的品行不允许他为了文化问题与家庭主人吵嘴。可是，从另一方面来说，他不能为了一次宴请的区区小利去践踏原则。处于这样一种境地，他在想，社长是否是有目的地请他吃晚饭，难道社长想叫居辽同志同村里文化的落后状况妥协？

"尽管如此，我还是要较量一番。"居辽同志说。

"今天晚上最好不要发火，居辽同志。"我对他说。

"不！我要击败他！"他一边在我面前眨巴晶亮闪光的眼睛，一边说。

"你不觉得在一次晚宴上吵架似乎不太合适吗？"我说，竭力让自己是一个讲究方式方法、很有分寸的人。

"为了原则我要这样做！"居辽同志说，"尽管是这么说，你还是要坐在我旁边。你看到吵得过了头的时候，就踩一下我的脚，因为当我保卫起社会的集体事业的时候，我就会忘记一切而发火。"

居辽同志用这些话逗得我发笑。我把头转到一边，以免让他看见我的表情。居辽同志以为我是在打量那个僧侣，此人正从我们身边走过。

"我似乎不喜欢这个僧侣!"居辽同志慢条斯理地说道。

"为什么?"我问道。

"他是一个寄生虫,从咱们一到这里,他就在这一带地方晃悠……"他说。

"会不会有什么要申诉的事情……"我说。

"一个僧侣能有什么申诉的?"

"他是一个人嘛。"我说。

"是一个。那是肯定的!"他说道,然后冲着僧侣说,"哎,僧侣,累了吗?"

僧侣停下脚步。

"不累。Hejvallah。"他说。

"你听到了吧?这个人还说'hejvallah'。"居辽同志冲着我说。"喂,僧侣,不要再说'hejvallah'那些话了!"他对僧侣喊道。

僧侣狡黠地凝视着居辽同志:

"先生,您跟我叫僧侣,所以我回答您'hejvallah',咱们是站在一个点上呢。"

刹那间居辽同志变得目瞪口呆,过了一会儿他慢慢地对我说:

"他还真聪明,滑头鬼!"然后对僧侣说,"那我该怎么叫你?"

"该怎么叫我?您应该叫我阿布杜拉赫同志,阿布杜拉赫·米拉玉梅利,这是我的名字。"僧侣说完,赶他的路了。

"噢,"居辽同志感叹道,"跟人民应该有分寸才是!"

会计来了,叫我们到社长那里吃晚饭。四处都是暮色和山羊群响起的铃铛声,空中荡漾着不冷不热的晚风。远远的河里传来青蛙"呱呱呱"的鸣叫。风尘仆仆的农民从路上走过,亲切地向我们问好。在这夏日里热烘烘的傍晚,居辽同志激动地朝前走着。

"你们的社会文化设施怎么样?"居辽同志向会计问道。

"挺好。我们有澡堂、托儿所、面包房……"会计逐一地数点着。

"农民们去澡堂洗澡吗?"

"你知道吗？跟你说假话我害臊！从前不去，人们在家里洗澡。"会计说。

居辽同志打断他的话：

"不去？应该说服他们，叫他们听话。不然的话，我们为什么要建澡堂？为了装饰门面，为了好看？为了炫耀，为了大造声势？你们去吗？你们社长、生产队长他们，妇女主任去洗吗？"

"有时去，有时不去。"会计说。

居辽同志沉默片刻，好像是为了思考一下。

"你说说看！能用一个钟头把那些不去澡堂洗澡的人召集起来吗？我要对他们讲话……"他说道。

一开始，会计眨巴眨巴眼睛，然后，便扑哧一笑。

"好吧，居辽同志！"

会计把一点儿东西忘在办公室里了，他要我们等他五分钟，为此他请求我们谅解。我和居辽同志站在路边一棵大柳树的枝杈下边等着会计取东西回来。

"戴木克，明天咱们俩去村里的澡堂洗澡，这样做对农民会有效果的。对于那些不去澡堂的人来说，这样的一次行动将会起积极作用。另外，对我们来说，也很好，因为我们身上满是灰尘……"居辽同志说道。

我脑子里从来就没有过这样的想法。居辽同志的社会活动，他那富有创造力的思想有着巨大的领域……他对注意到的缺憾，那是不能漠然置之的。为建立人的信念和引导人走上正确之路而斗争，是他工作和生活中一贯的基本准则之一。对于缺憾他从来都不是闭眼不问。现在，澡堂的问题出来了，他便立刻抓住不放，并且建议要给那些不洗澡的人开会。

在柳树下边，我壮着胆子对他说，为不去澡堂洗澡的人开会似乎不妥当。居辽同志哈下腰，捡起一块小石头，将它甩到沟里，眼睛也不看我，说道：

"亲爱的戴木克，你对会议作了单方面的想象，你以为会议应该为在厨房旁边的屋子里编造报告作准备！我们常常什么事情都可以开个会，为什么不能为不愿意到澡堂洗澡的人开呢？你听着，因为我要忙于同领导成员开座谈会，还因为我没有时间去考虑明天咱们要举行的会议，所以我想要你在纸上抛出几点意见，谈谈到澡堂洗澡的必要性，谈谈热水对扩张皮肤毛细孔的益处，要从科学的角度来谈。把想法，简短扼要地集中起来，明天交给我，然后我再扩充。"居辽同志说道。

我像一个冻僵的人站在他的面前。我不能反对他，就揪下一段小柳树枝，放进嘴里，开始嚼起来，就是在这里，在山丘野岭中间，报告稿、讨论发言稿，也在跟踪我……

"戴木克，你还年轻呢！"居辽同志感叹地说。

星星在天空眨起眼睛，他抬头向高空望去，同时吐出一个个烟圈。

"宇宙！"他感叹道，沉浸在哲理的思考中，"同宇宙比较起来，人就是一粒沙子。可是，这粒沙子从来不去想它就是这样的，这粒沙子感觉自己是宇宙中最伟大的存在物。不这样去想也好，否则他就将陷于悲观主义，将失去行动的知觉。"

"这一切我们都是以哲学方式获得概念，因为假如我们通过实践去获得概念的话，我们就要不寒而栗。"居辽同志补充说。

"地球同宇宙相比也是一粒沙子。"我说。

"那是肯定的。我说人的时候，就注意到了地球。"他说，"你以为我是一个枯燥无味的人，脑子里只是装满了思想和宣传的东西！"

顷刻间出现在我面前的是另外一个人，一个带有抒情意味，从前我所不认识的人。

夜幕像厚厚的大衣把我们严严实实地包裹起来。月光下面，一座座山丘宛如在大海中慢慢地航行，从四面八方挡住了地平线。宁静的夜晚的暑气吸引蟋蟀千万种声音的合唱；它们在干草里和收割过的麦秸上偷偷地鸣叫。这种合唱偶尔被夜鸟的尖叫声和河里、绿油油的玉米地中间水流潺潺的沟渠里的青蛙的"呱呱呱"的叫声所打断，伴随着夜声一起而来的，还有割倒的青草和苜蓿飘散出来的沁人心脾的清香气，居辽同志几乎都要醉倒了。他多么想在柳树下站上一个通宵，可是对社长设下的晚宴，他该如何是好……

仰望天上的星辰，聆听从看不见的物体后面传来的种种声音，居辽同志突然想起了扎依姆·阿瓦吉和米特洛·卡拉巴达奇两个批评家。

"戴木克，在咱们处里，咱们要竭尽全力寻找到优秀干部，假如咱们把文学批评家扎依姆·阿瓦吉和米特洛·卡拉巴达奇拿到手，那么可就是干了一件很有头脑的事情，咱们将同他们一起成立一个研究小组，他们对文学和社会现象有很细致的研究，懂得要科学地对待许多事情。戴木克，咱们应当做深入的研究工作，戴木克！"居辽同志满怀关切的心情说道。

"我不相信他们会放弃他们所工作的机关。"我说。

"咳，人们不会轻易放走有用的干部！"他遗憾地说，"我要向Q同志写一份申诉材料。"

居辽同志不得休闲，即使在如此宁静的、充满了看不见的客体和生物发出的音响的夜晚，他还在为干部，为重大的问题大动脑筋。

这时候，我听到了会计的咳嗽声，随后就是他讲话的声音：

"请原谅，我误时了！社长正在家里等着咱们呢……"

守着酒,居辽同志在农民弟兄中间

1

  社长家的大屋子里,包括各个角落在内,处处都坐满了人。所有的窗户全都打开了,这是因为,夏夜里本来温度就比较高,再加上人多呼出不少热气,所以屋子里就热起来了,让人感觉很憋闷。

  我们走进屋里时,所有的人都站了起来。居辽同志冲着年龄最大的长者打招呼,同他握手,拍拍他的肩膀。然后,他又跟其他人如此这般地问好,我也像居辽同志一样地做了。然后,他坐在了一个空座位上,我坐在他的后边。社长不停地时而看看居辽同志,时而看看我。一位农民把装着烟叶的盒子放到居辽同志的膝盖旁边,居辽同志打开烟叶盒,开始卷烟,他一边不在行地卷着,一边转向聚集在一起的人们,说道:

  "兄弟们,白天过得好吗?"

  "挺好。"听到了大家回答的声音。

  "有好几次我想到你们村里来,关于这个村子和你们,我听说了许多好事儿。"他说道。

  "您的腿脚可真能跑啊!"年纪最大的长者说道。

  "你们这里的风光可真美啊,这些土质松软的山包包可以用勺子捏着吃呢。"他呵呵地说道。

许多农民也憨厚地笑了，年龄最大的长者只是点头，他以几乎看不出来的微笑望着居辽同志。居辽同志每说完一句，他就咬一下一个唇边，于是，他那细巧的山羊胡须便向一边稍微歪一歪。可是，当听到某句话，觉得它突然、生僻时，他便用食指慢慢地挠挠头，自言自语地嘟囔点儿什么。

"你们与社长相处得怎样？他多少有点儿官僚主义架子吧？我们当领导的是官僚主义者。你们要批评我们，让我们聪明些。我们从你们的过滤器中过滤一下，从过滤中变得更清白。是这样的，是这样的，你们要无所畏惧地批评我们！你们要敲打我们！让我们疼好喽。不疼就没有生！"居辽同志笑容可掬地说道。

农民们凝神屏息地互相注视着，悄然地微笑着。我低着头，社长严肃地盯着我们，屋子里只能听到居辽同志的声音：

"没有可作为基地的地方。我要求下放到基地去，现在来到你们这里，要与普普通通的人并肩劳动。我向那些同志请求过，可他们不放我走。我甚至对他们说：'干什么，你们要剥夺我干部轮换的权利吗？'他们对我说：'不，我们需要你。'瞧，这个'我们需要你'可要了我的命了，叫我们养成了官僚主义的习性。亲人们，我想来当农业生产合作社的社长！"居辽同志脸色变得通红。

"那我们现在的社长，我们叫他干什么呢？"有个人说道。

霎时间居辽同志落得目瞪口呆，不知如何是好。后来，他纵身一跃，说道：

"社长到我的岗位上去。"

农民们活动起来，稍微交换了一下眼神，社长继续严肃地坐在那里。

他们当中一个体魄健康、面色红润、看上去像个牧人的男子，只是在一边笑。他目不转睛地看着居辽同志，更为严重的是，他用自己的目光和咧开的嘴惹得我的上司发火。想想看，一个人把整个身子转向您，咧着嘴大笑呢。真的，真奇怪！居辽同志未讲任何一句叫人发笑的话，可此人为什么要开怀大笑呢？莫非是无意地出了差错？

从院子里传出了一只狗汪汪汪的叫声和一匹马萧萧的嘶鸣，居辽同志在铺着毯子的垫子上伸开双腿解解乏。

"阁下，您腿麻了吧？"一位农民问道。

居辽同志看了看他。

"麻腿是官僚主义的标志。"他一边笑一边说道。

"你说得好。"社长肯定他说得好。

"跟你，我是要交锋的！"居辽同志笑着说道。

"咱们是要交锋！"社长皱着眉头说。

"想要抢好比对方有利的位置吗？"一个农民说道。年龄最大的长者不时地咬着唇边，活动着细巧的山羊胡须。

社长开怀大笑，到这时候之前他一直没笑过。这么一笑不要紧，他坐的那把椅子都响起来了。他的笑传到所有的农民身上，屋子里发出隆隆的响声。居辽同志未曾遇到过这样的笑声，臊得我满脸通红。农民们可能会在居辽同志讲出第一句话的时候就大声笑起来，但他们克制住了自己，这会儿时机到了，因此便放声大笑了。

农民当中有个人，长着一张刀削似的瘦脸，不倚墙，坐在那里身体挺得笔直，他不笑，也不带有讽刺意味。相反，他显得非常生气。他吸烟时，用手把烟雾驱散；他生气极了，好像是在驱赶苍蝇和黄蜂似的。他甚至都不愿意知道居辽同志就在屋子里。

"阁下，您和我们谈话甜丝丝的、有味道。"年龄最大的老者说道。

居辽同志没有回答，可能是没听见，也可能是感到遗憾。他深深地叹了一口气，用手掌托起颧骨。这时候，门开了，两个女人送来一张长条桌子。她们把桌子放到屋子的中间，直冲着我们。她们开始和我们握手，先与居辽同志握，然后与我握。

"姊妹们，你们好吗？"居辽同志问道。

"谢谢您!"

"这些种地的男子汉又让你们受苦受累？他们怎么不抬桌子来？妇女要解放啊，姊妹们！你们自己就是解放战士，你们要批评我们男人，因为我们是暴君、压迫者、自大狂、保守主义者、家长式的专权者！"居辽同志说道。

"这倒是真的！"社长的妻子笑着说，她的个子比较矮。然后，没过多大一会儿，她便向一两个小伙子点头示意，叫他们去取盘子和酒杯。她们俩则在社长身旁的两把椅子上坐下了。她们搓着手待在那里，开头显得挺拘束，后来便平静下来，自然多了。

"我们叫你们受累了。"我说，在此之前我还没说话。

"没关系，欢迎你们来！"社长妻子说。

"我们那些女人家，家里来很多人的时候，那是又撅嘴又瞪眼！"居辽同志笑吟吟地说。

"哇，可不要辱骂她们！"社长的妻子说。

他从座位上活动着身子，说："是的，是的，她们又撅嘴又瞪眼！你们可比她们纯洁多了！"

"现在我们村里有澡堂，大家每天洗澡。"社长笑呵呵地说。

居辽同志的脸色刷地一下子就变了。大家去洗澡，这不是真的。会计刚刚告诉我们，澡堂没人去，怎么这会儿就每天都洗澡了呢。

"咱们要交锋，较量较量，社长！"居辽同志说。

"咱们是得较量较量！"社长说。

这时候，几个小伙子把酒杯和下酒小菜端到了长长的桌子上。

2

我不时地盯着居辽同志，看他单独地与社长碰杯、喝酒。在宴会上我从来没看见过居辽同志是这个样子。在这里，他的表现也是很出色的。他和所有的人都是对等而饮。听到嚓嚓的碰杯声，我害怕了，怕他说出某句没把住关的话，同社长争吵起来。我心想：烧酒会叫人忘掉群众文化运动的伟大思想，不过，他不会轻易忘记思想的……

"社长，咱们将要较量较量！"当我想起一切都被忘记了的时候，他说道。

"居辽同志，咱们要较量较量！"社长说道，他沉重的身体压得椅子"嗞嗞"响。

"您瞧不起文化—艺术活动，因为您想不到文化—艺术活动的功效。假如您能晓得它的功效，您就会努力让瘸子登台跳舞，叫哑巴聋子登台唱歌。"

社长放声大笑，跟着他，好像大合唱似的，所有的农民都齐声大笑起来。

"瘸子不需要到台上去跳舞，因为他们整天在路上和田地里蹦蹦跶跶地跳来跳去。"社长说。

农民中年龄最大的长者挠挠头，闭上一只眼睛，说道：

"哑巴聋子听不到笛子奏的乐曲，不可能知道如何伸腿跳舞！"他第一次开口说话。

"让他们像别人一样地去伸腿好了，他们不缺少眼睛！"居辽同志苦涩地笑了笑，又补充说，"您没看那个为一个瘸子编创的舞蹈吗？那是一个很有人情味的舞蹈，是一个伟大的人创作的，具有细腻的美感，这位大师毫不犹豫地让瘸子走进舞蹈世界。而我们这些显示自己聪明的人，却在探究各式各样的理论化问题……"

一种忐忑不安的感情控制了我，我在等待一点儿不感兴趣、令人害羞的事情发生。居辽同志干什么想要提哑巴的事儿呢？！

与此同时，农民中年龄最大的长者发出一声悠长的尖叫。这是一种特殊的笑，抖得整个屋子里的人哄堂大笑起来，居辽同志傻愣愣地注视着哈哈大笑的人们歪七扭八的面孔。

"在结婚举行婚礼的场合，有谁不跳舞！"他说道，用手帕擦了把汗。

"比如说，比如说……"居辽同志胆怯地说，为了避免自己出错。

"你和大家的交谈不赖呀，我说居辽同志。"社长说，"来，祝你愉快！"于是他和客人碰起杯来。

一位农民向坐在他对面的同伴点头示意，稍过片刻，屋子里便响起了歌声。这是一首古老的抒情歌曲，从前在杜什库村宴会上经常唱。居辽同志把额头抬得高高的。斟满了酒的杯子放在桌边上。我拿起这杯酒，将它挪到一个安稳的地方，因为手突然一活动，他就会把它碰倒掉在地上。

一开始，歌儿唱得挺慢，声调也平稳，后来就唱得热火朝天了：

> 嗓子眼儿下边戴项链的小情人
> 你只是一个，还是第二人？
> 你与嫂子一起
> 为我们铺好厚垫子好销魂。
> 垫子红红的，
> 像旗帜那样鲜，那样新。
> 快来吧，我铺好了垫子，
> 伸出你的手，解开坎肩莫迟钝。
> 坎肩的扣子还是银子做的，
> 此人有着不寻常的身份。
> 瞧瞧看，是何宝物怀里藏
> 原来是两个苹果香喷喷。
> 瓶子摆得一溜又一溜，
> 噢，香醇的美酒迎亲人。
> 这酒要灌得我头昏脑又涨，
> 它要叫我糊里糊涂醉醺醺。

歌声把居辽同志给唱糊涂了。他挥动着一只胳膊，把它举过头顶。然后手掐腰，取出手枪，把手枪指向天花板，想勾火打一枪①，可是，社长拉住他的胳膊，对他说这一枪最好还是冲着窗外打。

"你是怕天花板上留下一个窟窿眼儿？"居辽同志说。

"居辽同志，我非常想打它一个窟窿，叫你的手枪留个纪念。"社长说。

"那样的话，干吗不许我往天花板上打？"

"我怕子弹一旦打在某块砖头上反弹回来伤着人。"社长说。

可是，居辽同志不能朝窗户打枪，他没有兴趣了，手枪就要变凉了，需要重新装进套子里。所以取代打枪干的事儿，是居辽同志击碎了一个杯子。

"兄弟们，你们的嘴好厉害！"

"你吃点儿、喝点儿嘛！"社长说。

"戴木克，你怎么不喝？"居辽同志捅了一下我的胳膊肘。

"我在喝，居辽同志。"我说。

他注视一下社长，然后注视屋子里所有的男子汉。

"戴木克以为在这里的宴席桌上我还是他的负责人，在这里，我们都是平等的，我们既没有主任，也没有负责人。即使在工作中我也不难为人，给人设置障碍。我让他们去自由行动，我尊重他们的所思所想。戴木克，对于喝酒如果你有什么想法，就说出来！"居辽同志说。

我举起酒杯，为这家的主人敬了一杯酒。

"瞧，这是一种积极主动精神！"居辽同志说。

敬完这杯酒，社长的妻子手举酒杯站起来，她向丈夫点头作了个暗号，社长在妻子身旁弯下腰来，显而易见，她是想知道我们的名字。

---

① 阿尔巴尼亚民俗，在欢庆节日或婚礼上有人开枪，表达欢乐。

"亲爱的客人们，欢迎你们到我们这儿来，这杯酒我是敬给居辽同志的，祝孩子们和你的妻子长寿！"她干了这杯酒，接着敬下去："这杯酒敬给戴木克同志，他的腿脚真棒，来到我们家里！"她又干一杯。"这第三杯酒敬给我们村，第四杯酒敬给全体可亲可爱的人，第五杯酒敬给爱交谈……"

社长的妻子一连喝了这整整五杯酒之后，又斟上另一杯，碰响了居辽同志的酒杯。

"居辽同志，很高兴见到你！很有兴趣和你共饮！"

"社长老婆，你这嘴和嗓子真够厉害的，真会说话！"全体农民齐声说道。

到此时为止，她与农民们敬酒，只不过是用嘴抿一抿，只有和居辽同志碰杯敬酒时，为了表达对他的敬意才一饮而尽。这一点一开始我就注意到了，对此农民们也早已注意到了。甚至那位脸瘦瘦的男人，还向他投去一瞥非常严厉的目光，不愿意与社长妻子碰杯敬酒。社长妻子跟居辽同志表现得实在是太大胆了。

居辽同志被彻底地弄得晕头晕脑，不知所向了。社长的妻子跟居辽同志来了个大挑战，请他连饮五杯，他斗不过她，转不出去她设下的这个险境，这么一来，以后他将称自己是个失败者。

"咱们将要交锋，跟你较量较量，社长！"他一边拿起酒杯，一边说。

"要较量较量的，居辽同志！"社长说。

"你用钢筋水泥作保护……"

"我用……保护！……"

"把老婆给我弄到前边来。"他对社长说。然后他对社长妻子说："欢迎你来！这是我要敬的酒，可是，我要为你的健康干。"他说道，用相当大的勇气回敬人家，将酒喝干。

居辽同志以这种勇气回敬她五杯，然后他又斟满一杯，与社长碰杯：

"我可找到你了，社长！"

我预感到了一点儿特殊的事情，这点儿事情几天之前我没有去想过，居辽同志又来到了原籍。他父亲、他祖父那辈人和他曾祖父那辈人，都在农村生活过，都割过麦子，也酿造过酒。这一原籍呼唤着居辽同志，可他弄不明白，这遥远的含混不清的声音是从哪儿传来的。现在，他的全部动作、全部话语、全部思想都有着一个源泉：田地和葡萄园。不过，它们都具有民歌的风格特点。风格化了的动作，风格化了的话语，风格化了的思想。嘿！活见鬼，脑子里怎么会来了这个想法！

敬他人的五杯酒加上最后一杯敬给社长的酒，把居辽同志撂倒了。现在讲话，他开始嘴边没有把门的了，甚至渐渐地失去了话语的风格化特色，而且这会儿又失去了身体的平衡，一会儿搭在一个肩膀上，一会儿又搭在另一个肩膀上，农民们注视着他，小声地喊喊喳喳地议论着，他第一个感受到了比空腹人还要难受的滋味。

"你们……你们奇怪，一个有……地位的人怎么喝酒？唉，我喝，因为我是个大……众化的人，我还有一个属于哲学范畴的指导原则，它叫……叫大众化的……"居辽同志一边用手指指着桌子当间儿，一边说道。

他收回手指，摆正身体，对他前面的一个农民说：

"现在我想叫你扶我来唱个歌儿，因为我要唱歌儿。"

"让心儿歌唱吧！"农民们喊道。

于是，居辽同志唱了起来：

    橘子般的乳房圆实又妖娆，
    八月的燥热叫我发高烧。
    燥热，
    燥热，
    八月的燥热叫我发高烧。

农民们有好久没有听到这首古老的歌儿了,所以他们便大声地为居辽同志拍手、呼喊、叫好。您能想得到吗?不久前他还批判过这些歌儿,然而农村的原籍却呼唤他单枪匹马地饮酒,把批评思想搅成了一锅粥……

"精彩吧,是不?"居辽同志一边弯腰扶在桌子上,一边评说歌曲。

"是这样,精彩。"社长说。

"我,噢,社长……,明天我要和我的这个助手……"他说着拍我的肩膀,"一起去村里的澡堂洗澡,我想请你把民主阵线主席、共产主义青年联盟的书记、妇联主席召集到一起,因为我希望他们也跟我一起去澡堂洗澡,以便给社……员们在卫生方面做个榜样,噢,社长,我就这么说!你和你老婆也一起去澡堂,和她洗。"居辽同志说着,低下了头。

这样一番讲话,从前在杜什库村未曾听到过。亲爱的人们让屋子里发出震天动地的轰鸣,有两三个庄稼汉索性就躺在地上了。

"可怜的人儿啊!"社长的妻子喊起来。

"比可怜的人儿还不如啊!"居辽同志说道,"您要作保证:一定要去洗,这个行动若干不成,我就不离村。"

"好吧,居辽同志,我们要去的!"为了让他放心,社长说道。

我感到害臊,一个原因是酒醉人,酒弄得我糊里糊涂的;另一个原因是有一种耻辱感,这两点促使我彻底神志模糊了。居辽同志的权威性在这个非常陡峻的山崖上滑落下去。

居辽同志忍受不住了,瘫在了椅子上,东摇西晃地折腾着,最后竟然摔倒了。社长和我拽着他的胳膊,让他站起来,然后把他送到走廊里了。社长的妻子跑出去到卧室里整理床铺,农民们心慌不安了。

"穷人喝酒多!"年龄最大的长者说。

居辽同志嘟嘟囔囔地说:

"咱们要较量较量,社长……"

"好吧，居辽同志……"社长怜悯地安慰他。

3

居辽同志仰面朝天睡在窗户旁边的床上，整个晚上不时地说梦话。这些梦话，我是从我睡的床上痛苦地听到的。我睡不着，虽然我感觉自己挺累。我懂得那些不连贯的零零碎碎的夹杂着呼喊和呻吟的语句，偶尔我觉得他不是说梦话，而是在神志不清的境域中，像一个重病号似的发牢骚。可是，重病号发牢骚那是抱怨他不佳的命运，而居辽同志是抱怨自己的天性，他骂骂咧咧地说："唉，活驴！你想对他们干什么？……唉，社长！……人们哪！……歌曲！……"

我心里明白他是怎么回事儿，他是感到羞耻。酒后身体反应是很强烈的，你希望闭上眼睛不见人。你想离开那些看见你处于荒唐可笑的境地的人，不想会晤他们，直到一切被忘掉的时候为止……

天刚一放亮，居辽同志就起了床，从床头柜的瓶子里连倒了四杯水喝了。我觉察到了，但我倒在那儿装着在睡觉。我觉得看他挺害臊。我希望社长家里所有的人都到田里干活去，我们两个人起了床就离开他们家，谁也看不见我们才好。

居辽同志穿上裤子，坐在床边，两脚落在地板上。袜子也没穿，就这么待了片刻，嘴里发出"哎呜！哎呜！"的声音，在此之后小声地自言自语地说了点儿什么。最后以一种假惺惺喜悦的腔调喊道：

"起来，觉包儿！社长若是有你这个社员，就不会给你记一天的工！……"

我睁开眼睛，居辽同志在穿袜子。

"昨天夜里喝了点儿，是吧？"

"既然是去赴宴，那是得喝喽。"为了让他心里得到平静，我这样说。

他没有立刻说什么，用手紧捏了几下额头，袜子也没穿上，还露着半只脚，在我面前感到难为情，我觉得他是想跟我说点儿什么。

"夜晚过得蛮好，我们和农民们水乳交融，打成一片。在这样的场合，不应当和农民们保持距离，农民们喜欢你以大众化的方式与他们相处，我觉得咱们表现得不错，戴木克。"他说道。

"咱们表现得同他们是挺亲近的。"我说。

"烧酒叫我出了点儿丑，这一点我感觉到了，所以我及时离开了餐桌。"他说。

我系好了裤带。

"其实，那已经是晚餐的尾声了。咱们站了起来，大家都很开心。社长和两三个农民费劲儿地挺着身子，勉强地立在那儿，甚至当咱们走进卧室时，我听到'咣当'地响了一声，有人摔倒在地板上了。那肯定是社长喽。"为了安慰居辽同志，给他以心灵上的支持，也为了驱散他的羞愧之情，我竟编造起瞎话来。

"是这样吗？唉，他比我喝的多嘛……再说啦，烧酒会让从事体力劳动的人醉得更快，肌肉很累，容易疲劳，烧酒弱化肌肉里面的神经，把它变成像粥一样的稠状物……"居辽同志说道，他的神气大起来了。

我们穿好衣服，出去到院子的水龙头边上洗脸。这时候，社长和他的妻子在门口出现了。他向我们问好，打听我们睡得怎么样。

"好极了！"居辽同志说道，头天夜里被酒折腾得苍白的脸上又变得红扑扑的了。

"酒量把握得不错啊，居辽同志！"社长说。

"马马虎虎吧，晕乎了一点儿……"

"这话是怎么说的，一点儿也没晕乎！"社长说。

"先生，你脑子可清醒呢！"社长的妻子说。

"噢！你的敬酒搞得我成什么样子了！听着，我说社长夫人，我希望你到地拉那，到我家去。我也要敦促我妻子给你丈夫敬酒，不过她的敬酒可不是要你喝五杯，而是十杯。"居辽同志笑着说。

"你为什么不说我们该有点儿脑子,可不要喝超了量,过了界,原来你这位先生还是个复仇主义者呢!"社长的妻子也笑着说。

我们扎进小菜园里,那里水龙头流出的水格处清凉。这会儿居辽同志的脸上又露出微微的笑容,羞愧的情绪正在消散。他简直就像个孩子似的,只要听到一句好话,就忘了疼痛和沮丧。

"纯洁的人们啊!"他一边伸袖穿上衬衣,一边说,"可是,我挺遗憾,因为我竟要与如此美好、如此勤勉的人们交锋、较量。公民的感情是一回事儿,友谊是另外一回事儿。我不能滑落到家庭的亲密私交中,任务不允许我……"

居辽同志与人交锋

1

我们决定，在农民下地干活儿回家的时候，到村里的澡堂去洗澡，将给思想落后、带偏见的人留下强烈的印象。根据居辽同志的想法，这件事儿将在全村引起震动。他希望村里的几个干部也要参加这一行动才好：妇女主任、村民主阵线委员会主席、农业生产合作社社长及其妻子，以及青年组织的书记。期待着大约两名生产队队长和农艺师也能去洗澡。他的信心是不可动摇的。真实的情况是怎样的呢？我感到很可笑。他注意到了这一点，并且还说这不是可笑的行动。他还给我提意见，把我称作思想轻浮、没有远大前程的技术至上主义者。自然了，像重要领导者所习惯的那样，他敲打我的这些话，说出来时腔调里有一种爱抚的味道。说完了敲打我的话之后，他把莎士比亚剧作《特洛伊罗斯与克瑞西达》中的几行诗朗诵给我听：

　　阿伽门农是个傻瓜，
　　　因为他要把阿喀琉斯统辖；
　　阿喀琉斯是个傻瓜，

因为他听从阿伽门农命令他；
忒西忒斯是个傻瓜，
因为他为这个傻瓜当犬马；
巴特罗克里是个傻瓜，
为了他自己干了些啥……

朗诵完了这几行诗，居辽同志笑成了瘫面一团，以至于竟然掏出手帕擦起眼泪来。他的笑如同感冒一样传染人，把我也逗笑了。这段语录是从哪儿进到他脑子里的！居辽同志有些行为完全是突如其来，宛如未来主义诗歌中的形象那样……多少世纪以来最伟大的戏剧家的诗行同他、同我有什么联系吗？唉，居辽同志，他有许多次叫我这个可怜的、吃苦耐劳的、不多言不多语的戴木克大吃一惊！

我们正朝着澡堂方向走去，我手里提着居辽同志装有衣服和毛巾的大提包。农民们三一群五一伙地从地里收工回来。他们看见我们，向我们问好致意，是傍晚的时候了。

居辽同志停下脚步，朝着澡堂的平台扫了一眼，在房子上面的墙角里只站着一个人。

"站在那儿的那个人应该是村里的干部。"居辽同志说。

"有可能。"我说，但是不太相信。

澡堂的烟囱冒出缕缕黑烟，居辽同志很喜欢这种烟，因为它是澡堂这个角落生机勃勃的标志。

我们靠近了澡堂，站在房子一角的人向我们点头致意。这个人是我们昨天见过面的那个僧侣。

"怎么样啊，我说僧侣？"居辽同志问他。

"Hejvallah！"僧侣回答说。

"你又说hejvallah！"居辽同志说。

"你跟我叫僧侣，我就对你讲hejvallah。我的名字叫阿布杜拉赫·米拉玉梅利。"

居辽同志笑了。

"你还等什么,为什么不进澡堂里洗澡?"他向僧侣问道。

"我昨天洗过了。"

"再洗一次嘛。"

"阁下跟穷人开玩笑。"僧侣说。

"我是一本正经地跟你说话,洗澡有利于健康。"居辽同志说道。

"做菜要放盐,用盐多少要适当。"僧侣说道。

2

我们走进澡堂,一位女工作人员叫我们在一个小屋子里等一下,因为所有的洗澡间都有人。

"是谁在洗澡?"居辽同志向这个女人问道。

"学校的老师们,真不好意思!"

"呃!"居辽同志说。

小屋子里很热,居辽同志脱了上衣,我们俩各自点着一支烟。他觉得挺累,可是竭力克制自己,不让自己露出疲劳的神情。

"怎么没来个干部呢?真是的!这是些什么人!不知道在最细小的事情上也应该亲自做个榜样。农村人不习惯在同一个地方洗澡。你作为干部,应当敦促他们,教育他们,直到成为习以为常的事情为止。我不是说农民不洗澡,他们是在家里洗。不过,澡堂洗方便多了,也轻松多了……"他说。

这时候,走廊里传来一个女人的声音。他向澡堂女服务员打听,来自地拉那的两人到这儿没有,居辽同志的脸上顿时大放光芒了。

"是她来了。"居辽同志说。

"哪个她?"我不假思索地问道。

"妇联主任。"居辽同志说。

一位身材矮小单薄、戴着白头巾的女人走进我们的小屋子里。她跟我们握了手，然后站到门口同我们说话。

"请坐！"居辽同志说。

"不客气，我这样挺好，真不好意思！"

"你怎么不带个女友一起来？"他问道。

"我想干点儿啥呢？真不好意思！"女人说，"就连我也不想来，因为我害臊。我说的都是实话，我向你保证！"

"一点儿都不要害臊！"居辽同志说。

"我们不习惯说牢骚话，老姊妹挺难为情的。唉，你有什么办法呢！我们家有一头驴，真不好意思！……我丈夫有时用驴驮木头，运到城里去卖，真不好意思！现在他还犯错误，可是，他已经习惯这么干了，这个做生意的滑头鬼……你说说，先生，一天早晨，在路上他被我们的社长看见了。社长掏出手枪，对着驴给了一个枪子儿。驴倒下了，真糟糕，枪子儿打中了头盖骨，那驴就那么可怜地死在了路当间儿。我们没驴了。我去找社长喊天冤地地诉了一通苦，社长对我说：'咳，老妈妈，你知道怎么办吗？扒下驴皮做件皮大衣。'他就这么对我说话，好意思吗！可是，当我坚持不认这个账的时候，他对我下保证，说将成立个评估小组估算驴价，从社里存有的钱款中付给我们钱。今年等，下年等，哪有个准日子付钱哟！既然知道打死驴要赔钱，那当初干吗要打死它呀，老姊妹够可怜的吧？他叫我们损失，叫钱白白流走。真难为情，你说是不是？"她长篇大论了一通，末了这么问道，两眼直勾勾盯着居辽同志。居辽同志的脸色由晴转阴，沉默了片刻。不行，不行，居辽同志没听说过一个农业生产合作社社长用手枪打死一头驴的事儿！此事有点儿异常，有些荒诞……

"社长打死一头驴，这事儿干得不好，不过，你丈夫做事儿也有问题，别人都上工劳动，而他却为了卖掉一驮木头在城里到处逛游，这事儿干得不正当。"居辽同志拿出记事本和钢笔。"你叫什么名字？哦，发蒂梅？谁呀？巴约？……那好吧，我要盯住这件事儿的。"

"谢谢，老姊妹难为你了！"她说道，然后离开了这个小屋子。

"好家伙!"他热得满头大汗,感慨地说,"这些人干了些什么事儿!戴木克,我们得和他们交交锋!"

从洗澡间里传出喧闹声。老师们洗完澡往外走,轮到我们洗了。

就在我们准备进洗澡间的时候,一位上了年岁,留着长长的山羊胡子的男子来到小屋子里。他说了句"晚上好",就在窗户下边的长椅上坐下了,掏出烟盒,卷了一根挺粗的烟卷。

"你要洗澡吗?"居辽同志问道。

"我的老太婆在澡堂工作,因为她在这儿做事儿,所以我就和她每天晚上都洗一次澡,天天如此,先生,你说得是,我喜欢热水和热气。老太婆用一块粗呢子给我擦身,一直擦到满身发红,像煮在开水锅里的螃蟹一样的时候为止。昨天晚上你们在社长家里睡的吧?我本来是要去的,可是,我犯懒了……"他说道。

"农民们来澡堂洗澡吗?"居辽同志习以为常地问道。

"暂时洗的人还不是那么多,不过,还是有人洗的。姑娘们洗的多,你若是星期天到这儿来,能震聋你的耳朵。这些人都说了些什么,都是些祈天念地的话!有一个星期天,我和我老太婆进了一个洗澡间,真是有点儿叫我发疯,这些人把一些胡乱譬喻、歪七扭八的话甩给了我的老太婆哟!"

"呃!"居辽同志接着又问,"妇女主任洗吗?"

"她也洗,不过,在家里洗的时候更多些。有一次我对她说,要她跟我到一个洗澡间洗,可她不愿意。"留着山羊胡子的男子说道。

我哈哈大笑起来。居辽同志没笑,他凑到我跟前,慢慢地说道:

"这是一个道德败坏的人!"

"为什么她不洗澡?她是妇女主任,我是主席。"他说。

居辽同志挪开地方,用惊奇的目光凝视着这个留着长长的山羊胡的男人。

"我是民主阵线主席,我的名字叫阿斯兰·戈伊塔尼!"

"噢,原来你就是啊!"居辽同志笑着说。

"听从你的吩咐!"

"今天晚上我们和你们村干部有个见面会。社长没对你说?"居辽同志问道。

"这事儿我不知道。"他说。

居辽同志的脸色又来了个晴转阴。事情很清楚:社长把这件事情给忘了,在居辽同志看来,社长应当是一个不可救药的狂傲者。肯定无疑,狂傲的人都忘事儿。忘事儿,别人说话时,他们心思就不在那儿,因此就听不清指令。

"我们要交锋的!"居辽同志粗声粗气地说。

留着长长的山羊胡子的老头什么也不懂。

过了一会儿,澡堂女服务员喊了我们,于是我们便进了洗澡间。

3

我们头发湿淋淋,脸色有点儿红扑扑的坐在农业生产合作社俱乐部的阳台上,每人面前摆着一瓶新鲜的啤酒。我们闷着头不做声地吸烟,在柔和的晚风吹拂下,阳台前面的槐树叶轻轻地发出窸窸窣窣的声响,稍远处的场地里传来孩子们踢球的喧闹声。居辽同志在一个劲儿地想着心事,从地拉那出发时,他就没想将会与这样一些突如其来的事情交锋。噢,农村生活充满了矛盾,这些矛盾都堵到嗓子眼儿了!一方面,这里有美丽的自然风光,纯洁的好客风俗,生产工具的机械化;另一方面,这里也存在着偏见、狂妄傲慢和藐视文化的现象!居辽同志如何帮助解决这些矛盾呢?一时间,你觉得这些矛盾将会得到解决……可是,当居辽同志离开村子的时候,矛盾将继续凸现。噢,矛盾的凸现,你是多么无情!……然而,居辽同志在你面前,却不能展开双臂。

"矛盾!"他说。

"真理存在于有矛盾的地方,存在于把矛盾揭露出来的地方。"

我说。

"这些话是人们所熟悉的:矛盾的一个方面如果没有与其对立的一面,是不能存在的。正如一个苹果吃了一半之后就不可能把一个完整的苹果拿在手里一样。"居辽同志思忖着说,整个身心都沉浸在哲学中,沉浸在对立统一的伟大法则中。

"我们糟糕的是,在矛盾面前我们茫然不知所措。"我说。

居辽同志将酒杯贴在唇边,抿了一小口,微笑着说:

"在基本矛盾面前,我们并不茫然无策,面对几方面的矛盾,或者是它们一同出现的时候,我们才不知如何是好。那是必然的,我们将会茫然失措的,或者说得更恰当些,面对社长用手枪杀死老太婆的驴子这件事儿,我们感到惊奇,这是矛盾的一种突如其来的不可想象的现象……懂吗,戴木克?"

如果不是从槐树后面的大院子里传来农业生产合作社社长的声音,打断思路,我们将更深入地投入到对立面斗争的哲学法则中。

"过得好吗?"社长他老远就向我们喊道。

"喂,社长,你干啥去了!"居辽同志说。

"对不起,我没在村里,塞姆塞丁同志把我叫到城里去了。"社长说。

居辽同志在座位上动了动,他把轮换到戴佩莱那市的塞姆塞丁给忘了。奇怪得很,相处那么多年的同志,居然给忘了!从前不是他把守过今日居辽同志正在把守的位置吗?

我想起了在地拉那召开的大会,当时居辽同志作了一个报告,那个报告本来是塞姆塞丁想要作的。居辽同志也会想起这件事儿的。

社长和我们一起在桌子旁边坐下了。

"塞姆塞丁怎么样啊?"

"他嘱告我特别向您问好。他对我说,有机会的话,他要来见您。我还把夜里咱们一起亲密而愉快的聊天告诉了他,他对没有到场一起聊聊挺在意,心里惦记着这件事儿。这个家伙,他不知道,知道的话也会来的。"社长说。

忧伤与烦恼捕捉了居辽同志的心,他回想起夜里喝醉酒的情景。他心里琢磨,这个恬不知耻的家伙,肯定把这事儿对塞姆塞丁说了。

"不管走到哪儿,到处都有人指责我们当社长的不是!农业生产中要求高产量,文化事业方面要求有进步!"社长感叹地说。

"那就是说塞姆塞丁也指责你喽。"居辽同志说。

"为使用好这些社会文化设施:澡堂子、文化之家、理发馆,把我们召集到一起开会。"社长说。

"一句话,涉及的内容就是我们夜里谈的那些。"居辽同志的眼睛闪闪发亮。

"差不多吧。"

"社长,咱们要交锋的啊!"居辽同志说,眼睛盯着社长胡子拉碴的面颊。

"我已经习以为常,练出来了……有一个事实:夜里咱们谈好要一起去洗澡,完了再看一看这项社会文化设施,还要洗澡,亲自做个榜样。可你没有通知村干部,阿洛!①我们如何来理解这种做法呢?"他说。

社长用吹号一般的节奏用手指敲着桌面,他不愿意看上居辽同志一眼,而是唇边叼着烟,在俱乐部阳台的一个角落里观望着。

"您说的这些事儿,我觉得全都是开玩笑,我说居辽同志。"他说道,打破了沉寂。

社长噌噌地放出的这些话,居辽同志觉得好像是从树丛后边突然发出的一声枪响。这时候,一头骡驴下了个小驴崽,发出长长的粗声粗气的叫声。

"这头驴下崽子你也觉得是开玩笑吗?"居辽同志问道。

"这个?"社长奇怪地一愣。

---

① 居辽同志用"阿洛"代替对人的呼喊"喂",这是他学来的时髦,本书一开始他就这样呼叫同事。

"若不是有你的手枪在，可能还有另一头驴下崽子。"居辽同志严厉地说。

对于我来说，这种严厉真是好笑，所以我咧着嘴一笑，把头转向院子那边，以免被居辽同志看见。

"简短地说，你为什么要打死一头驴？为了这头驴你居然动用国家给你的手枪？"居辽同志像一个检察官似的严厉地讲话。

社长脸红了。他呆板地用手摸了一下腰带，看看手枪是否套在套子里。

"我火气一来就把驴子给打死了。这是农业社正当劳动与干经商倒卖这些非正当的事情之间的一个矛盾。我打死的那头驴的主人装着一肚子商贩心肠，进城贩卖木柴，在社里不出工干活儿。"社长说。

"农村生活中现今的矛盾不能用手枪解决。你的行为会引起恐慌，同时还会让人民群众生气恼火。这是些什么事儿啊！"居辽同志说。

一种紧张的悄然无声的气氛笼罩着我们的桌子，不论是居辽同志，还是社长，统统都不讲话。这种沉寂对居辽同志有利，他让社长陷于窘迫的境地，而自己却眨巴眼睛自得其乐，毫不顾及受伤的反对者有何希望。在这一沉寂中间，传来躲避在什么地方的猫头鹰哭叫的歌声。居辽同志忍受不了这种歌声，不过，虽然如此，他还是决定要利用它做点儿对自己有利的事情。

"瞧，你应该用手枪去打猫头鹰，而不是亲自去打死一只可怜的牲畜！"他说道，还伸手指了指传来猫头鹰哭叫声的院子。

社长和我哈哈大笑起来，居辽同志也像我们一样地笑了。

泪影中我们看到胖乎乎的僧侣走进俱乐部。他站在阳台中间，弯腰向居辽同志来了一个土耳其式的敬礼。

"这个僧侣应当是有点儿什么为难的事儿。"居辽同志说道，对他打了个手势，意思是叫他到跟前来。

僧侣走过来，跟我们握了手。

"有什么为难的事儿吗？我看你是有难心事儿。"居辽同志说。

115

"先生,您算说对了。您说,他们不吸收我加入那些小组,他们怎么说的,说那都是有相当水平的业余演员。我吹祖尔纳管①吹得很好,四弦琴弹得也不错。有个人什么都没讲,他们就把他吸收了。人与人说点儿好话就成。可他们就是不爱吸收我。为什么?戴木克,因为我曾经是个僧侣!既然先生您来了,那我就请您说服一下社长,让他的思想改变改变。"僧侣说。

"你不要担心。"居辽同志说。

僧侣满意地走了,社长气哼哼地盯着他。是什么激发他这个僧侣学会了弹四弦琴?!

"保守主义者!"居辽同志冲着社长的脸喊叫,"你到哪里能找到一个会弹四弦琴的人!你可以丰富村里的乐队嘛!可是,你不会做人的工作,你藐视艺术和文化,就像猫头鹰藐视光线一样……"

"不能叫一个僧侣到舞台上亮相啊,我说居辽同志。"

"他不是敌人。"

"不是敌人,可他是个笑料。他一上台,人们就会笑得前仰后合。"社长说。

"那就让大家笑好喽!笑是健康人的一种本能。你见过病人笑吗?僧侣在生活中应该有一种激情,否则他就会沉沦到宗教的激情中。对音乐的激情应该战胜对宗教的激情!"居辽同志说道。

这一回社长可是把眼睛睁大了,他未曾动脑子想过这样一种推理。这一推理使他受到震动,他想居辽同志是正确的。僧侣应该被吸收到文艺业余小组里。"真实情况如何?这个调皮的僧侣,祖尔纳管吹得很好,四弦琴弹得也不错。真是这样吗?"社长思忖着。

"我想听一听这个僧侣吹祖尔纳管。"若有所思的居辽同志说道。

"今天晚上可以叫他来吃晚饭。"社长说。

"把僧侣的事情放一放再说。明天我想叫你把村里人给我召集到

---

① 祖尔纳管是一种乐器。

一起，我要开一个座谈会，谈一谈关于提高生活文化水平问题。"居辽同志说。

他是在刺我的心，我又得去为他准备讲话稿。在乡间这般美好的日子里，我要耗在农业生产合作社领导的办公室里去写东西。他跟不去澡堂洗澡的农民一起座谈一下，可比召开内容宽泛的正式会议要好得多。到了这里，在田地当中，报告和讲话的影子，也还是追着我不放。

"我不能召集村里的人开会，当前我们正处在夏收的风口浪尖上。要扔下婚礼去打干树枝吗？"社长说。他皱着眉头，脸上流露出很不满意的表情。看得出来，他是一个不愿意同我们这样的人交往的人。从他的表情来看，组织毫无价值的座谈，我们是要白白地消耗时间。他甚至敢把居辽同志的建议叫做开玩笑，把它列入玩笑的层次。

居辽同志脸上不满意的神色并不比社长差，甚至这种不满意竟以公开生气的表情表露出来了。

"啊哈，您不愿意召集会议？我要抗议，我的抗议要送到区执行委员会副主席，也就是要领导您这个社长的塞姆塞丁那里。我的声音还要往更高层的领导那里送。这个村里的村民们向我表述了他们对您的不满，他们是对的嘛。您昨天用手枪打死了一头驴，谁能向我保证一周之后您不会打死一个比驴更重要的生命呢？"

在这些话之后，不能不引起一阵哈哈大笑。可是，一阵笑声意味着交谈的严肃性、论战的尖锐性遭到了破坏。所以，我得到居辽同志的允许之后，便站了起来。他向我点头示意，这样，我就让他单独地和社长一起说话。

他们俩互相吵得很厉害，我再也没到桌旁坐下来。我在路边一块不大的苜蓿已经割过的地里等候居辽同志。

他来了，见到我说：

"我把他给治趴下了。"

"会还要开吗？"我问他。

"会要化整为零地开,一个队一个队地开。"

"今天晚上我们在哪里睡觉?"

"在区执行委员会主席那里。"居辽同志说。

"就是到每天晚上和他老婆去村里澡堂子洗澡的那个人家里睡觉?"我问。

"是的,实在是太好了。他们很干净。"居辽同志说。

我们坐在一块高地上,苜蓿和三叶草的清香气让我们心醉。在那样一些时刻,居辽同志希望自己融化在大自然里,并把一切事情深深地苦思冥想。

为了排忧解难，
居辽同志写起评论和速写来

1

噢，刚刚割倒的三叶草！你的清香味，只有先辈的根子留在乡村里的人，才能那样深深地感受到。它让你心醉，还你一个农民的青年之心的诗情充沛的世界！思想、推理、冥想在被太阳晒得发干、蕴涵着清香味道的三叶草上面飞翔着。青草全部的汁浆，离开了草茎，浸入心灵，然后变成思想的食粮，居辽同志……仰面朝天躺在已经割完了的三叶草地旁边的一棵大橡树下边，洗耳静听草丛中、野花中、树叶上、水渠里和三叶草正被晒干的耕地里传来的陌生难测的声音；三叶草耕地里的草割倒了，摊在地上晒太阳，准备给新出土的一批新草腾出地方。我和居辽同志挨着肩膀坐着，我嘴里嚼着一根三叶草茎。

"喂，我说戴木克，我就像这种三叶草似的，体内还残留一点儿汁浆。可是，这点儿汁浆我愿意奉献给别人。这种汁浆一直要流到新的三叶草长起来的时候，当新的三叶草的茎干像我这样奉献出新的汁浆的时候，我将感到很荣幸。"他在那棵大橡树的繁茂的叶子下边，头上顶着一团刚割下来的三叶草说道。

我聚精会神地一边点头，一边听他讲话，在三叶草割倒了的田地中间，一匹骒马领着小马驹在安闲地吃草。小马驹很漂亮：长长的腿，软软的油光闪亮的鬃毛，犹如天鹅绒一样。居辽同志转一下身，端详着骒马和枣红色的小马驹。小马驹开始奔跑起来，在妈妈身前身后撒欢，然后站在那儿，一边摇晃长着三角形白脑门的漂亮脑袋，一边迎面望着居辽同志。

"过来，到我们跟前来，噢，你这个象征健康和真诚的小家伙，不要被我这样的官僚主义者吓着你！到跟前来，让我吸收你身上散发出的乳汁和草浆的香味！"居辽同志对小马驹说话，然后又冲着我说，"你不要以为我说的这些话表达某种无神论思想或泛神论思想，我说戴木克。你非常熟悉不同时期学者和思想家们著述的理论。但是，任何时候也不要力图把在某一固定场合所表述的一切都纳入理论的范围。我既不是无神论者，也不是泛神论者，我是一个被大自然陶醉的人，一时间想在大自然的怀抱里寻找真诚和完美健康的身体。说到底，咱们是大自然所生的。你看见了，那边的那匹小马驹，是咱们很久很久以前的一个亲戚，这匹马的祖先也是咱们的祖先，我说戴木克。可是，当大自然发现咱们的祖先——那些美好的动物因为不能支配最高级的器官脑子——改变它的时候，便呼唤咱们去改变它。戴木克，活动是螺旋式的，进步的方式是螺旋式的。"

在居辽同志的生活中，这种深思冥想的时刻是经常有的。我已经注意到了，当他处于大自然怀抱中的时候，这种时刻一般显得最为打眼。唯独一件事儿我弄不明白，一个非常晓得很好地表达思想的人，为什么总是让我给他写报告和发言稿？我经常思考这个问题，但总也没能剥下这一隐藏的外衣，这件事儿我跟别人也说过。唯独巴基里说过一句聪明的话，但是，那个话我也不相信。他对我说居辽同志是懒得动脑筋自己去写报告和发言稿。从前，他什么都写过。也许现在他觉得报告和发言稿都太官样化，于是便写起格言及评论来。只是不排除人们会想到的东西，但人们不会写报告。

"戴木克，你看看那个小马驹是怎样地在妈妈的怀里吃奶。我也希望自己变得小一点儿，像那个小马驹一样地在这块三叶草的田地里吃奶。噢，戴木克，我觉得咱们太快地长大了，尽管人在母亲的怀抱里吃奶的时间要比动物吃奶的时间长得多，如与小马驹、小牛犊、小羊羔等相比就是如此，但哺乳一年，时间仍然是不够的……"

"居辽同志，您今天对大自然和生命的探讨太深刻了。"我笑着说。

"戴木克，你不了解我。对很多现象我经常这样深入地探讨……"居辽同志说。

他站起来，把手伸进兜里，掏出几张没写过字的白净净的卡片纸，垫在膝盖上写起什么东西来。然后转过身对我说：

"戴木克，你让我单独地待着好了！我想待在这儿思考些问题，前面只留下这个漂亮的小马驹和它的母亲……我脑子里出现了几个念头，不能不把这些念头在纸上记下来。你到那边去吧，见见那些人，到玉米地里溜达溜达，吃个西瓜或香瓜，过几个钟头再回来。我要深刻地思考些事情，我说戴木克，想深刻地想一想！"

我离开了居辽同志，为的是不打扰他的思绪。

2

过了三四个小时，我回到了居辽同志身边，看见他俯卧在地上，身边摆着卡片纸，为了防止纸被风吹走，他在上面压上了一块石头。骒马领着小马驹在离他大约三米远的地方吃草，它们不怕居辽同志，看样子它们与居辽同志相识已经有些时间了。

他一看见我，就离开原地，站了起来。

"我没跟你讲可以晚回来这么长时间！"他说。

"我怕妨碍您。"我说。

居辽同志把石头挪开，将卡片纸拿到手里，然后又冲着我转过身来。

"戴木克,我来给你念几段我新写的评论、格言和速写。"

小马驹又在三叶草的田地里撒起欢来。居辽同志念道:

评论1

鼻子是嗅觉器官,我们能说增加鼻子的数量吗?不,应当说通过我们掌管的鼻子,提高嗅觉的水平和嗅觉的质量。

评论2

清真寺高塔是物理学的敌手,同时它也能呼叫救助,让人们保卫自己,免除雷电的灾难。它在塔尖上安装一个避雷针。

评论3

评论家扎依姆·阿瓦吉对我说:

"我要写一部性格丰富的话剧。"

"如果你本身很有性格,你就会给你众多的人物各自不同的性格。"我对他说。

评论4

诬蔑就是:小鱼吃大鱼。

评论5

保守主义者就是:罐头瓶里加工的鱼。

自由主义者就是:大海中的鱼,可是,它在渔网中挣扎,最后的结果还是要装进罐头瓶里。

评论6

编辑就是:切碎鸵鸟蛋的人,可是,用麻雀蛋就能使他心满意足。

评论7

官僚主义者就是:吃纸的公山羊,可是,并不排除有时它连耳朵都吃。

评论8

牧人如果在狗还很小的时候就打它,那他就不能把它养成一条勇敢的狗,而是养成一条胆小怕人的狗。

评论9

耳朵就是：首先就要听从负责人的听觉器官。

评论 10

形式主义者：内部无仁儿的核桃。

评论 11

不是每一次牙齿发白都是微笑的。

评论 12

谁没有牙齿，谁就不怕吃李子倒牙。最好你还是有牙齿，倒牙可以忍受。

评论—对话：

"我是一堵高墙。"

"你是很高的，可是，我要给你把底下的石头去掉。"

两个词组成的思想：

朋友、无花果。

速写：

我和一个农民待在"地拉那"咖啡馆前面，农民嘴里叼着一个烟斗，我头上戴着一顶共和国帽。农民走进咖啡馆，又走了出来。

"他们跟你说什么？"我问他。

"他们说我是个守旧的人。"农民回答。

我把农民的烟斗拿过来叼在嘴里，走进咖啡馆，头上还依然戴着共和国帽。我走出了咖啡馆……

"他们跟你说什么了？"农民问我。

"他们说我是个现代人。"我对他回答。

奇怪！同样一个烟斗给予我和农民两种意义。

评论 13

狗是忠诚的动物。可是，当人们说我们是狗的时候，我们为什么生气呢？

评论 14

不长胡子的人：是没有尝到刮胡子人的快慰的人。

评论 15

眼泪：美好的时刻流出的泪水，恶劣的时刻流出的泪水。这两种泪水具有具体的同样的味道，但是却具有抽象的不同的味道。

评论 16

根须就是：树木的传略。根须毁灭了，传略也就毁灭了。

评论 17

面颊和脸是为身体相同的一部分起的名字，但它们并不具有共同的理念。

速写

我们家里有一只猫。我的一个亲戚领着他的小男孩来了。小男孩逗猫玩。

"不要逗猫！"父亲说。

"哎，我说爸爸，好像我们是亲戚呢！"儿子说。

速写

我的亲戚有两个小孩子：一个男孩和一个女孩。一天，他们打闹起来，声音很大。他斥责孩子，对他们说：

"我要把你们分开，因为你们太闹了。我要把阿丽阿娜送到纪诺卡斯特去，你，阿基姆，我要把你留在这里，要你们各自单独地待在一个地方，因为你们闹得太厉害，我的耳朵都要给震聋了。"

阿基姆大声地哭了，阿丽阿娜对他说：

"你哭什么呀？你要留在地拉那呢……"

速写

我的一个朋友翻开一本书，正在他的房间里读着。一个邻居来了，在房间里见到了他，对他说：

"只有你单独一个在屋里。"

我的朋友合上书本，说：

"现在是只有我一个人单独留在屋里。"

孩子的比喻

一个三岁的孩子看见月亮带着几朵淡淡的云彩,于是对妈妈说:"妈妈,月亮变脏了,身上有脏东西了。"

3

读完了写在卡片纸上的评论,居辽同志冲着我凝视了很长时间,想要探明我是否喜欢那些评论。

"相当中肯,有说服力。"我说。

他深有所感地感叹道:

"戴木克,每一件富有思想的事情,都让我感兴趣。我不忘记感情,把思想置于一切之上。我为什么有了要写'评论4'即'诬蔑就是:小鱼吃大鱼'的想法呢?难道这是某种预感?潜意识,就是说,意识之下的意识是很奇怪的,莫非说预感存在于我的潜意识之中?"

居辽同志的这一想法让我感到糊涂不清。我不明白他要说什么,糊里糊涂地待在那里。

"阿拉尼特,我觉得他是在把一点儿忧郁而糟糕的事情隐藏起来。难道说这条小鱼,就是说阿拉尼特力图用其诬蔑人的把戏吃掉大鱼,就是吃掉我?呃?写成评论4不是偶然的,有一点儿事儿总是围着我打转转,我事前已经感觉到了。"居辽同志说。

于是我明白了,他是惧怕我们那个严厉的阿拉尼特,在这片三叶草耕地当中,他痛苦地回想起他同阿拉尼特吵架的事情。现在,离办公室很远,他想,阿拉尼特正在说他的坏话,竭力想为居辽同志制造一种黑色舆论叫居辽同志惶惶不安。舆论是无情的、严酷的……阿拉尼特并没有沉默哑言,为了"吃掉"居辽同志,他在用锄头工作,精心地控制着舆论的钟点。也许他写材料一直送到了Q同志那里。不过,Q同志并不会那么轻率、幼稚,轻易地就听从、信任阿拉尼特。尽管如此,成百上千发话语的子弹是不能白白地发射出去的,一发小小的子弹，就能把什么地方击中呢。咳，在充满抒情意味的三叶草的田地里，在诗意浓郁的小马驹身边，居辽同志沉浸在深思冥想之中！

"阿拉尼特是一个有头脑，而且相当严肃的小伙子。"我说。

"我很愿意相信这一想法。"居辽同志说。

这时候，我们看见有一个农民正朝着我们走来。看得出来，他因为跑了很多路，所以显得很累。

"居辽同志，"他说，"塞姆塞丁同志来了。"

居辽同志噌地一下子站了起来。

"什么时候到的？"

"到了有半个钟头了。"农民说。

居辽同志抖抖裤子，以便让自己显得整齐些、精神些，他对我点头示意，要马上有所行动。于是，我们俩便离开了抒情意味浓郁的三叶草耕地，抒情意味浓郁的小马驹和诗情丰颖的骡马。

有人要求居辽同志紧急回地拉那

居辽同志正处在诗情满杯、特别是沉思冥想的境域里，甚至当人家告诉他塞姆塞丁同志来到村里，并且还要同他见面的时候，这种心态也没有改变，长着三叶草的耕地、骡马、头顶上带着三角形的白脑门的小马驹，统统都不能被他从脑海里赶走，用塞姆塞丁取而代之，尽管塞姆塞丁还是他的老朋友。

他的这种诗情满怀、醉心于沉思冥想的心态，是在他同从前的朋友见面之后改变的。居辽同志诗情满怀、醉心于沉思冥想的心态，改变的原因，是塞姆塞丁对他冷若冰霜的接待。塞姆塞丁从椅子上稍微欠了一下身子，懒洋洋地伸出手跟他握了一握，小声地支支吾吾地说了几句平淡无味的话。对我也是以同一种音调相待。然后，好像跟我们从来就不认识似的，继续与农业社社长以及两名乡村老师谈他们扔下一半没谈完的话。居辽同志感觉到了这种冷淡，脸色变得阴沉沉的，开始摆弄起放在桌子上的火柴盒来。

"一句话，社长，从我的那一小块试验田的情况来看，每公顷小麦的产量可以达到40公担。"塞姆塞丁说。

"40多公担。"社长说。

"谁的产量更高些，是我还是执行委员会主席？"塞姆塞丁又问道。

"我想是您……"他说。

居辽同志以很大的注意力倾听着这一交谈。这一交谈,或者说用文学和文化术语来讲,就是对话,给他留下了不好的印象。像塞姆塞丁这样的干部,向社长询问只有他的试验田才能达到的那种生产产量,而不关心整个农业社的单位面积产量!这有点儿异乎寻常。他,就是说居辽同志只听到塞姆塞丁关心他自己的试验田。这是一个例外,任何一个干部都不是对自身感兴趣。

在这一事实的激发下,也因为出于生气恼火,居辽同志决定对塞姆塞丁回击一下。他插嘴说:

"这不是我在我的试验田里获得的产量比我的同事多的问题。咱们比方说,我一公顷获得 40 公担,而我的同事获得 35 公担。这个 40 公担和 35 公担是在很小很小的巴掌那么大的一块地上打出来的。塞姆塞丁,对农业社的两千公顷土地,你是怎么想的?咱们为在咱们的小块土地上每公顷收获 45 公担而欢喜,那我要问社长,昨天我也问过他,他的农业社每公顷产多少公担小麦。连 20 公担都没产!我说亲爱的塞姆塞丁,你能对我说什么?村里为每公顷产 20 公担小麦而欢喜,咱们干部为在咱们的试验田里取得每公顷 45 公担的小麦而欢喜!我在地拉那,你在 N 市,咱们能提供什么经验呢?为了提供经验,你就应当生活在开展活动的现场里才是。"居辽同志总结说。

塞姆塞丁同志踩了一下居辽同志的脚,不是一般地踩在脚上,而是用力踹,力气是那么大,以至于居辽同志都感到疼了。

"噢!"居辽同志叫了起来。

塞姆塞丁同志在交谈中仍然还是很冷淡,他没有转过身面对居辽同志说话。

"我听说在你们村里,在有宴请和婚礼的时候,常常要办酒席,大吃大喝一通。办酒席大吃大喝,作为宗法主义的标志应该清除。"塞姆塞丁同志越过试验田的问题,与交谈者说。

我被居辽同志钢铁般的逻辑性惊得目瞪口呆，对塞姆塞丁关于宴请和婚礼的意见不以为然。

"噢，塞姆塞丁！噢，朋友老弟！跟你，跟你，跟你真是……"居辽同志突然喊叫起来。

农业社社长和老师们互相你看看我，我看看你，说不出话来。

"村里作物的问题有一点，小麦还没灌浆。"塞姆塞丁同志冷静地说，以为居辽同志是喝醉了酒。"不过，我要去看看我的试验田。你们要看到麦子……"他补充说。

居辽同志虽然对小块试验田提出了严厉的批评，可是，他像区里的领导者一样，也希望有一小块试验田。归根结底，居辽同志也是领导者，为什么不能有一小块可以做试验的土地？这个塞姆塞丁是个什么东西？瞧瞧：居辽同志的推理之网是如何地抓住了他？

"天气太热了！"居辽同志为了参与到对话中来，小声地说道。

"学生们读上带有新课文的教科书了吗？"塞姆塞丁询问其中一个老师，根本不听居辽同志讲话。这种姿态使居辽同志的脸色变得更加阴郁难看。塞姆塞丁是有目的地这样干的，为了降低居辽同志的威信，假装着没听到他的话。

"读上带有新课文的教科书了。"教师说。

"新课文写得好吗？"塞姆塞丁问道。

"好。"教师说，"动物课昆虫一章里缺少点儿内容。"

在此处，居辽同志决定干预他们的交谈。

"说得对，对，昆虫的章节写得差劲儿，让我们举个例子，对昆虫的处理就能说明问题。这个昆虫问题解放前教科书的课文中曾经讲过，那时候，蚊子在我国造成过很大灾难。今天，蚊子已经根除了，为什么还要学习蚊子？我们这不是白学吗？"他说。

"我国连大象也没有，尽管如此，在动物学里我们还是要学习有关大象的知识。"教师说。

居辽同志的脸色一下子变红了，塞姆塞丁苦溜溜地笑了笑。

"农业社里鸡蛋多少钱一个？"塞姆塞丁问社长。

"70个钦达尔卡①。"社长回答。

"那很好！"居辽同志说，"可是，我想……"

塞姆塞丁打断他的话：

"社员们栽培木瓜吗？"

这是愚蠢的行为。居辽同志谈一些想法，塞姆塞丁却去扯别的事情。在这个村子里，当着社长的面，居辽同志没有受到过这样一种公开的侮辱。他同社长有过交锋，把社长降服过。这个塞姆塞丁想什么，想他是一个多么重要的人物吗？

塞姆塞丁伸手打死一只在桌子上爬动的苍蝇。

"您是从城里弄来的灭蝇药？"他问社长。

"是的，是的。"社长说。

"那好吧，我们走吧？"塞姆塞丁同志说。

但是，他并没有站起来，坐在那儿，凝望夜空中的星星，然后又望望服务员和啤酒瓶子，看得出来他是一个务实的人。

他的脸干巴巴的，没有水分，每块颧骨中部各有一个挺大的凹陷下去的坑。具有这种长相的人，给你留下似乎整个一生都吸烟、受过煎熬的印象。看上去他们的脸是用尼古丁做出来的。由于尼古丁的熏染，食指和中指都黄得有些发红了。后来他们离开了那里，朝前走着，吸着烟。也许他们并不是出自某种很强烈的需求而吸烟，之所以要吸，那是他们已经养成了这种习惯。这些人即使离开办公室（在准确的正规的作息时间里），如果在工作中心的大门口碰上你，也要叫住你，对你讲上一件他们在完成任务的过程中碰到的事情。他们说，他们在某个地方的时候，把某一位不懂事理的人整了一通……他们那发黄的鼻子两侧流着津津的汗水，有几滴流出的汗珠还聚集成行往下

---

① 钦达尔卡（Qindarka）为1列克（阿尔巴尼亚货币单位）的1%，即1列克为100钦达尔卡。

130

滴。脸上别的部位没有流汗，腋下在流汗。大部分这种人就像演员一样，他们能扮演逗你玩的种种角色。他们斥骂你，好像还带着笑容，似乎跟你又特别亲近，甚至他们还说你是"畜生"，"丝毫不要为我们劳心分神"，"狗儿子"。他们用这些招数迷惑你，避免你争吵变脸，叫你跟他们所说的话妥协。当你同他们散步的时候，你会面对这样的困难：一起说着话，他打你一拳头，不让你朝前走。假如你说出一个想法，他们就大声地反驳你，不让你把话说完，还有，他们这种举止行为已经成为积习，甚至和大人物在一起的时候，还能驳斥、责骂他人。不过，驳斥他人的时候，似乎还带有亲昵的味道，于是，大人物便说："我说，这个人就是这个样子！"居辽同志对塞姆塞丁同志就有这样一些想法，后来当我们一起前往地拉那的时候，他把那些想法告诉了我。一开始，我听到这些尖刻的舆论的时候，觉得挺不舒服。可是，后来我想应该客观一些才是，因为他对塞姆塞丁同志有很好的了解。从另一方面来说，我们不要忘记居辽同志是一个很细心的心理学家，能够很精确地判断许许多多人的心理。当然了，应该从这一舆论中去掉一些客观主义的成分。因为塞姆塞丁同志和居辽同志之间没有更多的从属关系，所以后者在我面前的剖析便具有公正性。在使用的话语方面，我们也采用简单的计算方法算了一下，从总体舆论中将舆论的主观部分去掉，剩下的那一部分则适合对塞姆塞丁同志的评价。

就这样，当居辽同志对人们性格的研究作深入的分析的时候，塞姆塞丁同志拉着农业社社长的胳膊，走到我们前面去了。

居辽同志和我走在后面，走到台阶时，社长让塞姆塞丁同志在前边走，他自己则跟随其后。而老师们却站在一边，等着我和居辽同志俩走过去他们再走。

怎么回事儿？难道是社长和塞姆塞丁同志缺乏敬意？莫非是社长把居辽同志就提高农村社会文化生活水平同他发生的争执、提出的正确要求告诉给塞姆塞丁同志了？他们真是太不知羞耻了！他们居然更多地听从那个塞姆塞丁，而不听从居辽同志！我们俩落在后边几步远的地方，居辽同志靠近我跟前，拉着我的胳膊，慢腾腾地跟我说话，以防被别人听到：

"咱们不重视自己本身的心理疾病，咱们没有察觉到这一可怕的疾病正在威胁着自己，因此也就没有采取预防性措施保护自己。有时咱们还以为自己干得很聪明。但是，其实咱们干的事情就像心理病患者干的一样。有些人在他们干的事情那一刻刚刚过去，就陷于沉思，并且大有所悟：他们错了。（真实的情况是：这是由心理疾病造成的无意识的错误。）可是，还有的人，他们从来也不懂这一疾病，因为他们的心理疾病太重了，所以他们也就一个错误跟着一个错误屡犯不断。个人夸大狂其实是一种心理疾病。这种疾病不仅能使疾病携带者变得可笑，而且还能在社会上带来相当大的损害。这种疾病的携带者，咱们可以称他是受难者，不是蓄意制造祸端。我觉得一种心理疾病已经开始威胁塞姆塞丁；他开始承受夸大狂这种病的煎熬。"

"是的，是的，他对咱们的举止行为是有些不一样。"我思考着说。

"如果说这种举止行为是心理疾病造成的后果，那就不要匆忙把罪过加在他的头上。咱们可以只加给他一个罪过：他为什么不努力采取预防措施？"居辽同志说。

"也许他没有觉察到这种病。"我说。

"你所说的那种事儿也发生过。"他肯定道，"尽管如此，我可以用两句民歌概括塞姆塞丁的特点：畜群的牧犬挂着大铃铛，只有半奥卡奶汁的产量！"他放声大笑起来。

我瞪大了眼睛。居辽同志在引用阿拉尼特的话。不久以前，是阿拉尼特把这两句民歌告诉给居辽同志的。奇怪的是，他竟然记住了这两句民歌，虽然他并不喜欢，而且它还成了他与阿拉尼特争执的原因。

这时候，塞姆塞丁同志回头站住了。社长和老师也停下了脚步。居辽同志对我眯缝着眼睛说：

"想起来了!"

"喂,居辽,过来!那么快你就累了?"塞姆塞丁同志喊道。

"来了,塞姆塞丁,我们来了。"居辽同志冷淡地说。

"来吧,澡堂子的火生着了,咱们可以一起洗澡。"塞姆塞丁同志说道。

社长和老师们都笑了。这种发笑叫居辽同志很不开心。哼!他们真是拿居辽同志想组织的行动开玩笑。居辽同志想组织的行动是:他请村里的全体干部洗澡,以便树立一个个生动的榜样。这很必要,塞姆塞丁也承受着唯智论之苦,他觉得这种种行动都是无关紧要的。噢,塞姆塞丁,玩谁呀!

尽管如此,居辽同志并没有让自己露出不愉快的神色,对他们的发笑予以沉默而了之。他走到塞姆塞丁跟前;塞姆塞丁将胳膊夹在夹肢窝下边。

"嗳,你和社长相处得怎么样啊?"塞姆塞丁问道,这次问话的口气带着真诚。

"不错。"居辽同志说,"我们有过一次小小的冲突。"

"那是为了工作。"社长说。

"这个我知道。居辽,你知道吗?人家从地拉那给我打电话,要你赶紧回去,我不愿意在桌子旁边说这件事儿,因为我不愿意把你的幽默给破坏了。这些日子要召开关于若干农村文化问题的会议,我觉得你应当作报告。"塞姆塞丁说道。

我犯起愁来。整个报告将落到我的肩上。在村子的山丘和平原上,我觉得自己安稳多了,虽然在这里报告的影子也时不时地在我面前出现。不行,不行,我一定要请求 Q 同志安排我一个自由的天地,叫我作为编辑到《新闻工作者论坛》工作。我已经成为半个人了!我走错路了!

"要那么急吗?"居辽同志问道。

"不知道。"塞姆塞丁说道。

社长和老师们在我们面前停下脚步,对我们说,过后还要与我们会晤。他们三个人出了门朝田里奔去。麦子地里到处都摆放着麦捆,排放着刚刚割倒的苜蓿的平展展的田地里,没有放牧骡马和漂亮的小马驹。

"塞姆塞丁,工作情况怎么样?寂寞吗?你没带家眷来,没有家眷在身边日子难过啊。几天前见过你的妻子,她挺好。"居辽同志说道。

塞姆塞丁同志叹了一口气。

"有传言说我将重返地拉那。上边叫我,通知了我一点儿事儿,但是整个事情还没定下来。"塞姆塞丁同志说道。

居辽同志活动一下右臂。塞姆塞丁将到哪里工作?他的岗位现在已经被居辽同志占上了。难道塞姆塞丁将重返自己的岗位?那样的话,居辽同志将干什么?

这些问题在居辽同志面前立刻打起旋儿来。这些问题好像从玉米地和苜蓿地里跳出来,出现在他的面前。它们似乎是从红红的西瓜心里,从团团香瓜籽里走出来,缠绕在他的脑际,叫他不得安宁。

"将会很好的。"居辽同志说。

"我在这儿已经习惯了,居辽!你知道我为分手感到遗憾吗?"塞姆塞丁同志说。

"这是自然的。"

我的心思都在报告上,他们的这次交谈我模模糊糊没听清楚。

"要到戴佩莱那就坐我的车来。"塞姆塞丁同志说。

"那是一定喽。我的车四天以后来,我把车打发回去了,何必白白地把司机留在这里?"居辽同志说。

我们散步时间很长,直到社长来邀请我们到家里一边喝酒,一边聊天为止。

第三部

居辽同志遇上点儿灾难

　　生活中从来不排除紧急时刻。连会议也可以紧急召开，其他一些事情也能紧急去办，这些不需要在这些记录中逐一提到。我和居辽同志急急忙忙地来到地拉那。他考虑会议的时候，肯定要比我平静得多。当他思考别的事情，比如思考塞姆塞丁同志重返地拉那这件事时，他就不比我平静。

　　我刚刚写完报告，躺下来稍微安静安静，Q同志就急忙找我。关于这一突如其来的会晤，居辽同志是在准备我给他写好的报告时通知我的。总的来说，对我写的那些内容他未作根本性的修改。为了丰富学术思想，他作了几点局部性的加工。

　　在这个报告中，怎么说呢，我执行了居辽同志的嘱告，遵照了他的论点和思想。在报告上我写道：农村的每个街道都要举办文娱会演，所有的街道彼此进行比赛。在小的村子里，没有划分成街道，要按户比赛，两三户人家为单位，彼此比赛演出。根据居辽同志的嘱告，我在报告里写道：在婚礼上不要唱关于新娘、新郎的老歌旧歌，而要唱新歌，例如《不，你没有死》、《先锋队长》、《我的街道里的女售货员》和《爸爸，噢，爸爸！》。同时我还拓展了居辽同志的思想：每年应该举办两次具有民族性的民间文艺会演，两次农村杂剧会演、两次工作中心地点杂剧会演、两次全国戏剧大赛（一次业余大赛，一次专业大赛)。除了这些以外,还要举办区级、地区级、镇级的文艺会演、会议和大赛……

我满怀激情地写完了报告,有些地方我还运用了形象的笔法,甚至还有幽默情调,因此,居辽同志很感兴趣,急不可待地期盼着召开有首都和各个区选出的干部参加的会议的日子早点儿到来,会上他将要作报告。我们处里所有的人都得到嘱托,要讨论并且提出有分量的问题。居辽同志亲自出动,从一个办公室串到另一个办公室,传达不少非常有价值的意见。

正是在进行这一紧张工作的时刻,Q同志把我叫到了办公室。一种极大的好奇心揪住了居辽同志,他想知道我被"上面"那么匆忙地叫去是什么原因。

"是不是封你担任秘书处、记录组负责人……"他在推测。

"可能。"我说。

"Q同志不是白叫你去的,会晤将是很重要的。"

"不知道。"我的心思溜到报告、讨论发言和讲话上去了。我又要重新为他人写一份讨论发言稿。Q同志没有时间去写什么发言稿。"唉,不幸的戴木克!"我对自己说。

"那好吧,戴木克,去吧!"居辽同志说,我也清醒过来了。

"是不是叫我给他整理一下讨论发言稿?"我说。

"什么讨论发言稿!"他说,"明天下午要召开大会。"

可是,对于我,居辽同志的话不能叫我信服,即使会议开始前三个小时对写一个讨论发言稿也不算晚。

我走出办公室到Q同志那里去。这是一个清澈明净的早晨,因为夜里下了雨之后天空显得格外的清晰、湛蓝,甚至达依迪山上的人家也看得很清楚。在这样美丽的早晨,我到Q同志那里领受指示和任务。

我一进屋,Q同志就站起来,跟我握手并让我坐在他旁边的椅子上。他那宽敞的办公室充满了清晨的阳光,让人觉得在这种光线里仿佛一切都在跳舞。我觉得自己很轻松、很自在：满屋的阳光，白白的在微风吹拂下轻轻摆动的尼龙窗帘，Q同志薄薄的外衣，他的挂在办公室角落里的优雅的草帽，所有这一切都不带有一点儿庄重严肃的影子。

"戴木克，身体好吗？孩子们和夫人怎么样？"Q同志亲切而真诚地说道。然后，我不费劲儿回答了这些问题，掏出笔记本，放到办公桌上。Q同志斜眼溜了一下，憨然一笑。

"手立刻就伸进笔记本里，唉，这是什么职业啊！我们都是职业病患者。"他一边微笑一边说。

我也笑了。奇怪！有些时候，当我的上司微笑的时候，我就开始微笑。即使感到不需要微笑时，也要微笑。多么大的不幸啊！从前我曾经嘲讽过达奇，他是这一坏习惯的携带者，而现在，我也染上了这种坏习惯！天大的不幸！

"你可知道我为什么找你来吗？"

"请说吧，Q同志！"

"明天我们就要有那个会议……"

伤心之痛攫住了我。什么也干不成，我连去剧院看场戏都去不了，到电影院看个电影也不成。当初我干吗要去学写字和读书呢！

"我曾经毁了一个讨论会。"Q同志说着从桌子上拿起几大张纸，开始在手里卷起来。"我抛出几点想法，不过既没有把措辞想好，也没定下风格。简短点儿琢磨琢磨。你把这个发言的杠杠儿拿去，想出一个样式，我明天早晨要。把眼睛睁大些，好好看看，可不要像在几个月以前开的那次会议上那么干。你想起来了吗？你给我毁了怎样一次发言哟？算了吧，过去的事儿就让它过去，忘了吧！要往前看，展望未来嘛！"他笑了笑。

"要往前看，展望未来。"我一边笑一边重复他的话。

"那就是说你挺喜欢。"

"很中肯。"

"我们也写诗。"Q同志一边把他的发言纲要递给我一边说,"你看一看,不要说!不需要别人知道上边写的那些内容。"他补充说。

我开始读起来,Q同志打断我,对我说撂下它,拿到家里再安安稳稳地研究。

"我盲目地拓展了几点想法,这些想法被我简短地写在我的发言稿里了。你可以加一个注解。第一,我在什么地方作了强调:文艺会演、大赛和全国性会议不要太多。人不能停止工作。所有这些豪华盛大的举动有什么用?没有条件每年举办一次民间文艺会演。啊,对了,逢五逢十大庆年的时候,可以举办一次会演。第二,我们不要干预婚礼和家庭娱乐的事儿。我们给农民们规定歌曲篇目,并且对他们说'在你们的婚礼上要唱这些歌'的做法不是正确的。我们创作好歌给大家唱嘛。为什么?农民在婚礼上唱什么歌?像他们所说的,唱那个《我的街道里的女售货员》?……科尔察歌也应当唱,我是说《德莱诺沃女人》、《噢,从山上下来着黑装的她是个啥!》、《科尔察大街》以及许多其他的歌曲。那些歌有它们的美丽之处,具有精神价值,不应该被忘记。我们不能走枯燥无味的极端,禁止它们!……"

我开始冒冷汗,额头上起了许多小鸡皮疙瘩,握紧钢笔的手开始颤抖。我干了两件恰恰对立的事情。"噢,戴木克,你走到哪里去了!你可别出错啊,噢,戴木克!我为居辽同志准备的报告,把所有的老歌旧歌一律打倒,而Q同志却要求我要有完全相反的理念,唉,我说戴木克,是什么东西找上你了……"我想。

"戴木克,我觉得你没在本子上记下我的话!"我感觉到了Q同志说话的声音。

"我?我在……"我觉得自己没说什么。

"戴木克,像砍树一样难砍吧?"Q同志惊奇地说。

"不,是……"

"算了,不要激动!我是开玩笑。我知道你在记,请原谅我。"Q同志说,"嗳,我们说到哪儿了?说到《我的街道里的女售货员》那首歌。发言稿我要强调的第三点是反对文化工作的庸俗化，文化工作不应该简单地归结为只是举办会演和在文化馆里搞娱乐活动。在我给你的发言稿里对这一点我涉及的面比较宽。你有很多可作为依据的材料。就谈这些吧，戴木克！明天一清早我要它，我派车来取，你不要受累。"

我擦了擦汗水津津的额头，看着那轻飘飘的尼龙窗帘就像在雾中飘动似的。

"可是，居辽同志有些想法……"我嘟嘟哝哝地说。

"没关系，辩论，面质，思想交锋，解决矛盾。"Q同志说完站起来。

我应该离开了，从Q同志的动作中我领会了这一点。

我跟他握了手，离开了，手里拿着他发言的"材料"。

我下楼梯时，突然，一种笑意攫住了我的心，这更多的是一种咯咯的笑声。这一笑声过后我感觉有人拉住了我的胳膊。原来是克里斯托夫。他听到了我的笑声，于是，为了追上我便加快了脚步。

"戴木克，你叫我好苦哟，你是对谁笑？"他用他那一向愉快的腔调问道。

"我笑我自己。"我一边擦着眼泪一边说。

"等等，我来给你读一则《山谷的雷声》刊登的笑话。"克里斯托夫说着就从兜里掏出一个厚厚的带黑皮的本子。

"以后再读，克里斯托夫，以后。"

"真是的，你听着：从前有一个跳蚤到这些山谷里，它只作为属于动物学小册子里的一个词存留下来。跳蚤再也不跳了。它在资本和剥削的世界里跳。在这些山谷里，没有跳蚤的地方……"

我放声大笑起来，克里斯托夫也和我一起笑。

"等等。我还没完呢，听着：那么，是谁清除了跳蚤，难道是灭蝇剂清除的？或者是滴滴涕？资产阶级也有灭蝇剂和滴滴涕，可为什么没清除跳蚤？它继续在资产阶级那里跳舞，就像宫廷舞女一样。是电灯和地雷爆炸声把这些山谷里的跳蚤给清除了……"

在台阶末端又响起了一阵笑声。

"等一下,还有哪,真是的,听着!"克里斯托夫说道,同时还准备再读一篇地方报纸《山谷的雷声》上登的文章。可是,我不愿意再多笑了。

"别读了,克里斯托夫,因为笑得我肚子疼,笑不成了。"

克里斯托夫把本子装进兜里了。

当我们走到街上的时候,他问我到哪儿去了。一听说我跟谁见了面,他就开始变得很好奇,我告诉他Q同志都跟我讲了些什么。

"是不是你要提升,担任负责工作?"他问道。

"咳,你想到哪儿去了!"我挥了一下手。

"莫非是要轮换你,要你到基层去?"

"有可能。"我说。

"去你的吧,说真的!"

"不知道。"

"你要听克里斯托夫的话,最好是到基层去。农民们会很好地款待你的。嘿!那母鸡肉吃起来有多香、多美啊!还有那馅饼呢?居辽同志要轮换到基层吗?"他突然询问道。

"这事儿我不知道。"我说。

克里斯托夫跟我分手,走开了。

我独自一人朝前走着,脑子里却在盘算Q同志的发言稿。

"我该怎么办?"我在问自己,"要把Q同志发言稿的内容告诉给居辽同志吗?倒霉的戴木克,最好是保持沉默,因为那样的话,你又要重新从头开始为居辽同志写报告,又得熬夜!再说啦,Q同志自己也说,让人们争论、面质嘛。不要花钱去买机灵鬼。倒霉的戴木克,从前你总是这样花钱买机灵鬼!……

居辽同志在激化关系

"伊阿古①,两面派的家伙!"那次重要会议之后居辽同志这样斥骂我。

我没有讲话。我站在他面前,用手指摆弄我的夹克衫的第三个纽扣。我不能举目望望我的上司,这个伟大又勤劳的工作热爱者,不知疲倦的人。噢,我的肩上承担了多么严重的罪过啊!在那些时候,罪过之刀在刺杀我。我觉得刀刃正刺中我以及我心脏的内部组织里,破坏了心脏的肌束。

"莎士比亚的伊阿古!"居辽同志脸色通红地喊叫,"莎士比亚的伊阿古,亚当·阿达希的沙乔·沙乔拉里,扎依姆·阿瓦吉的卡姆贝尔医生!"②他气急败坏地补充说。

我觉得居辽同志把卡姆贝尔医生和沙乔·沙乔拉里列入伊阿古那种类型人物里是一个错误。我们戏剧里的这些人物距离伊阿古那类人物很远。不过我不能说,心里很生气。

"在我的窝里咕咕地叫唤,而在 Q 同志的窝里下蛋。"他以对话的傲慢腔调说道,"轮换者塞姆塞丁对你的低下的性格讲得很多,他

---

① 伊阿古是莎士比亚名剧《奥赛罗》中险恶的人物。
② 这两个人物是作家阿达希和阿瓦吉作品中塑造的艺术形象。

是对的。今天在会议上,在会议的第二段时间里,这一性格暴露在光天化日之下了。而我,作为一个脑子伤残者,没有重视塞姆塞丁的想法。我的广阔的心胸,我的宽广的精神世界促使我放你到草地里随意吃草去吧……"他把话说完,一屁股坐到他那张堆放着阿文和外文书籍的桌子旁边。

这时候有人敲门,前来出席会议的民间歌手焦克·乔库进来了。居辽同志看见他,皱了一下眉眼,虽然他热爱民间歌手,但在这种时候他是不愿意处理他们创作的事情的。

"居辽同志,我对您有个请求。我给那个梅尔斯·图法尼打了电话,因为他把民歌诗集书稿给我退回来,不想给我出版!您在大会上支持我们,帮助我们,奖励我们……"民间歌手焦克·乔库说道。

居辽同志手扶在额头上,为此而叹息。

"喂,焦克·乔库,你让我安静几分钟吧!以后再说,以后再说。我真是拿您的这个梅尔斯·图法尼没办法,简直都把我气疯了。我完了,要死了,你将弹着双弦琴来哭我。"居辽同志说。

民间歌手焦克·乔库瞪大眼睛,请求原谅,然后低头走了出去。

民间歌手焦克·乔库刚走出去,居辽同志立刻就说:

"镰刀不锋利的时候,你就觉得草地里的草像树林一样。这个焦克·乔库,我不相信他懂得写作。喂,我说戴木克,总的来说,民间歌手都很自傲,他们不到编辑部找编辑,而是编辑部找民间歌手。可是,这位焦克·乔库……算了,不提他了,那个梅尔斯·图法尼也过于刻板、僵硬,他有美学方面的才干……你们听着,我们把焦克·乔库的事儿先搁在一边,你是伊阿古,你是个两面派,你是……噢,被轮换的塞姆塞丁是正确的!"他以一种从未听到过的发疯的调门喊叫道。

确实是发生了一点儿不体面的事儿,这件事情让我们几个办公室里的同志们受到了震动。不过,受到震动最大的是居辽同志。Q同志在发言中对我的上司的报告发表了反对意见。可是,报告也好,发言也罢,统统都经过我的手,我是它们的改写者,当然了,事先是从

144

他们这两位作者那里得到了他们给我提供的论点，以此作为改写的基础。我的错误在于没有把 Q 同志发言的内容告诉给居辽同志。但是，我有什么错？第一，我没有得到 Q 同志的授权让我这样做；第二，我也没有时间坐下来写出另一个报告。您可知道，推翻一个报告，对它从头进行加工意味着什么吗？您肯定不理解，因为您没有机会为别人写报告、发言稿、学术论文和带有社会—文化内容的文章。唉，我可是知道，因为我的双肩承受过这一切。嘻，弟兄们啊！当我写这几行字的时候，我的手都发抖啊！我像马一样地干活，因为缺乏睡眠，喝咖啡、吸烟太多，弄得我眼睛都膀肿了，可是，到头来不论是居辽同志，还是 Q 同志，我都没做到让他们满意。您想想看吧。Q 同志对我说我应该把他的发言稿写得更深刻些，要把思想论证得更具有学术性。他确实指示我，要我批评一种思想，即我们不应该强迫农民在婚礼上去唱我们所希望唱的歌，但我不要'给现实抹黑'，要我记下来我们有'意义深刻的歌'，这些歌在'家庭欢乐的时刻'能够很好地占领应占的位置。

"我清楚了，对这个问题我没想到再增加几段话。"Q 同志说。

我琢磨过这件事儿，是应该有谁给他提这个意见，虽然他的发言总的来说是受欢迎的。

不用去想也知道，比 Q 同志更生我的气的人是居辽同志，因为他在报告中提出的论点是完全不能接受的。

"伊阿古！"居辽同志再次喊叫起来，然后坐到他的桌子旁边。

我应该从办公室里出去，因为一切迹象表明，我们之间关系的态势是严重的。就在我准备要出去的时候，电话铃响了。

居辽同志懒洋洋地拿起听筒：

"啊！"

"啊，Q 同志吗？……好吧……指示？……在哪个指示上？……两周之前？……不知道……请相信，Q 同志……真诚地对你说，这事儿我不知道。我出差到农村里去了，我的错误在于我没有问问有关这一发展阶段群众文化工作的新指示……照你的话办！……请您原谅，Q同志。骄傲自大？……请原谅，您这是侮辱我……"居辽同志对着听筒说。

他的脸像红瓦一般红，他同Q同志的关系从来没有恶化到这种程度，他最好的朋友也跟他转身变脸了，生活怎么会是这个样子呢！

"你在电话听筒后边偷听到什么了？你没看到你是个多余的人吗？"他生气地说。然后他向我投来一瞥目光；那目光在皱起的眉毛下边好像在云雾中那么混浊不清。"不要走，等一下，我是一个自由主义者。我在蒙受自由主义之苦。受保守主义之苦比较好……塞姆塞丁比较轻松，因为他是受保守主义之苦。土耳其巴夏们承受保守主义之苦。我们受高等教育的承受自由主义之苦。"

用我的立场告诉他，让他懂得我不能跟他妥协讲和。

居辽同志在电铃盘上，摁了两个号：1号和2号。我明白了，他是在呼叫阿拉尼特和达奇两个人到他的办公室里来。

他用手掐住额头，感叹着。这种叹息声仿佛树叶刷拉拉的响声在他的办公室里扩散开来。刹那间，我心疼起居辽同志来了。我心灵中的弱点又重新抬头了。最好让我坐个通宵，把报告推翻重写。我不应该把报告撂给他，让他去作一个与Q同志的发言相对立的报告。可是，我已经累了……

阿拉尼特同达奇一起来到办公室，居辽同志请他们坐在奶油色的小沙发上。阿拉尼特像经常那样，表情抑郁，闷闷不乐，就像欧里庇得斯[①]一样。身经磨难的达奇站在那里，面带同情的微笑望着居辽同志。

"阿洛！"居辽同志说，"上面通知我说，两个星期之前来了一个关于群众性文化工作的新指示，没让我知道这个指示。第一个把这个重要材料掌握在手里的人，应该是我，你们叫我处于困难境地。上面

[①] 欧里庇得斯（约公元前485—公元前406年），古希腊悲剧诗人，有"舞台上的哲学家"的美称。

的那些同志问我,为的是拿出一些与新指示有关的想法,可是,我站在他们面前却像个聋子似的。这个指示在什么地方?我在问你们:指示在哪儿?"

阿拉尼特的面容变得最为阴沉难看,向居辽同志轻蔑地瞥了一眼,但没作任何回答。这一动作是那样的明目张胆,是那样的显而易见,以至于都让我感到心里沉沉的、不是滋味,而达奇却怀着同情之心望着居辽同志。

沉默重压在办公室的地板上,因为这一沉默的重压,乳白色的小沙发腿都显得好像弯曲了。

达奇第一个打破了沉默:

"噢,居辽同志!您担负着全部工作!我们的一个严重缺点是对您的辛劳漠不关心。我们应当让您与发生的一切新鲜事儿联系在一起。这是线路是否畅达的问题,每个到达这里的指示,每个进来的材料,我们都应当简短地汇集到一起,送给您,但是,我们没有这样做,请您原谅我们,居辽同志!"

达奇怀着深深的难过之情低下了头。

"我问的是一个具体的指示。"居辽同志说。

阿拉尼特站了起来,我以为他是要一边责骂自己一边往外走。他的性格使他成了一个刻薄的人。

"新指示在你的档案袋里,居辽,你的档案袋很大,档案材料很多。达奇和其他像达奇这样的人,看到这些档案材料和厚厚的书籍时,以为你这么钻研学问,实在是太辛苦、太劳累了……"阿拉尼特说。他望着门想要走开。

居辽同志的脸上变得像柠檬一样的黄,手指开始颤抖起来。然后望了望我和达奇,好像是寻求帮助似的。对这个阿拉尼特我感到奇怪,他从哪里找到这全部的力量足以用来反对居辽同志!我们大家都说,在这样一个重要的部门里,他将不会待很长久,居辽同志将把他从部门的墙里赶出去。然而,他仍然继续工作下去,无论是他的举止行为，还是工作节奏，统统都没有改变。

"阿拉尼特，从前您一向没有教养，现在您也没有。我十分真诚地请求您：要学会有道德地与人们交际相处。我跟您已经另外说过多次了，在您面前，我不是居辽，而是居辽同志。我跟您的关系是正式的官方关系。现在咱们来说正题，您为什么造谣编瞎话？说在我的档案文件中有新指示？弟兄们，你们听到了吗？"居辽同志冲着我们说。

阿拉尼特一言未发，朝着居辽同志的桌子向前迈了两步。我们惊得发呆，达奇缩了一下身子，把头垂向膝盖。"好家伙，要动手打架了！"我心里想。

阿拉尼特把手伸进一摞档案文件中间，从那里抽出一份文件，然后将它扔到居辽同志面前。

"在这儿。"他对居辽同志说道，然后转过身去。

稍过片刻，他推开门，走出去，使劲儿把门撞得山响。

居辽同志摇了摇头。

"不！跟这个人在一起我工作不了！"他说。

"这是个尖刻的人，居辽同志，您对他忍受得太多了。"达奇说。

"因为有我他才在这儿待下来，是我请求 Q 同志把他留下来的，因为 Q 同志要打发他到玻璃品收购站去。"居辽同志流着汗水。

他打开档案材料，我和达奇凝神看着。

这时候，居辽同志用手掌拍着额头，惊呼道：

"哎哟！新指示在我的档案文件里！我不知道这件事儿，是他偷偷放进档案里的，这是一种密探行为！"居辽同志面红耳赤地喊道。

一种无聊的情绪占据了我的心头。居辽同志与刚烈不屈的阿拉尼特胡乱地折腾了一通真是没用。也许是第一次我为阿拉尼特感到遗憾。居辽同志要千方百计地处置这个被我们称作性情尖刻的人。可是，居辽同志现在同 Q 同志的关系也搞得很紧张。这种紧张的关系对阿拉尼特有利。

"很清楚。"居辽同志说，"是阿拉尼特给我把新指示藏起来的。

我要去找 Q 同志，我要把此事当做党的事情去办。你们也都是证明人……"

"对，居辽同志！这事儿是我们亲眼所见。他连档案材料的号码都知道。"达奇说。

这时门开了，克里斯托夫走了进来，他是居辽同志的老朋友。他像一贯那样笑容满面，一身幽默气，喊道：

"居辽·卡姆贝里，你要生病呢！休息休息吧，这样下去，你要去医院的！"然后转回身对我们说："你们这些居辽·卡姆贝里的下属人员，把书给他藏起来，不要放在书架和桌子上，因为学习多了要卧床的！对他的身体你们要关心点儿，上些心，因为你们是在和一个大人物一起做事儿。"

居辽同志勉强地笑了笑。

"克里斯托夫，你心里总是装着春天。"居辽同志说。

"真的，我心里是装着春天，不过轮换的冬天我已经度过去了。"克里斯托夫说。

"噢，调皮鬼！"居辽同志说。

"来吧，咱们喝杯咖啡吧，再随便读上一篇你的评论！"克里斯托夫说。

"我没有时间，我要到 Q 同志那里去一会儿。到这会儿为止，我跟这些同志聊了聊，磋商了一两个与学术方面有联系的问题。"他一边向我们投过来一瞥父亲般慈爱的目光，一边说。

我和达奇站起来往外走，克里斯托夫也跟着我们走来。

"他给你们念了一段评论没有？"他向我们问道。然后他想起来一点儿事儿，又回向居辽同志的办公室，对我们说："我没有问他明天是否去看亚当·阿达希的话剧《战胜暴风雨》的彩排。科莱奥巴特拉也去。"他冲着我们闭起眼睛。

"那是肯定的。"达奇说，"居辽同志不喜欢，戏就不会公演。"

"你们可真棒！"克里斯托夫说完就走进居辽同志办公室。

彩排时居辽同志谈出几点想法

1

要居辽同志不发表意见，不谈出自己的想法，那是不可能的。对于他来说，不存在不能成为迸发思想的原因的现象。"先产生现象，然后产生思想之光"，他说过这个话。尽管在盛大的会议上他因为作了一个不慎重的报告而遭到Q同志的抨击，可他还是不休止地发表独立见解。他在思想领域里的活动是一个活生生的源泉；这个源泉不会因为Q同志的压力而停止水的流动。我觉得我没把自己的意思表达好，Q同志没有对居辽同志施压，而是劝告他把思想中多余的蝌蚪杀掉。就是那一天，Q同志也没有强迫居辽同志，恰恰相反，而是请他去观看亚当·阿达希的话剧《战胜暴风雨》的彩排，如果演出配得上到广大观众中去公演的话，那就再发表一些想法。

就这样，居辽同志和我便同克里斯托夫一起去观看彩排。

我们的小卧车在"人民剧院"门前停下来，剧院院长奥梅尔·哈伊莱迪尼和导演马利奇·马纳里在台阶上迎接我们。稍远一点儿地方是两位知名的评论家、戏剧家米特洛·卡拉巴达奇和扎依姆·阿瓦吉。我们没有立刻看到剧作家亚当·阿达希。

居辽同志同他们问好致意，甚至还面带诚挚的微笑与他们握了手。然后，目光停在了两位著名的评论家身上。

"啊，具有美学价值的武器！您怎么样？我在读你的作品，阿瓦吉，我在读你的作品，真了不起！在争论的过程中你作出了贡献。"居辽同志对评论家扎依姆·阿瓦吉说。

扎依姆·阿瓦吉满意地微笑着，可是，米特洛·卡拉巴达奇却因为对居辽同志的讲话没能给予注意而有点儿脸红了。

"怎么，勇士们，进去吗？"居辽同志说。

我们跟在他的后面往里走，我走在马利奇·马纳里的身旁。我觉得马纳里的脸色发白而且流露出怯生生的神情。这种胆怯是由激动引起的，他不知道居辽同志是否能喜欢这场演出。

作家、戏剧家亚当·阿达希及其妻子科莱奥巴特拉站在走廊里。科莱奥巴特拉是一位皮肤有点儿黑的美人。亚当·阿达希在急赤白脸地吸烟，不时地把烟头扔到角落里的一个大烟灰碗里。科莱奥巴特拉朝着居辽同志微笑，轻轻地摇晃着腰肢，好像在显示自己的娇美与艳丽。她作出这样的姿态，是为了让自己显得更年轻，尽管她并不需要这样做，因为她本身就非常可爱，讨人喜欢，非常鲜艳。居辽同志走到她跟前。他与科莱奥巴特拉握手，将她那娇小细嫩的手心握在他的手心里停了一会儿。他向她弯了一下身子，然后转过来对作家说：

"那就是说，你要请我们吃晚饭喽。"他笑了笑。

而克里斯托夫说：

"喂，亚当·阿达希，今天所有的钟都为你发出轰鸣！"

居辽同志捅了一下克里斯托夫的胳膊肘，说道：

"我没听到一声钟响！"

这时候，铃声响起来，请观众入场了。

"听到了吗？"克里斯托夫说，大家都笑了，但亚当·阿达希没笑。

"你很严肃嘛，亚当·阿达希！"居辽同志说，跟阿达希握了手。他右肩膀旁边走着科莱奥巴特拉。她把头抬得高高的，摆出一副高傲的样子。

"我把笑声留到最后。"亚当·阿达希说，没有露出一丁点儿幽默的味道。

他妻子对这一表述挺感兴趣，露出称心的微笑。除了雅兴之外，他的这一笑意还能叫什么起死回生？

我们在第一排座位落座，居辽同志坐在我和评论家扎依姆·阿瓦吉中间，后来又来了其他一些人。只有评论家米特洛·卡拉巴达奇消失了。我们没注意他钻到哪里去了，他的个子非常矮。

稍过一会儿，幕布拉开，演出开始了。居辽同志把嘴贴到我的耳边：

"要用批评的眼光观看，不要带偏见，亚当·阿达希是谁，这个不重要，重要的是要看演出怎么样，要在思想的多棱镜上看……"

这一点我明白，在关系到短篇小说《高山牧场之花》的模仿问题上，居辽同志与亚当·阿达希曾有过冲突。不管亚当·阿达希的行为表现是怎样叫人不喜欢，居辽同志都应该是不带偏向、非常客观地相待。现在他还向我打了一个要客观相待的招呼。

2

居辽同志默不作声地看了演出的整个第一部分。无论是对我，还是对评论家扎依姆·阿瓦吉，他都没有提出任何一个问题，也没有向我们表述任何一种想法。我们所听到的只是两次叹息声。第一次叹息声是剧中的一个名叫沙乔·沙乔拉里的反面人物出现在舞台上的时候发出的。这个沙乔·沙乔拉里被订了婚的未婚妻抛弃之后，攀登到一个山丘上面进行手淫。两个正面人物在山丘下面，他们嘲讽这个沙乔·沙乔拉里，并对他吹口哨。

居辽同志的第二次叹息声，是一个反映农学家生活，没有脑袋的人物登场的时候发出的。没有脑袋的人物从舞台上走过，紧接着他就消失了。之后两个正面人物出现在舞台上，他们进行了这样一番对话：

"他是谁?"

"农学家。"

"他为什么没有脑袋?"

"因为他把头放在城里了。"

正是在这番对话之后,传出了居辽同志的叹息声。

评论家扎依姆·阿瓦吉慢声细语地问我:

"居辽同志的叹息是什么意思?"

"不知道。这意思可能是正面的,也可能是反面的。"我真诚地回答道,因为我自己也糊里糊涂。

评论家扎依姆·阿瓦吉慢慢地拽了一下我的衣袖,小声喳喳道:

"逗逗他,让他亮亮看法。"

"我一点儿都不能逗他,因为那样干的话,咱们就得不到什么结果了。"我慢条斯理地说。

居辽同志在大厅第一排柔软的沙发上活动身子,我心里明白,他是需要安静。

当灯全部亮起来的时候,我们走出去想抽支烟。

人们都聚在居辽同志跟前,要他对演出的第一部分拿出点儿看法。评论家扎依姆·阿瓦吉比所有的人都靠得更近。

"你想要写点儿什么?"居辽同志问道。

"是想写。"扎依姆·阿瓦吉说。

"在评估上,咱们不要匆匆忙忙地去做。"居辽同志说。

这时候,评论家米特洛·卡拉巴达奇来到了我们中间,此人以自己的严格、富有原则性而闻名。他是从哪里冒出来的,我们没有看到。我们只看到他是跳跳跶跶来到大家面前的。

"对我来说,戏的前半部缺少思想的内动力,有的只是一个矫揉造作的零零散散的展览。"他说。

"形式问题,意味着?"居辽同志冷淡地问道。

"到现在为止,咱们看到了形式。"米特洛·卡拉巴达奇说。

"我要说的是,到现在为止咱们看的只是内容。总的来说,内容是明显的,形式是不明显的。"居辽同志说。

"允许我说几句?"克里斯托夫插话说,"比如说一个鸡蛋吧,开始咱们看到的是形式。咱们把鸡蛋敲碎,噢,看到了内容。"

我们都笑了,居辽同志沉着脸,一脑门子晦气:

"不应该低级庸俗地对待哲学范畴的问题,不应把吃鸡蛋的愿望一直提高到内容和形式的原则上去。"他一边点头表示肯定,一边转身对两位评论家说,"内容表现在咱们的阐释者对形象创造和通过丰富的舞台动作,发掘和真实地表现非对抗性的矛盾的能力中。在这一过程中形成咱们有觉悟的如同水晶一般纯洁而坚强的人,这种人存在于集体面貌与它的特殊的部分面貌之间的斗争中,不仅在外部形象,而且主要是在内部形象里。在一场演出中,内容和形式只有做到这个样子,才能被观众看懂。对这出戏的内容咱们是很难说的,因为咱们只看到了上半场演出。"居辽同志说道,结束了相当混浊不清的长篇大论。从这一长篇大论中弄不懂他对这部话剧的态度。

扎依姆·阿瓦吉和米特洛·卡拉巴达奇两位评论家低下了头,亚当·阿达希一声不响地站在一边,奥梅尔·哈伊莱迪尼院长仿佛像坐在针尖上那么难受。只有科莱奥巴特拉满脸笑眯眯地站在大家面前,面部的表情给人一种炫耀自己的印象,因为那么多有头有脸儿的都与她的丈夫有关系。她心满意足,因为这整个受尊敬的社交界里的中心人物是亚当·阿达希——她著名的丈夫。

"这出戏我喜欢。"克里斯托夫说,"这是一部有价值的剧作,它有特色,还很有幽默感。"

亚当·阿达希第一次笑了。

"咱们不要夸张。结局是最准确的叙述者。"居辽同志说。

"Ultimo ratio[①]。"评论家扎依姆·阿瓦吉讲拉丁语。这是一句外国

[①] Ultimo ratio 为拉丁语,意思是"结局说明一切"。

的艺术理论家阿布杜拉·吉比莱特·吉比莱托夫经常用的一句话。扎依姆·阿瓦吉热爱这位外国理论家,相当多的时候模仿他。

"就是这样,ultimo ratio!"居辽同志笑了,拍了一下扎依姆·阿瓦吉的胳膊。这个动作让评论家米特洛·卡拉巴达奇很难为情,脸色都有点儿变红了。然后,居辽同志注意到了米特洛·卡拉巴达奇,向他伸出手来。

"你怎么样?昨天我读了你的一篇文章,可不要变成一个否定一切的虚无主义者哟。写得很精彩,不过有时候露出虚无主义者的征兆。"

米特洛·卡拉巴达奇笑了,这些话助了他一臂之力。

铃声响了,下半场演出开始了。我们又走进大厅,忽而这里,忽而那里,有的观众小声喳喳道:"居辽同志……"

3

在下半场,居辽同志几次露出烦躁的表情。这一烦躁的表情是当一个带有反面倾向的女主人公出现在舞台上的时候流露出来的。女主人公与攀登山丘的反面人物合作。她是正面女英雄的媒人。剧中这个媒人塑造得相当精彩、吸引人,但她有什么可爱呢?因为她是一个反面人物。舞台上展示了女英雄的未婚夫在婚礼前夜心里的痛苦。在这个场面里,进行了这样一段对话:

"不要跟她分手。"媒婆说。

"你帮帮我!"反面人物说。

"一直帮你到进坟墓!"媒婆说。

在进行这段对话的过程中,居辽同志嘟嘟囔囔地说了点儿什么,甚至他还打了个手势,这个动作评论家扎依姆·阿瓦吉也注意到了。

"很清楚。"扎依姆·阿瓦吉慢慢地说,在演出大厅半明半暗之中,他在他的小笔记本里记下了一点儿什么。

居辽同志的烦躁情绪一直延续到最后。带着这样一种心绪，他看到了闭幕。

这会儿，对于演出他心里形成了一个完整的看法。这一看法那是要说出来的。

在演出末尾，休息之后，大家聚集在空无观众的大厅里，围着居辽同志的还有艺术委员会的委员们。亚当·阿达希把妻子一直送到剧院外的台阶处，因为妻子不愿意自己也参与对他的剧作的评论。一位有学问的人曾经说过，妻子唯独不能原谅的事情就是失败。亚当·阿达希如果失败了，因为居辽同志而受苦的话，她该如何是好？阿达希送走妻子之后，来到我们中间。

"你应当把她留下来，让她也参与评论。"居辽同志说。

"她不愿意。"亚当·阿达希冷淡地说。

"哦，"居辽同志问，"你们有什么看法？评论家米特洛·卡拉巴达奇！你来说说。"

在上半场演出完了休息的时候，米特洛·卡拉巴达奇被居辽同志说成是虚无主义者，这使他陷于深思之中，他害怕，可不要和居辽同志闹对立。

"公开地亮出你们的意见嘛，同志们！有不同看法，那就来一场辩论，咱们要把辩论推向前进！"居辽同志说。

评论家米特洛·卡拉巴达奇鼓足了勇气：

"演出达到了目的。作为深刻直接地对生活和劳动认识的结果，作者亚当·阿达希，导演马利奇·马纳里以及咱们的演员们，通过不同的形式，以现实的真实性和充分的内在力量，在外部透明的充满活力的背景上，塑造出一些富有现实真实性的人物形象。"

米特洛·卡拉巴达奇作了一个长篇发言，捍卫剧作和演出。

然后是扎依姆·阿瓦吉发言，他把前者的发言抛向了一边，他的话与评论家米特洛·卡拉巴达奇的看法相对立，他说，在当前的形势下，演出不应当谄媚、讨好公众。

"这个剧,"他说,"对咱们的现实抛掷烂泥。正面英雄人物是苍白无力的,活动起来如同木偶一般。剧的形式没有特色,不合时代潮流。作品中歪曲地提出问题,解决问题也是歪曲的。"他结束了发言。

亚当·阿达希和导演发火了,称扎依姆·阿瓦吉缺乏个性,因为两天前看了这个戏的排练,当时他夸奖了它。

"扎依姆·阿瓦吉,你前天声明,说这个戏的演出将是咱们戏剧生活中的一个转折点。我觉得思想不是你根据统计局负责人的说法而随意转弯的马车。"剧作家亚当·阿达希说。

扎依姆·阿瓦吉的脸刷地一下子红了,目光盯着居辽同志。

"慢着,亚当!思想在演变,在更换,在发展。"居辽同志插话说,"院长,你说是不是?"

院长没讲话。

最后,居辽同志讲话了。开头他先来了个很长的开场白,他说:

"剧院演出的毛病,如自然主义的表演、感情夸张的表演、简单化的表演、豪华的表演都是与一部分挺好的剧院思想专业水平的低下有关系的。这些以及另外一些毛病表现在两个主要方面,在缺乏真实地挖掘艺术形象的强有力的能力上表现得很清楚:在人物形象及其不自然的转折中,在辩证斗争的模糊不清的定型化中,在一种陈旧的表演形式下的举止行为中有很清楚的表现。这种情况还存在于另外一种戏剧的当代新型表演模式中。它经常把主要的东西和非主要的东西搞乱套,颠倒咱们的人的总体面貌和他的特殊的部分面貌,其结果是风格的色调的包装,靠杂乱无序和反常的强度编织而成。"

我们大家都沉默不语,评论家米特洛·卡拉巴达奇用他的手支撑着额头,他明白居辽同志对演出不感兴趣。

"现在咱们要把这全部的想法在话剧《战胜暴风雨》中加以展开,进行细致的研讨。我一开始就说了,导演和演员们竭尽全部努力,但演出还是不成熟。说它不成熟那是说轻了。这个剧从思想上来说是错误的。第一,你们是否看到了,反面人物以强有力的架势出场,向山丘上攀登。同志们，这是什么意思？这意味着他在向高处、向山丘上攀登，就是说在向受别人尊敬的地位走去。他应该从山丘上朝低处走，甚至去投井，向山丘上攀登的应该是正面人物。第二，现实在被抹黑。那个没有脑袋的农学家是个什么？为什么？咱们在城里的所有光荣的农学家都有脑袋吧？这个要改掉，要增加另外两个带脑袋的农学家，同那个没有脑袋的农学家对着干。第三，这一点更为重要。剧中出现一个反面女人。在咱们的话剧中女人都应该是正面人物，同志们，你们头脑里带些什么念头而来？在为解放妇女而斗争的时候，你们从妇女队伍中给我提溜出一个反面人物来！第四，反面类型人物没有受到作者的惩处，他们自由自在起来，像草地里安闲放牧的牛羊一样。基于这些判断，我要这样结束我的讲话：此剧应该从根本上进行修改，或者应该彻底放弃，如果达不到这一目的的话，"居辽同志稍微停顿了一下，"你们还有什么意见吗？"

我望着剧作家亚当·阿达希，他低着头，将目光投向他身旁的沙发下边。亚当·阿达希在蒙受苦难，在受苦。我单独凝视着他，心里产生了起来保护他的愿望。这无疑应该具有一定程度的勇气。我不习惯去对抗我上司的思想，我的自我意识尚未形成，我的公民勇气被毁坏了，我的精力都耗费在报告上了。但是，一定的勇气，似乎还潜睡在自我意识中。我感觉这一点儿勇气现在正在自己思想的深处活动着。我无意地站起来，什么也不在意。我的目光既没投向居辽同志，也没投向其他人，那控制我的重重的沉默感，在我站起来以后，也消失了。

"我觉得亚当·阿达希的剧本和马利奇·马纳里的导演，"我说到这儿稍微停了一会儿，因为我的目光落到居辽同志身上了。因为惊奇，他把一只手挡在耳朵后边以便听得更清楚些。"我觉得，"我重复说，"这部作品没有同志们指出的那些缺点。如同其他的演出节目一样，这个节目也是既有好的方面，也有它的薄弱方面。"我重新静默下来。

居辽同斩断了我的静默。

"戴木克将要说，对此剧咱们还应当指出它的积极方面，因此他站起来对已经作的发言加以补充，他有权利这样做。"

我脑子里变得模糊一团，一种失落感立刻占据了我的心。我本人就在大厅里，凭什么需要别人来解释我的发言？为什么不问问我想讲什么，而来解释我讲的话？

"我不愿意把那个表示出来，居辽同志。"我说，差点儿没流下眼泪。居辽同志又用另一只手去挡耳朵。谁晓得他对我在打什么主意。"我觉得您的意见，怎么说呢，有点儿操之过急。那些意见肯定是应该考虑的。也许我错了，请原谅。这个剧是好的，演出也是好的。您说亚当·阿达希犯了错误，因为在剧中安排了一个反面女人，您把这件事儿与解放妇女联系在一起。女人同所有的人是一样的，她们不是无过错的天使，在这部作品中既指出了她们的缺点，也指出了她们的优点，这恰好是咱们要说明的：咱们在为她们的解放而斗争。对妇女加以神化那是荒谬的……"

"停停，停停，戴木克，错了不是!？我注意到时机问题，在当前开展解放妇女的斗争时刻，在剧中要拽出一个反面女人，那将是一种迷失方向。"居辽同志打断了我的讲话。

"在剧中所有别的妇女人物都是正面形象，只有一个女的是反面人物……请原谅，也许我错了，居辽同志。"我说完就坐下了。

"错了！这个剧有思想性的硬伤，我要对它设禁，完了！"居辽同志说完站了起来。

大厅里一阵喧闹，然后安静下来。"我走了，因为我有一项工作要做。你们讨论吧。戴木克将把你们的看法记录下来，明天他将带给我。你们继续谈吧！"

我处于烈火中间，除了评论家扎依姆·阿瓦吉和剧院院长之外，所有的人都反对居辽同志的看法。我手打着哆嗦作记录，第一次发表了反对意见。

4

两天以后,当我们在办公室里同居辽同志一起交谈亚当·阿达希的创作特别是他最近的话剧的时候,Q同志来电话了。居辽同志在听筒里一听是他的声音,脸一下子就红了。

"……"

"对,对,我看了……照你说的意思办,我阻拦了一下!这是一出不能演的戏,它对现实投掷烂泥。剧名是好的:《战胜暴风雨》,可是,在那个剧名的后边隐藏着什么东西呢?不,不,连一个反面人物都没有被战胜,暴风雨当然也没有被战胜。哈哈!"居辽同志大笑。

可是,稍过片刻,笑声全然消失了。

"……"

"好的,照你的指示办!也许在思想上我过急了。可是……让它演出?!……奇怪!……我保守!请您理解,Q同志!……是,我想说……"

这时候,Q同志把电话给挂了。居辽同志双手抱着头,两个胳膊肘支在桌子上。我不敢说话。他又落到与Q同志对立的境地。

电话铃第二次响了,居辽同志把双手从头上松开,拿起电话机的听筒。

"阿洛?……照你的话办!……戴木克?他在这儿……照你的话办!我告诉他,让他去。"

居辽同志怀着深深的痛苦望着我。

"Q同志找你。戴木克,我很高兴,你就要升入更高的领域了。"他说着,作出似乎要微笑的样子。

"我感觉出来了,你将要提升。可不要把我们给忘了,调皮鬼!"

然后,神情又变得郁郁寡欢,万般无奈。

"我很奇怪,在亚当·阿达希的话剧演出讨论会的发言里,你的思想怎么能和 Q 同志的思想相吻合！你给我安了个地雷，戴木克，安了地雷。"

"居辽同志！"我喊道。

"给我安了地雷，戴木克，给我安了地雷！"他重复地说。

居辽同志气得直发抖

1

我见到他的时候,他正在气喘吁吁地破口大骂。他摇晃着报纸,喊叫道:

"啊啦啦,噢,无耻的家伙!噢,杀人凶手,啊啦啦!"

"你们用刺麻和节骨木铺路,气得人有何办法!"

看见我的时候,他用力把报纸往沙发上狠狠一摔。然后把双手往夹肢窝下一插,摇头晃脑地说:"人走到哪一点上才算完啊!"

"我知道他是一个滑稽鬼,可他能滑稽到什么程度,我还确定不好,今天这一程度我可以确定了。"居辽同志说,他气得全身直发抖,生气的时候,把一盒烟扔进垃圾筐里了。

"啊啦啦,不知羞耻的人,啊啦啦!"他又大喊大叫起来,向我要了一支烟。

我弄不明白他是在跟谁生气,使这么大力气吓唬谁。

"我说戴木克,你大声给我读读那份报纸第三版上的那篇文章,以便更好地了解是谁的脑子出了毛病,是他,作者,还是我……"居辽同志对我说,烟卷在两个手指中间颤抖着。

我以为是某个新闻工作者批评了居辽同志领导的部门,所以我匆忙地打开了报纸。

在第三版，我的眼睛盯在一篇题为《我们戏剧的一大成就》的大块文章上。文章末尾处的署名是扎依姆·阿瓦吉。这位评论家赞美亚当·阿达希的话剧《战胜暴风雨》。

"戴木克，你给我念念，我错了！"居辽同志说。

我慢腾腾地说：

"扎依姆·阿瓦吉已经当着五十个杰出的男人的面把亚当·阿达希的这部剧作推倒在地了！……"

"哎呀呀，没羞没臊的主儿啊，哎呀呀！"居辽同志重复说。

我开始大声地念道：

迄今为止，公众在短、中篇小说中目睹了亚当·阿达希的天才的闪光。现在，公众在剧作里也看到了这种闪光，不过，这种闪光更加灿烂，更加明亮。在这方面，一个活生生的证明就是由马利奇·马纳里导演通过罕见的充满优美活力的技艺搬上人民剧院舞台的我们文学的巨著——话剧《战胜暴风雨》。我们有时对表现我们所感受到的东西有点儿胆怯，迫不得已要谨慎行事。我们为什么不要去说话剧《战胜暴风雨》是一部杰出的具有世界水平的作品？而崇高的故事内容、思想的厚实、结构的轻巧灵活、对话的机智快捷、水分的充足无损、富有生命力的汁液和语言的活力、对非对抗性矛盾的大胆处理、朝气蓬勃的行动、问题的正确提出和对它们的正确处理却都说明了这一点。仅仅提出问题是不够的，而且还应该去解决它。亚当·阿达希作为一个真正的大师，达到了这双重目的。

在这句话的末尾，居辽同志喊道：

"够了，戴木克！我没有错。你念的那些我看过。他就是这个样子。我想过我的感觉就是那样。这个小丑写的东西与他在彩排后的讨论中讲的话是对立的。你把报纸给我,我要再读一读那一句话,在那句话里他暗暗地向我踢脚,与我作对……"

他拿起报纸,戴上眼镜,低头看起报来。刚找到那句话,他就用不适当的话语骂起出版业来。从他的嘴里我从来没听到过这样带有污秽语言的骂人话……

"听听,用些什么破烂补丁来缝补东西:有些人不懂亚当·阿达希的剧作。一个人甚至竟胆敢把此剧打倒,同时还歪曲亚当·阿达希的哲学理念。他污蔑亚当·阿达希给现实抹黑。"

居辽同志忍无可忍,他大吐唾沫星子,又把报纸扔在一边。

"可是,他自己就污蔑亚当·阿达希给现实抹黑。"我说。

"戴木克,诺里①说得对,当年他写道:

法依库常常改变面孔,
昨天叫骂,今天歌颂……

居辽同志往扎依姆·阿瓦吉工作的 S 研究所打电话:

"我是居辽·卡姆贝里,请您给我喊一下扎依姆·阿瓦吉,我在等他接电话。"

稍过一会儿,扎依姆·阿瓦吉到了电话线的另一端。

"哦,扎依姆·阿瓦吉?……我在办公室等您……怎么……我需要你快点儿来。你怎么样啊?……我是居辽·卡姆贝里……好,好,谅解为怀!我在等你!你不要逼我发脾气!来吧,快点儿来!"他挂了电话,转身对我说,"你,戴木克,不要离开!"

---

① 范·诺里(1882—1965 年),阿尔巴尼亚民族独立时期的重要诗人、历史学家、翻译家,阿尔巴尼亚资产阶级民主革命的重要领导人。主要诗集有《影集》和《在河岸上》。

2

扎依姆·阿瓦吉站在居辽同志面前,一只手揣在裤兜里,一种带有绅士派头但同时也蕴涵着俯首听命的讥讽意味,流露在他的嘴唇上面。那两片嘴唇薄薄的,看上去挺放松,紧紧地贴在牙齿的外面。他的背稍有点儿驼,轻轻地朝前弯着腰站在那里。居辽同志的眼睛,从他那阴云密布的额头下面凝视着扎依姆·阿瓦吉。

"请坐,扎依姆·阿瓦吉!"

扎依姆·阿瓦吉向后退一步,然后又向前迈两步,好像跳探戈舞似的。接着,在我旁边的沙发上坐下了。他坐下去的时候,从胸腔里发出一声叹息。居辽同志从烟盒里取出一根烟递给他,居辽同志怒火满腔看报时,这盒烟曾被他扔进了垃圾筐里。

"创作情况进展怎么样?丰富多彩吗?"居辽同志问道。

"在进行一项关于我们描写当今题材的小说中冲突和戏剧性问题的研究。"扎依姆·阿瓦吉说道,他如同中小学老师对学生讲课那样逐一地强调每一个字。

"题材包含的意义是很丰富、很广阔的。"居辽同志说,"写这个对你来说是容易的,因为在戏剧领域里你已经处理过这个问题。"

评论家扎依姆·阿瓦吉以讥讽的口吻说:

"在戏剧领域里,我没研究过这件事儿,总的来说,在我们评论工作中是第一次碰到这一命题。"

居辽同志在椅子上坐不住了,他开始活动起来,把两个胳膊肘拄在桌子上。

"在你的文章《我们戏剧的一大成就》里,你对冲突和戏剧性问题讲得很宽泛、很长,并且发现亚当·阿达希在话剧《战胜暴风雨》中在怎样才能反映生活的矛盾的问题上,树立了一个光辉的榜样。"

扎依姆·阿瓦吉没有脸红。总的来说,他并不因为这种轻微的病而痛苦；这种病体现在那些不认识自身价值的人的身上。他对这些价值有很好的认识，因此就没有原因要脸红。

"我明白您想到哪里去了。但是，人的观点是可能改变的。开始我不喜欢这个剧。我又看了几次，改变了原先的看法。您知道，Q同志对话剧《战胜暴风雨》也持有很肯定的看法。"扎依姆·阿瓦吉说。

"'暴风雨'把你原先的调子①打倒了，扎依姆·阿瓦吉！"居辽同志说。

"居辽同志，您在侮辱我。"

居辽同志拿起报纸，读道：

"一个人甚至竟胆敢把此剧打倒，同时还歪曲亚当·阿达希的哲学理念。他污蔑亚当·阿达希给现实抹黑。喂！我说扎依姆·阿瓦吉，这个'他'应当是我。这些滑稽荒诞的把戏是什么玩意儿！我的想法只有正式出版了，见诸书面文字的时候，你才可以引用！评论文章不是民间文艺，我说扎依姆·阿瓦吉。民间文艺的东西，你可以通过别人口述去搜集然后出版。你为什么不像民间文艺研究所那些人那样写上'扎依姆·阿瓦吉搜集'？"居辽同志朝着我这个方向气急败坏地把报纸扔进垃圾堆里。扎依姆·阿瓦吉用双手挡住脸，因为他以为那报纸将要打着他的眼睛。

"居辽同志，您误解我了。"扎依姆·阿瓦吉说，嘴唇所表达出的讥讽之意转变成奴颜婢膝的下贱相。

"停！我就有这么多话。"居辽同志说。

知名的评论家扎依姆·阿瓦吉站起来，打开门，默不作声的心灵受到伤害，蜇辣辣、酸溜溜地走了出去。人可能不红脸，但可能绝望。

扎依姆·阿瓦吉往外走时，居辽同志伸手在空中做了一个半弧形

---

① Avaz 一词意为"曲调"、"歌曲"。扎依姆的姓为 Avaz，此处居辽同志很机智、很俏皮地用"暴风雨"战胜"Avaz"的说法讽刺扎依姆。

的手势,意思是:"好吧,看你能走到哪儿!"然后,如同诗人们所说,一种黄色的忧郁症向他袭来,控制了他。他陷进这种忧郁症的泥潭已经有很长一段时间了。他既不看我,也不看摆着许多外文书和阿文书的桌子。他从打开的窗户瞭望达依迪山,目光没有固定的目标。他把周围的一切全都忘记了。这是他用心琢磨和沉思冥想的时刻,只有电话的铃声能改变这种状况。果真不错,是铃声把周围的情况彻底变了样。电话铃丁零零地响了,他一跃而上,仿佛受了惊吓不知所措。

"……"

"是的……Q同志吗?好吧,Q同志……我看过了。扎依姆·阿瓦吉作为一个戏剧评论家,其实是很专业,很老到的。是的,是的,是戏剧方面。"居辽同志笑了笑,继续说,"我不是说他在表演方面,而是说在戏剧题材方面是一个行家,……我感觉如何?"他像一个有过错的人似的微微一笑,用手摸了一下头,"我难以作出评判,因为您知道对戏剧我有另外的想法……是这样的。想法要服从演变法则……哎,这取决于时间的长短,有句谚语说得好:城堡从远处看才显出自身的模样……我同意,亚当·阿达希不是城堡。"他又笑了笑,"他能成为城堡,石头摞石头……对,对,石头摞石头的原则……到海滨浴场去?我有工作,去不了。那肯定是了,常言说得好:身体休息好,脑子灵活主意高……让我瞧着吧,Q同志。您去吗?噢,太好了!沙滩,大海……是这样嘛,先是胸部贴着沙滩,眼睛面对大海;然后是胸部对着大海,眼睛朝向沙滩……是这样,后背冲着太阳……再见!"居辽同志融化在笑声里了,忧郁病的湖畔经过治理得到了改善,在那里又出现了一片愉快和幽默的绿油油的草地。

电话铃又响了。

"……是的,您想要多少本书,Q同志?……怎么?要些非常薄的书?您说得对,在海滨浴场适合看薄书,薄书取胜,这是原则。薄的书却具有很重的思想……照您的意思办!"

他把半个胸膛转向我,说着:

"Q同志请我和大家一起去海滨浴场休假。人家不让咱们轻闲,我说戴木克!你不担任负责工作,真是太好啦。而我们,为工作要挨训,为休息也要挨训。你要是不去休息,他们会生你的气的,他们要喊你,强迫你去休息。可我,直到现在总是一头投进工作中。"居辽同志举起一只手放在脖子上,为的是想说明工作量有多大。

3

周末,达奇带着一肚子的不满意,愤愤不平地来了。他进来出去地挨着个串办公室,把手扶在面颊上,粗声粗气地说:"噗—噗!这像什么话呀!"这么一句话,他翻来覆去地叨叨了整整一个钟头,除了这句话,不再多讲任何话,让脸上露出令人纳闷的表情。不时地朝门口望,连连发出"噗噗!"的感叹声。我们大家都很莫名其妙,开始问他是什么事情叫他受到这么大的震动。经过巨大的坚持不懈的努力,他开始一边不时望着门口,一边讲起来,而且还哀求我们对所听到的一切一定要保守秘密,因为这是些有害无益的事情。

达奇讲道:

"迪奥金和巴尔德在家里受到那么好的教育,却突然与几个街头流浪者混到一起了,他们推着这两个孩子,从邻居家的窗户爬进屋里。居辽同志的邻居家住在楼房的第一层。你们说说,他们闯入家里,在邻居家的库房里找到一把锯,开始干起犯罪的勾当。你们想想看,他们干了什么?噢,说不出口啊!沙发的胳膊腿儿全倒了,是他们干的呀!"达奇还把右手掌伸到前边,接着说:"他们把沙发的胳膊腿儿全给锯断了,扔到阳台上。然后,打开家中的水龙头跑出来了。结果发了大水,邻居家淹了个一塌糊涂。他们是为了报仇这么干的。他们跟邻居家的两个男孩子打过架,虽然不久以前他们还是朋友。

"邻居下班回到家里时看到什么了?家中发生了大灾难!水一直都没到膝盖,缺腿儿的沙发在大水中游泳。街道里发出了警报,他们找到了犯罪者。法律就是法律。警察要求居辽同志跟两个孩子一起到区委会去。居辽同志大发雷霆,我说弟兄们。

"'我要去警察局?你们知道你们是在跟什么人打交道吗?如果你们不知道,那我就被迫告诉你们。'居辽同志说,脸色像母菊花一般黄。在警察们众目睽睽之下,他拿起听话筒,跟一个重要人物通话,通报说警察冲到了他家里。

"重要人物在电话里对警察下达命令:叫他们在十七秒钟之内停止行动。命令还说,居辽同志无论如何也不要介入这里的事情。背着居辽同志叫回两个孩子,免除对他们作结论。由街道人民委员会确定被损坏的财富的价值,并且由居辽同志赔偿给被损害者一定数额的损失费。警察怀着对居辽同志的尊重和敬意离开而去,结束了此次行动。

"可是,这事儿在全街道传开了,甚至都越过了街道的界限,大家喳喳起来:'警察进居辽同志的家里了!'这话被添油加醋地夸大起来,传到四面八方。居辽同志十分恼火,怒气冲冲地大发脾气。找了街道民主阵线委员会主席和人民委员会主席,对他们急速迈出的步伐,喊警察来提出意见,予以批评。

"'在哪里见到过和听到过像我这样级别的干部被叫到公安局?公安局是咱们的,它确保安定的社会秩序,但那不是在我家里。警察局无过错。你们以你们轻率的思想,在公众中玷污了我的名字,增加了流言飞语、闲言碎语、诬蔑性的谎话和曲曲弯弯的淫言秽语。我自己来把我的孩子引上轨道。被损害物品的赔偿费我自己来承担。我不愿意有任何别的干预。我领导着我国生活中异常广阔的部门,难道还没那么一点儿本事采取措施避免小孩子们干的一件丑事儿!?对于你来说,这是耻辱,民主阵线主席!对于你来说,这是耻辱,人民委员会主席!'居辽同志以一种从未听到过的严厉辞令说道。

"民主阵线主席和人民委员会主席落得羞不堪言,请求居辽同志原谅并且保证说,他们将把街道里的人召集起来,要作一个深刻的自我批评。但是,居辽同志亲自阻止人们集合,并且说不需要这样一种行动。对于他来说，他们真诚的悔悟就足够了。弟兄们，你们听到了吧，发生了什么事情哟!？街道里的那些负责人都是些笨蛋和思想轻浮的人。警察被派到居辽同志那儿了吧？我为居辽同志感到心疼，以至于很晚我才睡着觉。他全身心地投入到工作中，他领导着一个在思想上异常棘手的部门，但竟发生了这样一种不幸的事情！你们看到最叫人伤心的灾难是怎么样的了吧？孩子们给他丢人，街道里那些人也给他丢人。是的，你们听着，这件事儿是要留在咱们中间的。居辽同志对咱们这些他的下级干部得知这件丑闻觉得挺没面子。迪奥金创作交响乐，巴尔德单独有一个房间，那里摆满了植物标本和用别针儿别着许多花瓣的大相框。偶然间他们怎么犯了这个错误呢?！是街头流浪儿叫他们惹了大祸、遭了难。应该出面干预，赶走流浪儿，叫居辽同志的孩子在思想觉悟方面保持纯洁……"达奇把话讲完了，他像个圣人似的那么伤心，那么富有经验。

第四部

居辽同志在海滨浴场休假

1

最后，很多人都参与进来，劝说居辽同志去拿假条到海滨浴场好好休息休息。一开始，居辽同志不想理会任何一种干预和任何一个请求。可是，最后 Q 同志亲自出面干预这件事儿，这样，他便接受了，决定到海滨浴场休假。这个妥协，他是在得到 Q 同志也将和他一起去休息的保证的时候作出的。为这件事儿 Q 同志跟居辽同志打了七次电话。

"客观地说，我是被迫去休息。"居辽同志若有所思地对我说，"其实这不能算是休息，而是紧张的工作。不说这个了，为了替孩子着想，咱们可以作一次妥协！还有你，戴木克，也要和我一起去哟。咱们应该拿出一篇关于文化工作几种新形式的高层次的研究论文。就这么定了，后天出发去海滨浴场！"他说。

"我既没订下简单的临时住处，也没订下房间。"我惊奇地说，这一紧急的不曾预想的通知叫我大吃一惊，措手不及。

"我已经采取措施了。你将在 35 号别墅楼有一个房间和一个厨房，我在'克鲁雅'宾馆为自己订了两个房间。35 号别墅原来是确定给我使用的，现在到你手上了。那里很宽敞，非常清洁。"

这是居辽同志给予我的莫大的光荣。在这种时候显示出一个人广阔的胸怀。我想过了，在海滨浴场我不会是挺安闲的，夜里，要对居辽同志关于文化工作和文艺会演的新形式的课题提纲作进一步阐发和扩充；早晨，要到他身边交流想法。我觉得自己好像是一棵树；这种类型的一棵树和另一棵在一起才能生存。你们看到了吗？有些树自身缠绕在第二棵树的树干上，甩出一些像短线一样的东西连在根子的母体上？！假如你把它们分开，它们当中的一棵就要枯死。难道我们两个人中的一个，居辽同志和我，一旦和另一个分开，就要枯死？谁要枯死？我还是居辽同志？我既不喜欢海滨浴场的气候，也不喜欢山上的气候，我想单独一个人在某个地方待上那么一次，没有研究课题的提纲，也没有报告的几点要求缠着我。我们这种亲密无间的居辽—戴木克共生共存关系，将继续存在到什么时候？

"我们将有一个很好的交际圈儿。在海滨浴场还将有评论家扎依姆·阿瓦吉和米特洛·卡拉巴达奇。他们是具有广博的现代文化素养的人。扎依姆·阿瓦吉来找我，请求原谅他偶然犯的那个过错。他跟我说，处境迫使他写了文章，这一点我心里明白。戴木克，有时你没有办法，被迫表达与你自己表达的想法相对立的某种思想。和我们在一起的还将有亚当·阿达希和那个美人科莱奥巴特拉。"居辽同志说，搐动一下唇边，"我们还将经常与 Q 同志见面。他还向你问好，真叫人开心。Q 同志是一个非常好的人。为了工作，他是以牙还牙，绝不让步，可是后来软下来，在办公室以外如同跟最亲密的朋友一样与你交往。为了亚当·阿达希的话剧我不是跟他以牙还牙地争论过吗？我吵个啥？后来他把我找到家里，我们一起一直坐到夜里十二点钟。他真是一个大好人，大大的好人！"他说。

我点头予以肯定，但没有说话。

"休假之后，戴木克，在人事上可能会有几项变动。我想 Q 同志会叫你到他那儿工作。这事儿不要对别人讲。我露出这个底，是因为他多次向我问起你。戴木克，我不是死死钉住有前途的干部不放。你要是走了，我的工作可就毁了。但是，为了你的成长着想，我让步放你走。唉，戴木克！"居辽同志感叹地说，"我也可能要动一动。要我到外国当大使，我不会觉得有多体面，在传播一种说法，说我不是要到阿尔及尔，就是要到荷兰……"

"干部轮换。"我肯定地说。

"看到了吗？快乐我是不会有的。我学会了领导我国生活中的各种不同部门，在外国，我不希望去做领导工作。"他说。他的脸上流露出一种好像是轻度忧郁症的神色。这种忧郁症有时能美化一个领导者的面容……

2

在海滨浴场，在居辽同志的身前身后，聚集了全部的陪同人员。这个陪同团的精锐队伍由评论家米特洛·卡拉巴达奇和扎依姆·阿瓦吉、作家和剧作家亚当·阿达希及其妻子科莱奥巴特拉组成。这个科莱奥巴特拉很聪明，是个皮肤略微有点儿黑的美人。此人无论是从名字上来说，还是从美貌和聪明程度上来审视，都可以与古埃及的女王科莱奥巴特拉相媲美。这个受尊敬的小集体在海滨浴场的沙滩最显眼的地方支起了他们的全部伞棚，在艺术、文学和民族及世界文化领域里展开热烈的讨论。有时也涉及经济和政治领域，特别是对区域战争和美元危机谈论得更多。这个集体的成员在思想上都是很现代的，每个人都把能同这些人在一起坐一会儿看成莫大的光荣。谈话最热烈的是米特洛·卡拉巴达奇和科莱奥巴特拉。对在海滨细细的沙子上认真而细致地谈论的问题，科莱奥巴特拉是消息最灵通的人士。在很多时候，亚当·阿达希是默不作声的，而评论家扎依姆·阿瓦吉却时不时地甩动一下胳膊，发出"噗"的感叹声。居辽同志忠诚的妻子阿蒂拉，在讨论中没有表示出一种很大的兴趣，因为她经常想笑，更喜欢讲话要快节奏。我的泽奈柏在这个集体当中感觉自己如坐荆棘，可是，尽管如此，她还是经常坐在伞棚下，洗耳恭听大家讲话。听到的那些话，她很难弄明白，因此我就应该耐心机智地给她讲解。最叫她听不懂的，是评论家米特洛·卡拉巴达奇讲的话，因为他讲话用的是一些艰涩费解的词语，例如："在神话的风格上，结构不允许句子透明的美和句子明晰的风格，以至于导致两种平行的组成。"而对皮肤略黑的美人科莱奥巴特拉的话，却理解得比较好，而且对她的表述也感兴趣："噢，好精彩！噢，好极了！"开始，她对这种表述没注意去听，可是后来，您晓得，重复是知识之母，她学得是如此之好，甚至讲话的腔调都像那个皮肤略微显黑的小美人了。不用说，泽奈柏是用一种淡淡的幽默来模仿小黑美人的腔调的。这种腔调是为了既叫我又叫阿蒂拉发笑的。

讨论的结论，经常由居辽同志来作，不作任何妥协，也不留下任何一个误解。Q同志也常常到我们的伞棚下面来，这样，大家便趁机休息，一个个都有些害怕。评论家米特洛·卡拉巴达奇甚至还要脸红。扎依姆·阿瓦吉也不再连连发出"噗"的声音。唯独小黑美人不爱理会这一套。她不怕Q同志，继续用火辣辣的话语攻击沙子。唉！看她是如何把那小嘴唇朝前伸长，再看她是如何把那两道弯弯的细眉轻轻地向上扬，还要看看那双魅力无穷的小眼睛如何微微地合上！小黑美人晓得Q同志也是挺现代的，读薄薄的法文系列书"Livěr Dě Posh"，对艺术家、侦探和世界政坛名人的生活也挺好奇。居辽同志每说完一句话，她都张开小嘴唇，说道："噢，好极了！"亚当·阿达希坐在她身边，鼓起河马一样肥厚的腮帮子，低着头，脸上挂着闷闷不乐的愁苦相。Q同志和我们坐着坐着，便拉起居辽同志的胳膊，去"克鲁雅"咖啡馆喝咖啡，同时还说：

"快乐地玩吧，弟兄们！"

我们讨论累了的时候，就在沙子上躺下来，时而仰卧在沙子上，时而趴在沙子上，感受到夏日里太阳的沉重负荷。

我的泽奈柏因为头疼，在沙滩上坐不了太多的时间。她戴上防晒帽,向小别墅楼慢条斯理地走去,她要准备午饭了。于是,阿蒂拉来到我跟前,对我慢慢地说起迪奥金创作的交响乐和巴尔德搜集的生物标本。一般来说迪奥金和巴尔德不待在我们的小团体里,他们和Q同志的孩子在一起,总的来讲,他们有自己的交往活动。

一天,我们躺卧在沙滩上,居辽同志在宾馆自己的房间里工作着,阿蒂拉从躺卧的沙子上站起来,从她那漂亮的双腿的内侧,抖落掉细润的沙子,向大海走去。她迈开那修长匀称的咖啡色大腿慢腾腾地走着;科莱奥巴特拉双手掐着自己的胳膊,两眼带着明显的欣赏的情趣注视着她。

"我真是喜欢这个阿蒂拉,她是一个秀美而现代的女人,具有地中海沿岸女人的全部特质。"她说。

"噗!"扎依姆·阿瓦吉又发出他那一贯的虚无主义的怪声。

"阿蒂拉不配这个'噗'。"米特洛·卡拉巴达奇说。

"又是您!"科莱奥巴特拉插话说,而她的丈夫亚当·阿达希却没说话。

"我是要说您具有一个地中海女人甚至西班牙女人的特质。"扎依姆·阿瓦吉一边向她那丰满细嫩的大腿上瞥了快捷的一眼,一边说。

科莱奥巴特拉哈哈地笑起来,好像她的清脆笑声使岸边卷起了几朵小小的白白的弧形浪花。评论家扎依姆·阿瓦吉对她讲的恭维话,深深地打动了她。她所受到的感情激发甚至还要更大些,因为她晓得,扎依姆·阿瓦吉即使对最伟大的艺术品,也不是轻易地予以评价的。众所周知,在评论工作中,扎依姆·阿瓦吉模仿享有世界声誉的评论家阿布杜拉·吉比莱特·吉比莱托夫。这个吉比莱托夫评价作品是很严格的。所以,阿瓦吉的恭维之词震动了科莱奥巴特拉。

"您很少赞美艺术作品,怎么回事儿,干吗夸奖起我来了?"她笑眯眯地问道。

"您就像一件艺术品。"米特洛·卡拉巴达奇把话说得很慢,以防被亚当·阿达希听见,"生活的事实产生的反响和力量是显而易见的、透明的，并且产生了联系，这种联系是艺术的成分，所以，当您被赞美的时候，他作了补充说明，把语句讲得挺难懂，扎依姆·阿瓦吉是对的。这种难懂的意思，科莱奥巴特拉很喜欢，而亚当·阿达希却与此相反，他消化不了这个。"

这时候，居辽同志和Q同志从宾馆的一个角落里露出头来。我的上司手里拿着一个挺大的红色橡皮筏子。我们的小集体一看见他们，就悄悄地不做声了，甚至米特洛·卡拉巴达奇和扎依姆·阿瓦吉为了表示敬意，还站了起来。

居辽同志走到我们跟前，把橡皮筏子给了我们。

"我和Q同志到深水区那边去。"他用手朝海的方向指了一下，说，"戴木克，你把橡皮筏子给阿蒂拉送去，小心点儿，不要到深水地方去。"

居辽同志和Q同志向大海那边走去了，我在自己选择出来的一伙人当中又稍坐了一会儿，然后拿起橡皮筏子向阿蒂拉走去。

3

"我们去游泳。"居辽同志说，"你们坐着筏子跟着我们。"

阿蒂拉登上筏子，我把筏子向前推了几米，然后坐到了前面。她躺下来，把双手垫在脑袋下面。居辽同志游泳跟在Q同志后头。他们一边游，一边趁机说上几句话。

我把双手当船桨，驾驶着筏子。俊秀的、有着紫铜色皮肤的阿蒂拉躺卧在那里，眼望着天空。远处，在沙滩上，我们小集体的红色和黄色的伞棚依稀可见。

"居辽，累了吗？"Q同志喊道，把他的朋友甩在了后边。

居辽同志艰难地游着，他肯定是希望回到岸上去，可是，他不能这么干，因为这样的话，他将在Q同志面前降低自己。他们彼此离得挺远，不断地向越来越深的地方游去，而且正在靠近用几个漂动在水面上的永久性铁桶围起来的禁游区。疲劳的居辽同志翻了个身，面对蓝天，仰游起来。

"我对仰游感兴趣！"他对Q同志喊道。

于是，Q同志也仰游起来。

"你累了，咱们往回游。"Q同志说。

"我觉得很轻松，有劲儿哪。"居辽同志大声说。

阿蒂拉躺在橡皮筏子上，倾听着周围有什么动静，不时地搐动着唇边的一根神经。这是表明她的神经状况的一种迹象。最后，她站了起来，朝着她丈夫投去一瞥伤心的目光。居辽同志看见她，向她挥了一下手，就像他仰游时那个样子。阿蒂拉没有回应他。我注意到她脸上露出一种隐隐约约的傲慢神情。她不能在我面前把这种神情掩藏起来。居辽同志又翻过身，由仰泳变为蛙泳，开始使出全身的力量追赶Q同志。他的肩膀连同脖颈和头部，时而进到浪花中间，时而又浮现在浪花上面。

"居辽同志是一位游泳好手。"我说。

阿蒂拉没有马上说话。她叹了口气，过了片刻回答道：

"年轻的时候，他确实游得很好。有一回，他从这个漂动着铁桶的地方，一直游到老远停泊着的轮船那里。

"现在他也没有气尽力竭，游起来劲头大着呢。"我说。

"唉！"阿蒂拉感叹道，同时放眼跟踪她的丈夫。

这时候，Q同志停了下来，居辽同志赶到了他身边。然后，他们又翻身仰泳，在海浪上面开始上下颠簸起来。我们把橡皮筏子停下来，阿蒂拉显得挺伤心。这个女人，以前我见到她总是高高兴兴的，有几回甚至弄得我心里发烦，因为她曾经是一个特别饶舌唠叨的女人。而现在，她的话全没了。也许当你处于大量的海水当中的时候，你就不需要把话往外倒，因为你站在一个叫做大海的伟大的竞赛者面前。是的，是的，你不能用你的语言贫乏的小小荒漠跟大海比试高低……

"戴木克，"她说，"你有时也惊奇吗？"

这句话我费了好大劲儿才弄明白是什么意思，因此我便神情奇怪地端详她。我想要对她说，当提出的问题毫无意义的时候，我真的感到奇怪。

"一个人停止感到奇怪了，他就不再是人喽……"我说。

"有时候，我觉得居辽奇怪。"阿蒂拉说。

"为什么？"

"大海累得他够戗，可是，他还去尾追Q同志。他不能对Q同志讲自己累了，也不能讲没兴趣跟着他到深水区去。"她说。

"我想居辽同志这样做是出于礼貌。"我对她说。

阿蒂拉对我的话不感兴趣，用她一只纤巧的手做了一个烦躁的忍无可忍的手势。

"你骗人，戴木克！"她伤心地说。

是的，我是骗人说假话。女人的嗅觉是很灵敏的。女人凭这种嗅觉能感觉和发现你面部表情和声音的种种细微的差别。你逃不脱她的这个看不见的嗅觉显微镜，因为它在侦察你，发现你。

后来，好长时间阿蒂拉都没讲话。她向海港那边一艘白色轮船瞭望。那船的烟囱冒着一点点淡淡的白烟。在居辽同志靠近我们的筏子之前，阿蒂拉就一直目不转睛地盯着他。居辽同志游得挺慢，没使劲儿用胖乎乎的双腿去拍击浪花。Q同志跟在他的后头。

"您累了吧，居辽同志？"我说。

"即使最棒的游泳冠军也休想追上Q同志。"居辽同志说。

Q同志淡然一笑。

"你也不错。"

"咱们就别谦虚了。阿蒂拉，你看到了吧？你的丈夫我是和怎样的游泳能手游泳啊！"居辽同志冲着他的妻子说。

"我看到了，看到了，可是我们上岸吧，烦得慌。"阿蒂拉说。

"筏子我和Q同志来拿好了。"居辽同志莞尔一笑。

阿蒂拉瞅了我一眼。她站起来，突然往前一跳，下水了。在她跳下去之后，我也跳了下去。

居辽同志靠近筏子，双手扶着红色的橡皮，用力想蹿上去。Q同志游到筏子的另一侧。就在这一刹那，筏子翻了，淹没在水里了。居辽同志立刻潜入水下，然后他又浮出水面，一边把筏子放正，一边责骂自己，Q同志憨然一笑。远处响起阿蒂拉朗朗的笑声。这一笑声飞扬在我们周围的海面上。

4

傍晚，居辽同志、Q同志、阿蒂拉和我四个人到海边去散步。傍晚时分天气稍微有点儿热，四处都能闻到碘味①。天上挂着一轮圆圆的月亮。

"那是肯定的。"Q同志说，"在领导干部方面将有一些变化。"

居辽同志倾听着，他晓得，在这样的场合，提出每个问题都需要特别谨慎。不过，不问权威人士，你就不可能了解到关于干部轮换方面任何确切的情况。既然Q同志自己打开了'一些变化'的话题，那么，居辽同志就能比较容易地询问干部中谁可能流动。但是，好的谨慎原则是不允许去询问。他只是问了一下他的朋友塞姆塞丁的情况。

"塞姆塞丁是否要来地拉那？"

Q同志用胳膊肘推了一下居辽同志：

"有人这么说。"他表示肯定。

"在什么岗位？"

"我觉得是副部长。"Q同志说。

"塞姆塞丁当副部长！"阿蒂拉惊奇地立刻抢着说。

"这有什么好惊奇的！"居辽同志插嘴说。

---

① 亚得里亚海海水中的碘质特别高，所以此处说四处都能闻到碘味。

"我不相信,对于你的事儿也不相信,居辽。那些话全传开了,说什么一些人要去当驻外大使。有的当主……"阿蒂拉说,她没有来得及把话说完,因为居辽同志打断了她的话。

"阿蒂拉,够了!"他说。为了给交谈穿上秘密的外衣,他和 Q 同志一起走到我们前边去了。

阿蒂拉和我落在了后面,人们来来往往,向我们致意问好。在他们中间有许多熟人,不时地听到一两句喊喊喳喳的说话声:

"瞧,居辽同志的妻子!"

走路的当儿,阿蒂拉用她那俊秀的上胳膊碰了我一下,我稍微离开她一点儿,虽然我喜欢靠她近一点儿。

我听到身后有人声音很低地说道:

"还有这一类人,他们落在负责人的尾巴后边,也落在他们妻子的后边!"

我没有回头看,我自己感到很沉重,不知道阿蒂拉是否觉察到了这些恬不知耻的喳喳话。肯定是没察觉到,因为她再次把秀丽的上胳膊贴近我。这一回,我没有躲开。

这时候,评论家米特洛·卡拉巴达奇和扎侬姆·阿瓦吉从我们旁边走过,停了下来。在他们之后又来了作家亚当·阿达希和他的科莱奥巴特拉。

"Q 同志拉着居辽同志的胳膊,满怀激情地交谈。他们请我们跟他们去,但是,我们不爱破坏他们的交谈。"科莱奥巴特拉说道,而且还伸出她那赤裸动人的胳膊搂住阿蒂拉的腰,"您跟戴木克也有点儿什么秘密吧?"她补充说,弯身哈腰,笑成了一团。

我的脸色刷地一下子变得阴沉沉的。从这个美人的嘴里冒出的这些带刺的话是什么玩意儿?

"天气可真美,戴木克,是不?"评论家米特洛·卡拉巴达奇说。

"这种天气不让你工作。"评论家扎侬姆·阿瓦吉说。

"米特洛开始写一篇评论你最近的一部中篇小说的文章,已经有两天了，还没写完。"扎依姆·阿瓦吉说。

亚当·阿达希掩盖不住高兴劲儿：

"正在写吗？"

"还剩个结尾。"米特洛·卡拉巴达奇立刻回答。

"米特洛，你听着，可不要戴着有色眼镜来看亚当的中篇小说，它是一部非常精彩的作品！"科莱奥巴特拉一边在米特洛·卡拉巴达奇面前摇动手指，一边说。

"我有积极的想法。清澈透明的句子，内在的潜力，在画面正规的范围内不正常的反差，语言的厚度和故事的紧张的戏剧性，结构的稳妥与变幻，在这部作品里比在亚当·阿达希其他任何一部作品中都显得更突出、更鲜明。至于渗透在这一环境中的景象和折射出的轮廓的色彩，我只有一个意见，那就是它们没有真实感，或者说在数量和必要性上，都阐释得不够具体。"米特洛·卡拉巴达奇说。

亚当·阿达希没有言声。米特洛·卡拉巴达奇的意见是：在这部中篇小说中，环境的色彩描写得缺乏生气。这一意见让他伤心，因为他对这一色彩曾给予特别的重视。关于亚当·阿达希，他的妻子说：

"那么，关于色彩我们得理论理论，米特洛！亚当·阿达希最富有积极意义的方面，就是注重环境的色彩。"

米特洛·卡拉巴达奇为之一笑：

"人物地方方言的过分使用，把亚当·阿达希推向了人种学主义的边缘，多多少少失去了句子的透明度。"

"这不是真实情况！亚当是个透明的人！"科莱奥巴特拉说。

"那是肯定的，对你来说，亚当是个透明的人！"评论家扎依姆·阿瓦吉说，大家都被说笑了。

科莱奥巴特拉的火气上来了：

"你有多庸俗！噢，你这个扎依姆·阿瓦吉！"

"亚当·阿达希还没达到理解时代风格的层次，没有达到理解那种搞乱并编造时间、空间和梦想的迅捷速度的风格的层次。他把僵化不动的主语一直保留到作品的最后,不打破它……啊,形式!……"扎依姆·阿瓦吉滔滔不绝地论说道。

讲到此处,科莱奥巴特拉马上又说:

"亚当怎么不是打破主语?亚当的功绩正是在于打破主语!在一页上他有七个自然段,每段开头都空几个字,这每段开头空几字不是打破主语的特征?"

扎依姆·阿瓦吉难为情地笑着说:

"亚当·阿达希用开头空几个字的段落可以把你打碎,但不是主语!"

科莱奥巴特拉脸色骤变,生气地说:

"同你没法谈话,真是太不要脸了!"她转回身,当着我们的面说。

这种整个都是专业性的交谈过后,我们不说话了。我们朝前走着,倾听微微的海浪撩拨着海边细碎的沙子。居辽同志和Q同志继续走在前面,沉浸在他们的关于干部轮换的谈话中。

"你这件连衣裙有多漂亮啊!"科莱奥巴特拉一边说,一边走到阿蒂拉跟前。

"挺普通嘛。"阿蒂拉说。

"明年你在海滨浴场见到我们的时候,你将不会开口跟我们说话。"科莱奥巴特拉说。

"为什么?"阿蒂拉问。

"你还装着好像不知道这件事儿的样子呢!居辽同志去荷兰就任大使。噢,大使!罗宾逊和伦布兰德的国家!"科莱奥巴特拉说着还唱了起来:

在荷兰,
在磨坊之乡,
生活着一个叫凯蒂的姑娘……

"你也跟着说什么哟!"阿蒂拉感叹道。

"真的!我也听说居辽同志要去荷兰出任大使了。"米特洛·卡拉巴达奇说。

"是的,是的,开始我不相信,可是,在没见到你们之前,当居辽同志和Q同志交谈时,我听见他们提到了'荷兰'这个地名。"评论家扎依姆·阿瓦吉说。

阿蒂拉的脸上泛起了红晕,虽然她知道这些只不过是由那些以嘴上议论别人为乐趣的人传播开来的口上之谈,但她还是希望这些话即使具有百分之一那么一点儿真实性也好。她高兴能去一次荷兰,观光一下这个先前出现过许多画家,以风力磨坊和奶牛闻名世界的国家。

"人家说阿拉尼特将走上居辽同志的岗位。"亚当·阿达希说。他一直到这时候才参与有关干部轮换的交谈。

"噗!他那个疯子?!不可能!"扎依姆·阿瓦吉带着公开的蔑视的情绪说。

我不喜欢扎依姆·阿瓦吉的行为,他对阿拉尼特没有很好的了解。

"您说的这些话毫无价值。"我说,"再说了,阿拉尼特是一个能力很强的人。"

阿蒂拉知道居辽同志与阿拉尼特之间的冲突,所以把头低下了。我出于礼貌,不得不再补充几句:

"阿拉尼特有点儿粗鲁,但这种粗鲁并不严重,对他发挥自己无可争议的能力并无妨碍。"

任何人都没说话。

我们一直走到海滨浴场最后一座桥旁,把交谈的事儿都忘了。只有到了和居辽同志以及Q同志面对面地碰到一起的时候,才恍然大悟该往回走了,于是便回到了我们的房间。

沙滩上的人变得稀少起来,月亮同围绕着它的星星升上了苍茫的天空。

5

第二天清晨,我带着自己的记事本,来到居辽同志休息的"克鲁雅"宾馆,想和他交谈一下我们将要准备的关于群众文化—艺术活动新形式的课题的事情。我在阳台上见到了他;他半卧在他的玫瑰色伞棚下面的睡垫上。

穿着橘黄色睡衣的阿蒂拉,端来一盘个头很大的桃子,然后安详地撂下我们走开了,因为她需要去照顾孩子。

居辽同志把读着的一本薄薄的书搁在一边。

"戴木克,咱们两个就像水牛一样,在海滨浴场也工作,昨天晚上一直到半夜一点我都没睡,在考虑咱们的课题。"他说。

"我也是为了课题的事情而来的。"我说。

"唉,我说戴木克,别人还为以咱们是在休息享清福呢!"

然后,我们对改变文化、艺术工作风格的方法的必要性,广泛地长时间地交换了意见。

"风格,"居辽同志说,"风格是为了做好一件事情而采取的方式方法的体制问题。我们应该改变这些方式方法。我们应该坚持在文化馆和文化之家里广泛地实行科学会议制度。这些会议要通过辩论和对质举行。来,戴木克,吃个桃吧!昨晚农场场长给我带来的。那是一个能干的男子汉!吃,戴木克,吃吧!"

居辽同志向大海望了望,然后突然站了起来。他举起手,在空中打了几个手势。Q同志到了海边上,他也用手势做了回答。

"Q同志对大海感兴趣。"他说。

"我晓得是怎么回事儿,他游泳很不错。"我说。

"是一个游泳能手。"居辽同志一边说,一边坐下来。这时候,在阳台下面,评论家米特洛·卡拉巴达奇和扎依姆·阿瓦吉肩上扛着伞棚露面了。踏着他们的脚印跟在后边的有亚当·阿达希和科莱奥巴特拉。他们停下脚步,一边向我们的阳台张望,一边露出坦然而舒心的微笑。

"早上好!"他们几乎异口同声地向我们说。

"早上好!"居辽同志说。

"阿蒂拉起来了吗?"科莱奥巴特拉问道。

"起来了。"

"我们等她,等她。"肤色略黑的科莱奥巴特拉招手说。

当他们离开的时候,居辽同志慢声细语地说:

"这个亚当·阿达希有个好漂亮的媳妇!她有点儿不知害羞,不过,可以原谅她,因为她本身很美。"居辽同志怀着年轻人的纯真夸奖说。

"你读了亚当·阿达希的中篇小说了吗?"我问居辽同志。

"是那篇叫《泽尔瓦斯克的栗子》的中篇?"

"是的。"

"还没读。我不相信他会干出一件聪明的事情。"居辽同志说。

"米特洛·卡拉巴达奇是一个鉴赏力很强的人。我不知道,我不知道。"他说着转过脸来冲着我接着讲,"戴木克,咱们没有机会长谈我的那些手稿……"

我后悔打开了关于文学的话题。我要是知道居辽同志将要问起他的短篇小说的事儿,我就不会出这个错。

"居辽同志,你知道吗?写作的时机不坏,那种写法当前挺走俏。"我说着脸红了。

居辽同志略带讽刺意味地笑了笑,然后点着一支烟,在垫子上躺下来,像摇晃摇篮似的摇晃着。

"我喜欢这样,戴木克,因为你不是一个爱说恭维话的谄媚者。"

话还没说完,有人来敲屋门,敲的声音挺轻,挺小心,是一个胆小怕事儿的人敲的。

"唔,是达奇,请进来,达奇!"传来阿蒂拉温柔的声音。

"这个时候就来了,有什么事情?"居辽同志心情不安地问,说着便站了起来。

达奇人长得矮小不出相,脸色发黄。他慢慢地轻轻地迈着脚步进来,就像怕踩脏地毯的人那么谨慎小心。

"怎么样,达奇?过来,到阳台这边来。"居辽同志说着跟他握了手。

阿蒂拉又拿过来一把椅子。达奇坐下去,开始搓起手来。

"您身体很好,这实在是太棒了!我觉得您好像变年轻了。虽然说是来海滨浴场休息的,可是您还在工作,不过您气色很好,精力很充沛。说真心话,您真是生气勃勃,一身朝气!"达奇声音低低地说。

"地拉那方面工作情况怎样?"居辽同志问。

"马克苏迪大叔挺好,他向您问好呢。"达奇对他回答。

"你们那儿工作情况好吗?"居辽同志再次询问。

"噢,工作!居辽同志,自从您走了以后,竟发生了好几件令人感到不愉快的事情……"

居辽同志心情很不平静地从铺垫上坐起来。可能发生什么事情?!这个达奇说些什么?!

"从上面来了个工作组,这个工作组在此之前已经等了些时候了。我们跟工作组聚在一起差不多有三次,被白白地问了一大堆问题。"

"一些什么问题?"居辽同志问。

"嗬,什么问题!我们如何指导文化—艺术活动,在指导文化馆和文化之家时我们采取了什么样的新工作方法,我们都学习、研究了一些什么,我们出差时都如何活动,我们对一些什么问题作过分析,我们办公室里的气氛具有什么样的精神……跟您说什么好呢,居辽同志!"达奇说。

居辽同志若有所思地站在那里,然后双手搭在脊背旁边,开始在阳台那么一块小小的地方踱起步来。

"那你们对工作组都回答了些什么?"他问。

"回答了些什么?所以我来了。阿拉尼特给我们的全部工作抹黑，他给您贴了好几个标签，这些东西我不能告诉您，居辽同志。"达奇说。

居辽同志重新在卧垫上挺起身，开始烦躁地颤动起大腿来。

"达奇，说说看，不要害怕！居辽同志一边颤动腿，一边命令达奇。

"唉，我说居辽同志！他说你是一个没有能力的人，思想干瘪的人，粗心简单的人，懒惰成性的人……我说不出来了，居辽同志，请您原谅我……"达奇说，两片嘴唇直打哆嗦，就好像是哭泣之前先哆嗦的小孩子一样。

"工作组有几个人？"居辽同志问，把从达奇嘴里听到的那些侮辱性话语放在一边不去管它；那些话语是他的无耻至极的反对者在人们中间散布的。

"七个人。"达奇慢慢地说道，声音很小，勉强听得到。

"阿蒂拉！"居辽同志突然喊道。

"在这儿！"阿蒂拉从屋里答话。

"把裤子、衬衣、领带和上衣给我准备好！"

"怎么回事儿？！"她问。

"快！"

"爸爸？！……又病了？！……我也去！"阿蒂拉大声说。

"是另外一个问题。"居辽同志说。

"唔，差点儿吓着我！"阿蒂拉平静下来了。

居辽同志进到屋里，开始更衣。达奇低着头，心里很难过地和我坐在一旁。

"唉，是我打扰了居辽同志！我破坏了他的休假，可是，我别无办法。阿拉尼特和他的伙伴给咱们的工作抹黑，降低居辽同志的威望。"达奇说。

我没吭声。我知道，这样的一件事儿是要发生的，等工作组来已经有些时候了。

居辽同志穿好衣服，告诉阿蒂拉不论是当天夜里，还是第二天夜里，都不要等他。还嘱咐她不要担心，他和达奇在一起，撂下他正在休假的宾馆，因为在他面前有些重大问题需要解决。

6

居辽同志出发到地拉那去处理这件事儿，在海滨浴场引起了巨大的反响。我们有选择地组成的小集体——评论家米特洛·卡拉巴达奇和扎依姆·阿瓦吉，作家亚当·阿达希和科莱奥巴特拉，开始多方面、多角度地评论居辽同志突然离去这件事儿。他紧急离去引起的反响从这个伞棚传到另一个伞棚，而且还伴随着热烈的讨论。多数的评论都贴这个边儿：居辽同志为接受驻外大使的任务被叫到外交部。居辽同志的最大的爱慕者之一——评论家扎依姆·阿瓦吉做出几个含义丰富的动作，给人的印象是，一切事情他都知道。

"我事先估计到了。"他说。

而米特洛·卡拉巴达奇确实是相信总的舆论，但他作的一个评论却与别人不同。

"其实，"他说，"安排居辽同志到大使的岗位去工作，从担负的职务上来讲并不是提升，而是降低。居辽同志今日的岗位，要比大使的岗位重要得多。"

作家亚当·阿达希的想法与评论家米特洛·卡拉巴达奇的想法相吻合，而科莱奥巴特拉却坚决地反对卡拉巴达奇。

"大使的岗位说明的情况与此相反。居辽同志在职务上是提升。荷兰是一个发达国家，有伟大的文化，有先进的经济。任命居辽同志到荷兰担任大使不是一件偶然的事情。他在精力上有着巨大的潜力。您知道担任驻荷兰大使意味着什么吗？"科莱奥巴特拉说着收缩了一下她那两片好像刚刚绽开的小百合一般的小嘴唇。

唯独阿蒂拉坐着不吭声，甚至挺难过地待在她那玫瑰色的伞棚下边。她倾听着这些评论,将它们用上腭下面分泌出来的唾液吞下去,望着蔚蓝的大海,在那里漂荡着一艘白色的轮船……

"我感到奇怪,阿蒂拉你为什么不高兴。"科莱奥巴特拉一边说,一边把她那纤巧的小手温柔地放在阿蒂拉巧克力颜色的大腿上。

阿蒂拉不说话,亚当·阿达希来帮她的忙了:

"每件好的事情还有它坏的一面。"他说。

"什么坏的方面,亚当?"科莱奥巴特拉问道,然后闭上了小嘴唇,那模样犹如草莓晚上把花瓣合上时那么妩媚动人。

"阿蒂拉有小孩在上学读书,她去荷兰,可是得把孩子留在国内。"亚当·阿达希说。

"我没看到有多大不放心的事儿,把孩子放在妈妈那里,留在亲戚身边不就得了。"科莱奥巴特拉说。

米特洛·卡拉巴达奇和扎依姆·阿瓦吉开始拉起另一个关于荷兰文学的话题。他们提到小说家冯德尔·约斯特·凡·登和诗人马尔斯曼·亨德立克,后来还谈到了小说《德国女仆爱尔兹·波勒》的作者西蒙·费斯特代克。最后,以谈论诗人埃·荷尔尼克结束话题。

阿蒂拉坐在伞棚下边,心里很烦躁,露出愁闷不乐的神情。最后,她站起来,自己到海里洗浴去了,科莱奥巴特拉目送着她。

"我不相信阿蒂拉将会很自豪。"她说。

我淡然一笑。

"戴木克,你为什么笑?"科莱奥巴特拉火气又来了。

在生气的时候,她显得更加俊美。噢,她那两片动人的小嘴唇哟!

"您笑我。"我说。

"居辽同志是否要把你也带到荷兰去?"米特洛·卡拉巴达奇抢着说。

"居辽同志将随手携带一个荷兰文学专家去。"我以讥讽的口气说道。

亚当·阿达希嘴角露出微微的笑容。

7

当居辽同志从地拉那回来的时候，大家都想知道，是什么原因促使他那么紧急地被叫到地拉那，究竟出了什么事情。米特洛·卡拉巴达奇和扎依姆·阿瓦吉两个评论家，为了寻找到一点儿秘密，宛如人造卫星绕着地球运转那样，围着阿蒂拉身前身后地转悠。他们不敢直接地向居辽同志打听，而是想通过他妻子间接地把一切都弄个明白。众所周知，在最古老的时候，女人是情报的一个最大的源泉。米特洛·卡拉巴达奇和扎依姆·阿瓦吉希望居辽同志去荷兰出任大使。这有它自身的原因。他们从什么地方听说过，居辽同志曾要求把他们两个拉到他身边做文化和艺术工作的顾问。假如居辽同志将去荷兰当大使这个话是真的，那样的话，米特洛·卡拉巴达奇和扎依姆·阿瓦吉当顾问的后备资格自然而然地就将落空。也许接着阿拉尼特就要走上居辽同志所占有的岗位！嘻，阿拉尼特，有着那样一种怀疑成性的心理，永远也不会接纳著名的评论家！

科莱奥巴特拉对此事也很关心，居辽同志不要离开他的岗位，尽管她把荷兰也当做一种大事儿。居辽同志曾对她许过愿，要送她到高等艺术学院当教师，讲授表演技巧课。他把科莱奥巴特拉看做在戏剧方面具有真才干的女人，所以她便开始更多地接近居辽同志。她相信他比阿蒂拉能更容易一些告诉她一点儿秘密的事情，因为不管怎么说，他是个男人，而男人在一个漂亮女人面前总是要妥协的，这是众所周知的。科莱奥巴特拉是了解她的威力的，虽然她并没有低估居辽同志那崇高原则的屏障。

只有作家、剧作家亚当·阿达希口头上说他在居辽同志这个人物身上搞侦探不感兴趣。如同往常一样，他默默无声地坐着。这种沉默也激怒了科莱奥巴特拉，甚至有一次她竟然发了火，大声地对他说：

"你从来都不关心我!"

作家亚当·阿达希抬起他那宽大的额头,阴郁地盯了妻子一眼,没有搭腔。这么一来,她便三倍地发起火来:

"你只关心你的典型和人物!"妻子大声嚷嚷,用她那娇小的拳头捶打着沙滩上细细的沙子。

亚当·阿达希冷冰冰地说:

"不要用拳头打沙子。"

"我还要打!"科莱奥巴特拉说,继续用拳头唧唧地捶打着。

"不要用拳头打沙子!"作家亚当·阿达希重复道。

"噗!"评论家扎依姆·阿瓦吉发出怪声。

"不要又出怪声'噗'!"科莱奥巴特拉说,不再捶打沙子了。

进行这番交谈的时候,居辽同志不在场。不在场的还有阿蒂拉。天空阴沉沉的,正等着雨水的降临,人人皆知,在海滨浴场下雨是人们很不喜欢的事儿,就像在玉米地和西瓜地里不喜欢下雨一样。

"可是,今天我怀疑……"米特洛·卡拉巴达奇说。

"你怀疑什么?"扎依姆·阿瓦吉问

"怀疑他。"米特洛·卡拉巴达奇说。

"噗!"扎依姆·阿瓦吉又出怪声。

"不要'噗!噗!'地出怪声!"科莱奥巴特拉急赤白脸地说。

"我怀疑,居辽同志不是去当大使,我看他那个样子好像是心里有愁事儿。Q同志今天对他也非常冷淡……假设居辽同志是去当大使的话,Q同志就将要笑容满面,而且还要说笑话。"米特洛·卡拉巴达奇说。

"有可能是居辽同志自己不接受任命,所以Q同志才那么心事重重、闷闷不乐。"评论家扎依姆·阿瓦吉插话说。

"唔,且慢,且慢!不接受任命!我真觉得你奇怪,扎依姆·阿瓦吉!你是个评论家,却缺少聪明劲儿!"科莱奥巴特拉说。

"噗!"扎依姆·阿瓦吉出怪声,以此代替说话。

"不要出怪声'噗'!"她发出威胁。

这时候,从我们身后传来一支悠扬动听的曲调,那是时下流行的一首爱情歌曲的曲子,是有人吹口哨吹出来的。我们回头扫上一眼,正好看到居辽同志向我们走过来。

"你这个米特洛·卡拉巴达奇,说居辽同志情绪不好,心里有愁事儿,可他却吹口哨,吹一首歌的曲子。"科莱奥巴特拉说。

"唏!"亚当·阿达希不满意妻子这样说话。

居辽同志终止了口哨声,兴高采烈地向我们问好,然后坐到我们小集体待的这块地方的前头,靠在科莱奥巴特拉身后。

"这天气,给咱们变坏了!"他说。

"真是的,给个好天气有多开心,雨水叫人受不了!"科莱奥巴特拉一边说一边整理长袍式的浴衣,她古铜色的胳膊稍微碰了一下居辽同志的肩膀。

"我要说恰好相反,下场雨对农业有好处。你是想象不到雨水将会带来多少好处。下一场雨玉米的单位面积产量将翻一番……更不要说给畜牧业将要带来的益处了。草都干枯了,弟兄们!"居辽同志说。

"这话对。"评论家扎依姆·阿瓦吉说。

"可不是嘛,我们有时只从个人利益评论事情。"科莱奥巴特拉说。

"艺术家首先应该是公民。"居辽同志说,玉米秸忍受着干旱的煎熬,它卷起了叶子,如同孩子一样要水喝:'水!给我水!'作为艺术家,你也应该可怜这受干旱之苦的玉米秸。咱们修了很多水渠,干旱不会像从前那样,成为一个全国性的灾难,可是,咱们还有浇不了水的田地,因为那些田地是在丘陵山坡上。现在,咱们躺在沙滩上,看到布满阴云的天空感到痛苦。可是那些农民却很溺爱云彩,他们对云彩说:'云彩,云彩,你像糖果、点心一般招人爱!'"

听了这番高谈阔论,大家都闭口无言了。这雨将科莱奥巴特拉置于尴尬的境地。她的丈夫阿达希生气地注视着她。这目光是一种及时的责备，因为她显得轻浮，不希望下雨，而土地却是那样地渴望得到水喝。为了叫妻子摆脱这种尴尬难堪的境地，很少第一个讲话的亚当·阿达希说道：

"居辽同志，您常常被迫打断休假，我相信您的工作是非常忙的。"

居辽同志抓起一把沙子，一会儿放到这只手里，一会儿放到另一只手里。

"客观地说，我工作相当忙，到这儿来休假出乎我的意料。瞧，后天我又要被迫去地拉那。要来一个由挪威朋友组成的代表团，我有义务接待这个团……这是肯定无疑的，休假又得中断，还要接受采访，那你怎么办！"居辽同志感叹道。然后，他冲着我说，"戴木克，昨天晚上，为了那个课题我一直工作到后半夜两点钟。"

"那您熬夜熬得太晚了！"我说。

"确实是这样。"他说。

"我和亚当看见您的灯一直亮着。亚当因为在构思一篇新的短篇小说的情节睡不着觉，我们走到海边上，从那儿看见您的窗户里亮着灯，已经是后半夜一点钟了。"科莱奥巴特拉说，然后转身对着她丈夫讲，"亚当，是这样吧？我们甚至为您感到遗憾，亚当也说您太累了……"

"是这样，是这样。"亚当·阿达希说。

居辽同志站起来，把我拉到一边，同时还请求我们这个受尊敬的小集体原谅他。我们俩到离我们的同志稍远一点儿的沙滩上躺下来，开始小声地交谈：

"我给那个阿拉尼特上了很好的一课！工作组去咱们那儿是为了帮忙，可他却开始给咱们的工作抹黑。和他黏在一起的还有个巴基里。我感到很遗憾。我命令他们改邪归正，不要干诬蔑人的事情。我现在就来作结论：阿拉尼特是个野心家，他做一切事情都是为了地位，对现有的位置他很不满足。谄媚之情把他挑动，嫉妒之心瞎了他的眼睛……"居辽同志说。

我准备对他的话作出回答,从躺着的地方挪动一下身子,站起来一半,掸落掉胸前汗毛上的沙子,开始讲出一句话的前几个字,居辽同志就打断了我的话:

"戴木克,我知道你要反驳我,但我希望你相信阿拉尼特是个野心家。"

"我不相信。"我迅捷地说道,因为我不愿意叫他再打断我。

"你会相信的!"他说。

我们这个受尊敬的小集体默不作声地注视着我们俩。米特洛·卡拉巴达奇和科莱奥巴特拉聚精会神地听着,竭力想抓住某句话。居辽同志特别小心谨慎。

"算了,没什么!我跟你说的这些,可不要当做咖啡馆里扯闲篇的话讲出去!"

我没吭声。

"可是,我觉得有点儿不顺的事儿,戴木克,是为了好还是为了坏,我不知道。是有点儿不太顺的事情。"居辽同志说。他为之感叹。

感叹之后他站了起来,我们又与我们这个受尊敬的小集体聚会在一起了。

8

"请你们原谅我。"居辽同志说,"我和 Q 同志一起有一件紧急的工作要做。"

他站起来,来到沙滩正中间。没有很多人了,因为天空已经布满了雨云,海里偶然有一个年轻的小伙子独自洗浴。我们望着居辽同志歪着头、步子沉沉地朝前走,好像陷于沉思默想的哲学家。科莱奥巴特拉怀着深深的欣赏之情目送着他。她说居辽同志是罕见的给她留下深刻印象的人当中的一个,甚至还说如果她不是在公众中享有很好的名声的亚当·阿达希的妻子,那就有爱上居辽同志的危险。听到这些话之后,亚当·阿达希的脸上犹如放雾的天气一般,变得阴沉沉的一片昏暗。而评论家米特洛·卡拉巴达奇和扎依姆·阿瓦吉却是相顾而视,而且还毫无恶意地会心地笑了起来。

"不要笑!"科莱奥巴特拉说,"假如您是一个女人,我的话就不会叫您发笑,而是要叫您连声叹息。"

"唏!"作家亚当·阿达希带着一张雾气蒙蒙的脸发出"唏"声。

"不要发'唏'声!"科莱奥巴特拉说。

"我发'唏'声是因为我看到你配得上这声'唏'。"亚当·阿达希说。

"你从来就没有尊重过我的想法!"科莱奥巴特拉说,开始挥动拳头捶打沙子。

作家亚当·阿达希说:"不要用拳头打沙子!"

"我还要打!"科莱奥巴特拉说着就啷啷地打起来。

"不要用拳头打沙子!"他慢慢地重复说,但那是怀着克制住的怒气讲出来的。

"亚当,让她打好了!"评论家米特洛·卡拉巴达奇说。

"她打沙子,可是倘若潜藏在沙子里的一块碎玻璃碴儿扎进肉里,然后我们就要迫不得已地给她打破伤风预防针。"亚当·阿达希平静地说。

惊慌的科莱奥巴特拉立刻把手从沙子上抽回来,评论家扎依姆·阿瓦吉又发出"噗"的怪声。

"不要'噗'!"科莱奥巴特拉说。

这时候,我们看到阿蒂拉一个人从"克鲁雅"宾馆的台阶上走下来,迪奥金也跟在她的后头。她高高地昂起秀美的、豪情十足的头,稳健地走着。

"她来了。"米特洛·卡拉巴达奇说。

"她今天到海滩出来得晚。"扎依姆·阿瓦吉说。

"何必早出来？您没看见这是什么可怜的天气？"科莱奥巴特拉说。

"不要说'可怜的天气'！"亚当·阿达希训斥她。

科莱奥巴特拉想再威胁一下她的丈夫，可是没有时间了，因为阿蒂拉领着她的儿子来到了他们面前。

"唔，阿蒂拉，我们真想您呢！"她说。

"嗐，我来迟了，因为迪奥金缠着我有事儿。"阿蒂拉说。

"那是，那是！"评论家们肯定阿蒂拉的话。

阿蒂拉和迪奥金在我们的圈子里坐下了。迪奥金和我握握手，脸上露出微微的笑容。

"迪奥金成了大人儿了。"科莱奥巴特拉说。

"是啊，他长大了。"阿蒂拉说。

"音乐方面进展得怎么样？"评论家米特洛·卡拉巴达奇问道。

"他开始创作另外一部交响乐了。"阿蒂拉笑呵呵地说。

"是这样吗？"评论家扎依姆·阿瓦吉问。

"不是交响乐，妈妈，是组曲。"迪奥金纠正自己妈妈的话。

"对不起，是组曲！"阿蒂拉说。

"对这些能作曲的孩子我多感兴趣啊！"科莱奥巴特拉说。

"在儿童时代作曲，这是罕见的事情，对迪奥金的期待是很多的，天才应当予以培养。须知在音响中形成的联想，音乐语汇中的潜力，都是很难掌握的，因此，在这些孩子中经常诞生大音乐家：贝多芬、柴可夫斯基、格林卡、莫扎特……"评论家米特洛·卡拉巴达奇以一种准确无误的专家的权威派头说道。

迪奥金高兴地听着，尽管并不懂音乐词汇中的术语。可是，这些术语米特洛·卡拉巴达奇却驾驭得非常轻松熟练。

"妈妈，爸爸到哪儿去了？"迪奥金问。

"不知道。"他的妈妈说。

"原来和我们在一起，一刻钟以前他离开了，因为他和Q同志有一件工作要做。"科莱奥巴特拉说。

"有一个会见。"阿蒂拉冷淡地说。

小孩子有非常锐敏的眼睛。生活没有劳累他们的眼睛，也没有让他们的眼睛失去光泽。迪奥金从老远就辨认出他的父亲，于是便喊叫起来：

"爸爸和 Q 伯伯在一块儿！"

真的，在海边，离波浪非常近的地方，居辽同志和 Q 同志正在散步。我们的小集体开始关注这两个散步的男人。阿蒂拉显得相当冷淡，漠不关心。也许和居辽同志在一起已经劳累了，居辽同志每一天的活动、与人会晤的事情都排得满满的。

这两个男子汉，向我们的方向走来的时候，操起了胳膊，接着就进到海水里了。他们在水中走了好长一段距离，然后躺在水里开始游泳。Q 同志游在前面，居辽同志跟在其后。

"他们游得有多棒！"科莱奥巴特拉说，她在想着心事。

"居辽同志是一位出类拔萃的水手。"米特洛·卡拉巴达奇说。

"爸爸只要想超过去，就能游到 Q 伯伯的前面。"迪奥金说，眼睛盯着两个游泳者。

两个水手向水深的地方游去，居辽同志落在了后头，比任何一次落后的距离都远。可是，他还是坚持不懈地跟随着自己的同伴儿。我的目光无意中与阿蒂拉的目光相遇在一起了，她的面孔为之一红，看不见的神经在嘴唇的一角抽搐了一下，就像那天在橡皮筏子上那样。

两名水手只把两个头露在水皮上，远远望去，好像两个黑点儿前后间隔一定的距离漂动着。阿蒂拉如坐针毡，很是不安。最后她站了起来。

"哇，我忘记把电棒从插头上拔下来了！"她喊叫道。

然后，她向迪奥金点头，示意离开。接着，她一边跟我们打招呼问好，一边走了。迪奥金也跟在她的后头。

"这个人出什么事儿了？"科莱奥巴特拉说。

"你没听到她说忘记把电棒从插头拔下来了吗？"亚当·阿达希说。

"不是电棒的事儿,是有点儿别的什么事儿。"

"唏!"亚当·阿达希又"唏!"她一声。

这时候,天空自然地发出隆隆的雷声。

"我们起来吧,暴风雨就要来了!"评论家米特洛·卡拉巴达奇说。

居辽同志和Q同志也迅速地从海里往回赶。

我们刚站起来,头一阵雨点就劈头盖脸地打了下来。那些雨点又大又重,穿进海滩干渴的沙子里。

居辽同志晒破了皮肤

1

　　科莱奥巴特拉坐不稳站不牢。两位评论家米特洛·卡拉巴达奇和扎依姆·阿瓦吉小声地喊喊喳喳,表露出极大的遗憾之情。不安的气氛在整个海滨浴场的人们中间逐渐地扩散开来。"这怎么说的,居辽同志出什么事儿喽!怪不得咱们看见他那么闷闷不乐、抑郁伤心呢!嗐,真是的,咱们怎么就没在意呢!咱们要是及时发出警报,恳求他不要到太阳下边去就好了。"

　　这些痛苦之言成了人们的口头禅。不过,通过这种痛苦却显出人们对居辽同志一种深深的爱。

　　出什么事儿了?居辽同志整个脊背的皮肤都被火辣辣的太阳晒爆了皮。不仅是晒爆了皮,而且都晒红了,晒肿了。甚至晒爆皮的面积都扩大到肚脐和夹肢窝了,以至于弄得他心烦意乱,他的身体和心灵很不得安宁。

　　"我为居辽同志感到非常遗憾!"伤心的科莱奥巴特拉一直把这句话挂在嘴上。

　　只有作家亚当·阿达希不吭一声,表现出习以为常的冷漠,对居辽同志的阳光照射病不予以一点儿重视。每当他妻子发出感叹,表达她真诚的遗憾之情时,他就满脸阴云密布,鼻孔里喘粗气。

"真糟糕!我找不到那种意大利药膏了!咱们要是给居辽同志往脊背上抹一抹,他立刻就会治好病。"我们在沙滩上坐着的时候,科莱奥巴特拉说道。

"唏!"满脸晦气的亚当·阿达希又发出怪声。

于是,科莱奥巴特拉好像一条母老虎一般,以一种对自己丈夫严厉威胁的口气急急忙忙地说道:

"你在长心的地方有一块锉石!你用这块锉石锉伤了我的心!"她说,同时攥紧拳头,在她那两条秀美动人的双腿中间捶打起沙子来。

让我们大为惊奇的是,亚当·阿达希并没有像经常那样说:"不要打沙子!"而是说:"打吧!"

科莱奥巴特拉落得茫然不知所措,拳头搁在沙子上。她向我们大家环视一番,说:

"你们大家都听到了吧?"

扎依姆·阿瓦吉又来了一声"噗!",可是科莱奥巴特拉没有听见。她把头转向一边,郁郁寡欢的愁绪笼罩着心头,活像个受了训斥以后抽抽搭搭地哭泣的孩子。我们如同孩子一般玩着沙粒儿。一般来说,在海滨浴场男人和女人都返老还童了,像小孩子似的。在沙滩上躺着是一种游戏,到海水里游泳是一种游戏,只穿着泳衣在岸上奔跑是一种游戏……夏季里小孩子在海滨有成百上千个伙伴儿。他们的母亲和父亲,母亲和父亲的朋友,对于他们来说都是伙伴儿,因为那些人都回归童年,变成了孩子,因此孩子们如同所有的人一样地笑啊,登高啊。所有的孩子万岁!这不是我的想法,这一想法是几天以前居辽同志在宾馆的阳台上观赏宽阔的海滩上赤身裸体的人们,通过评论的方式表达出来的。不过,裸体的成年人与裸体的儿童在身体和精神方面有着一些区别。第一,成年人个子高,有的脸上有皱纹,有的掉了头发。第二,成年人进行的争执是严肃的,这一争执是为居辽同志的事情引起的。居辽同志自身的皮肤一半晒破了,晒肿了,可是,亚当·

阿达希却漠不关心，无动于衷。作家在毁坏自己！作家对于别人的皮肤应有灵敏的反应，予以同情，甚至说，假如有人要从一百米的地方在某人的皮肤上打洞，作家就应该冲上去，而且要大声疾呼："喂，救人啊！"

2

烦恼、痛苦的科莱奥巴特拉站起来，向她的丈夫投来一瞥蔑视的目光，用手掌拍打匀称丰腴的胯裆和大腿，抖搂掉沙子，带着一种跨越粗鲁的自豪感离开了。

"噗！"评论家扎依姆·阿瓦吉发出怪声。

"虽然如此，可她毕竟是我的老婆，我不允许你'噗！噗'地出怪声。"作家亚当·阿达希声音嘶哑地说，似乎他吸了一公斤特有冲劲儿的烟叶。

评论家扎依姆·阿瓦吉不做声了，因为亚当·阿达希不是那种体格柔弱、身单力薄的作家，他很像体力旺盛时期的拳击运动员奔威努迪。亚当·阿达希真的是作家，懂得用笔头写文章保卫自己，也懂得用另外的办法自卫。您懂得另外的办法是什么意思吗？扎依姆·阿瓦吉记得，亚当·阿达希在高兴的状态下（喝酒时）曾打倒过两个最有名的诗人和一个知名的民间文学搜集者。

"科莱奥巴特拉去取意大利药膏去了。"评论家米特洛·卡拉巴达奇说。

亚当·阿达希没说话，对米特洛·卡拉巴达奇的话没有反应，仿佛他根本就没听到人家说的那些话似的。

扎依姆·阿瓦吉凑到我跟前，慢声细语地对我说：

"阿蒂拉没跟你说点儿什么事儿？"

"说什么事儿？"

"他说梦话，睡梦中醒来一直走到阳台上。向海上望上一眼，同大海交谈，然后又回到屋子里，好像梦游症患者。也许是皮肤晒伤受刺激而造成的后果……"扎依姆·阿瓦吉说。

"可能吧。我不知道。"

这时候，我们看到居辽同志和科莱奥巴特拉走过来了。居辽同志肩上搭一条绿色的大浴巾，浴巾的两角一直耷拉到腿上。科莱奥巴特拉同他交谈着，脸上露出笑容。居辽同志不断地点头，对她的话表示肯定。

亚当·阿达希低着头，用厌恶的目光注视着她。从外部面容的表情来看，好像他十分地生自己妻子的气。

居辽同志和科莱奥巴特拉在我们旁边坐下来，皮肤略黑的美人宛如一名胜利者一般向四周张望。

"休息得怎么样？"居辽同志一边用手把住披在肩膀上的浴巾，一边问。

"太美了！"米特洛·卡拉巴达奇说。

"是这样，是这样！"居辽同志说。

"您的皮肤被晒爆了皮，情况挺不好，居辽同志。"作家亚当·阿达希突然说。

科莱奥巴特拉以讽刺的眼光注视着他。

"噢，不说这个，不说了！疼得好厉害，更不要说神经恶化的程度了。从解剖学方面人们可以知道，在皮肤下面有成千上万条线状的东西通过，这些线状物叫做神经。"居辽同志说。

扎依姆·阿瓦吉望着我，用胳膊肘碰了我一下。

"你看到我跟你说的是怎么回事儿了吧？"

"有可能。"

科莱奥巴特拉从原地挪动了一下，在用一块包袱皮儿包起来的东西当中取出一点儿东西，那是一袋药膏。

"居辽同志，我有一种防晒伤、烫伤的药膏。"她说。

"噢，我见过多少药膏！都不管用。"居辽同志说。

"这个药膏是意大利的,治烧伤、晒伤专用膏。"她说。

"噢,资产阶级用这些药膏也一事无成!笑话!纯属商业广告!"居辽同志挥手说。

科莱奥巴特拉心里难过极了,眨了眨眼,扇动着两条燕翅一般的睫毛。她那光滑、细嫩诱人的小手紧握药膏,哆嗦着。

"咱们来试试吧,居辽同志。您在受苦遭罪,跟您一起受苦遭罪的还有我们。您没被太阳晒破皮肤的时候,咱们有多么高兴啊!咱们说笑话,开心地欢笑……"科莱奥巴特拉说。

居辽同志软下来,妥协了。跟女人不妥协的那种男人是什么人!找一个最粗野的男人,把他放到一个女人面前,您就能看到,这个男人将变成一只小羊羔。我发誓,他将会发出咩—咩—咩的叫声!

"那么说?"居辽同志说,望望我们大家。

"把浴巾放到一边去,我来给您抹一点儿这种绝妙的药膏。"科莱奥巴特拉高兴地说。

居辽同志把浴巾搁在一边,转过身去,将脊背冲着科莱奥巴特拉。大家惊奇地叫了一声:"哎呀!"肩膀后面出现了好几大块伤痕,夹肢窝下面的皮全掉了,形成了几块肿包。科莱奥巴特拉喊道:

"哎哟哟!我说居辽同志,对您的健康有多无情啊!一个人可能有很多工作,可以无止无休地辛苦受累,可是,不应该把自己的身体折腾到这种地步!我们普通人一根手指受点儿伤还觉得疼,还要哭叫呢!"

科莱奥巴特拉用食指推挤了一下药膏皮,将药膏挤出来,先抹在肩胛骨部位,然后便用她那柔嫩软绵的小手在居辽同志的肩膀上抚摸起来。居辽同志稍微抖动了一下,因为不管科莱奥巴特拉的手有多柔软,总还是要给他造成一点儿疼痛的。

"慢点儿!"亚当·阿达希说。

"我知道!"科莱奥巴特拉说。

"噢!"居辽同志叫了一声。

"请您原谅我，居辽同志！"科莱奥巴特拉说，开始更加轻柔地抚摸。

她的手延伸到居辽同志肩膀下面的时候，阿蒂拉穿着一件新浴衣来了，一开始，她为一个年轻的女人为她丈夫按摩感到很惊奇，可是，后来她却哈哈大笑了。

"我知道科莱奥巴特拉有一双柔软的手，可是我不相信她用这双手的技艺是那么高强。"阿蒂拉一边说，一边欢天喜地地坐下来。

"你看见了！"居辽同志笑着说。

"所有的人都为居辽同志担心。"米特洛·卡拉巴达奇说。

科莱奥巴特拉的手无意中伸到居辽同志的腋下。这会儿居辽同志憋不住了。他向上一抖，"嘿嘿"地笑起来，声音有高有低，起伏不平。是科莱奥巴特拉把他胳肢笑的。我们整个集体的人都笑了。阿蒂拉的脸色红了起来，咬着嘴唇。

"请您原谅我，居辽同志！"科莱奥巴特拉说。

居辽同志安慰她：

"没关系。我整个皮肤都处于紧张状态，在没有晒伤的地方，你的手一放上去，我就被胳肢得要笑。没什么，按摩到这儿，行了……"

"您前身还有晒伤的地方。"科莱奥巴特拉手里拿着药膏说。

阿蒂拉脸上露出不平静的表情。她咬着嘴唇，眼睛往地上看，我明白她是想要对科莱奥巴特拉说上几句讥讽的话，但是礼貌不允许她那样做。

"这会儿你把药膏给我，前面我自己来抹，后腰上我自己抹不了，手够不着……"居辽同志说。

他接过药膏，向阿蒂拉瞄了一眼。

"你是不是要给我抹一抹，阿蒂拉？"居辽同志像个罪犯似的问道。

"不。"阿蒂拉冷冰冰地说。

"你是对的，完了还得用肥皂洗手，因为手上有药膏，能沾上沙粒儿。"居辽同志说。

阿蒂拉没有回应他的话。他开始自己往前身抹药膏。

3

晚上，居辽同志觉得自己轻松多了，科莱奥巴特拉的药膏确实不错。既然晒伤的皮肤对他干扰不大，于是他决定和我一起喝点儿咖啡。

这是一个有点儿热的夜晚，刮着轻轻的小风。我们在一张蒙着浅色桌布的桌子旁边坐下来，要了两杯咖啡和两杯汽水。我们二人都没有妻子在身边。一种莫名其妙的沉默攫住了我们。我们愿意默不作声地坐着，只倾听海浪哗哗的撞击声。

我在琢磨着一个久已在心的想法。这一想法我从来没对居辽同志表达过，虽然有好几次我曾准备跟他说一说。这天晚上，那个旧有的想法，又萦绕在我的心头，但没找到机会对他诉说。我对我的工作已经厌烦，此事我早已有所感觉。我觉得我每天都在消耗自己，从这种消耗中我是一无所得。我回到了一台既不是铁制的，也不是木制的，而是用肉和血制成的机器里。这台机器的启动器，我的脑子，每天都在工作着，造出种种语句，这些语句像是传送机似的，一句跟着一句传送着，制造成产品；这些产品称作报告、发言、公报、总结……

我坐在居辽同志身旁的椅子上，凝视着大海。在很远的地方有一盏灯闪闪地亮着红光。在这漆黑的笼罩着海水的夜色中。红光时而闪闪发亮，时而悄然地消失。在海港那里，在一艘外国的轮船上，闪烁出点点灯光，也许是海员们在为他们当中的一个伙伴祝贺生日。

女服务员把两杯咖啡送到我们面前。两杯咖啡并没有唤起我们交谈的兴趣。

居辽同志向阳台最远处一角的一张桌子投去一瞥目光，转过头朝那边看了一会儿，若有所思地说道：

"有的人被工作弄得厌烦了，坐在那张桌子旁边的那个人调动工作有十来次。"

我转过头向那边看,发现了一位胖乎乎的男人,此人从前我不认识。

"还有我,居辽同志,我想把我的工作换一换,我心里烦得慌。"我趁机说道。

他的脸上现出愁眉苦脸的表情,甩了一下右胳膊。

"噢,戴木克,我来给你讲一个日本童话:从前,在很早很早的时候,有一个人要寻找一个轻松的工作。那些工作有时显得很难,有时显得枯燥无聊。最后他听说世界上有一个海岛,那里生活着的人只有一只眼睛,而且那只眼睛是长在额头上。'那好啊,'那个人说,'假如能抓到一个长一只眼睛的人,领着他到每条街上去散步有多好!谁看见这个人,谁就得给钱,就像对那些手里牵着猴子或熊的人给钱那样。这能赚多少钱啊!'

"此人登上一条船,为了找到一只眼睛的人向大海出发了。

"他跑了好多地方,经历了许多奇怪的出其不意的事件,一直来到一个非常遥远的海岛。

"从岛上的一个大树林里走出来一个面目可憎、十分可怕的人,此人只在额头上长一只眼睛。

"旅行者很高兴。'现在,'他说,'我就要捉住这个胖家伙,把他放到船上。'可是,这个旅行者听到了什么呀!长一只眼睛的人向同伴们喊道:'喂,人们哪!喂,人们哪!从海上来到咱们这里一个长两只眼睛的妖魔!快来看啊,他有多奇怪啊!'于是,一大群额头上长着一只眼睛的人跑过来,捉住了旅行者,把他扔进了树林里。这些人对旅行者感到特别奇怪,拉起他的手,开始向其他人展示这个怪物。看到怪物的人,都要解囊交钱。每个观众都高兴地掏出了一块银币。"

讲完童话,居辽同志说:

"喂,戴木克,你听到了吧?"

我惊奇得目瞪口呆，点头称是，真是钦佩居辽同志的聪颖多慧。

我们忘记了咖啡，那咖啡都凉了。我们这张桌子又沉浸在静谧的气氛中。看起来，那天晚上居辽同志不想谈论琐碎的小事儿，而他的沉默不语却让我心里不安。

于是，我的心思又转到科莱奥巴特拉那里。如果她在我们当中，这张桌子就会活跃起来。

"嗐！"居辽同志感叹道。

"怎么？"

"啥事儿也没有。"居辽同志说。

这张桌子旁边又变得鸦雀无声。从这个宽大的阳台的一侧传来了乐队的演奏声。演奏的是一首新的乐曲。居辽同志用手指敲着桌子。

"戴木克。"他对我说，"我们没有别的人在这儿挺好。"

这话叫我感到奇怪，因为出乎我的意料。话音中我体会到一种我不能解释的疲劳感。即使在今天，当我记下这段话的时候，我也解释不了他不加提醒、突然说出来的这些话是什么意思。

"戴木克，"他又说，"咱们从传说中来，是的，是从传说中来，戴木克，咱们从那些可怜的东西中来。我的祖先，我的祖父，我的父亲都是在传说里的摇篮中摇晃着长大的。那摇篮是什么？是一块木头。对于轮船，我的祖父也多次反复地说：'噢，软木头，噢，干木头！'摇篮也是木头。可是这干木头是从哪里弄来的？是用粗大的黑松还是用粗大的山毛榉木制作的？传说的女儿——仙女们，在黑松林和小毛榉林中颤抖。黑松倒了，因为它被锯断了……黑松变成了干木头……干木头变成了摇篮……传说的女儿——仙女来了，站在摇篮的头前，唱着《催眠曲》。这《催眠曲》是个什么！传说，嗷，戴木克！我要说的是，我来自传说，我努力擦去灰尘编成这个传说……我甚至用装满了术语弹丸的双筒枪射击：辩证法、行动、变形、哲学—科学活动……可是，毫无用途！还是传说，我从传说中来，传说跟踪着我。

我成了传说之子。你给我写报告。这报告我自己也能写，可是生了我的传说不允许我那样干。'让戴木克去干吧！'传说对我说。我也对你说：'喂，戴木克，写报告！'"

"听我的，只有当咱们脱离了传说的时候，咱们才能安稳。"居辽同志把话说完了，把拳头也攥起来了。拳头放在桌子上，额头压着拳头，叹了一口气。咖啡杯就搁在散乱的头发旁边。我惊愕地看着他。

"居辽同志！"我终于不安地叫了他一声。

"干什么？"他一边说，一边慢慢地抬起头来。

"你是不是身体不舒服？"我问他。

居辽同志微微一笑，点头说：

"当人超出规格表达某一想法的时候，人们就要问他的身体……唉，我说戴木克！"他感叹道。

我们坐在那里，从离我们几步远，阳台栏杆的另一面，传来了一个女人的喊叫声。一个高个子、衬衫一直敞开到肚脐眼的男人在恫吓这个女子。她把手横挡在胸前，蹲着自卫。居辽同志看着我，然后看看两个厮打的人，接着急忙站起来，使足力气，一个高儿跳过阳台的栏杆，落在两个厮打者的面前。

"无耻！流氓！"他对敞开衬衣赤裸肚皮的人喊道。此人以一种挑衅的架势站在居辽同志面前。

"滚蛋！"居辽同志命令他。

"你滚蛋！"敞开衬衣赤裸肚皮的人回答道，而且还凑到居辽同志面前。于是居辽同志扭住对抗者的一只胳膊，猛烈进攻，在脸上狠狠地来了一拳头。敞开衬衣的人被打到一旁，拼命想反击，可是，居辽同志迎着他的面，朝鼻子又打了一拳。敞开衬衣的人仰面朝天地倒在沙地上，起不来了。居辽同志拉着姑娘的胳膊，走过阳台的台阶，同姑娘一起来到我坐着的桌子旁边。由于惊吓，我没能从原地站起来去帮助居辽同志。

"这么做不行，我说姑娘！"脸色发白的居辽同志说。

"我根本就不认识他……他把我摁倒在下面……谢谢!……"受了惊吓的姑娘结结巴巴地说。

敞着衬衣的人站起来,把手绢敷在鼻子上止血。他朝着我们的桌子瞟了一眼,嘴里嘟囔:"好,咱们走着瞧!"就这么一边说着一边走开了。

居辽同志蔑视地向他招了一下手。所有坐在桌子旁边的人都回过头看我们。然后,我们听到人们小声议论:"居辽同志给流氓上了很好的一课!"

我坐在那里完全惊呆了。从前我对居辽同志了解得是何等少啊!在他面前我曾是一点儿武装警备的意识都没有。

"走吧,姑娘,回家安安稳稳地歇着去,不要害怕!任何人也不敢碰你。"他说。

胆怯的脸色苍白的姑娘再一次表示感谢,然后,从阳台的许多桌子中间走了出去。

"唉,戴木克!"居辽同志说,"我不是跟你说了,咱们是来自传说吗?"

忧愁之事折磨着居辽同志

1

那天夜里发生的事件，居辽同志与敞怀穿衬衣的人的厮打以及他给予命运不佳的姑娘的帮助，在整个海滨浴场产生了巨大的反响，人们把这一行为解释为公民高尚的举动和彰显居辽同志青春活力的标志。只有在我们这个受尊敬的由科莱奥巴特拉、米特洛·卡拉巴达奇、扎依姆·阿瓦吉和亚当·阿达希参与的集体里，才有相当多的各不相同的解释。在我们的集体里，思想分为两类。一类以科莱奥巴特拉为首，同她团结在一起的是米特洛·卡拉巴达奇和扎依姆·阿瓦吉。他们认为，居辽同志作为一个有名望的人物，不应该降低自己，不应该和一个流氓打拳击。这一类人说，居辽同志他不需要亲自去打坏人，而应当指令他身边其他的人去干这件事儿，叫他们去救助不幸者。他们摆出理由说，对像居辽同志这样的一位"领导者"来说，他的行动不体面，有失尊严。跳越海滨浴场最大的咖啡馆阳台的栏杆（最具有文化素养的知识分子中的精英在此休养），跳越栏杆又以挥拳打人结束，这一切都表现了农民式的失衡，不讲分寸，缺乏文化教养和庸俗的粗野。

"哇！我不相信居辽同志竟和一个流氓交手厮打！这是失衡！"

科莱奥巴特拉抹了一把脸。可是，真实情况是怎样的呢，对于居辽同志的体力，她还有一种隐隐约约的好感，这种体力与那种智力是和谐的。

"如果流氓的毅力、脉冲力比居辽同志的大，那咱们就将要有一个富有戏剧性的严厉的结论。一个人对女人采取流氓行动，那他对居辽同志也将继续干出与这种行动有内在联系的事情。偶然性把居辽同志从羞耻中救了出来。"评论家米特洛·卡拉巴达奇说。

"噗！"评论家扎依姆·阿瓦吉又发出"噗！"的怪声。他又接着说："流氓与居辽同志的冲突表现出后者的精神危机。"

这是在科莱奥巴特拉引导下，我们受尊敬的小集体中的第一类人所作出的评论。由作家亚当·阿达希领导的第二类人所作的评论与第一类人的评论完全相反。亚当·阿达希以他那钢铁般的逻辑得出这样的论断：居辽同志首先是作为一个普通公民采取了这一行动，不吹嘘夸耀，也不妄自尊大。

"居辽同志，"亚当·阿达希说，"当他看到一个人的荣誉和尊严受到威胁的时候，说得具体一点儿，就是一个女人的荣誉和尊严受到威胁的时候，他便脱掉了一个'领导者'的衣服，撸起胳膊。这时他就恢复了原来的真面目，成了一个普通的人。你们在回想什么？你应当去打一个无赖，要他还债，怎么你要做一个不负责任的人吗？为了保卫一个命运不幸的人，一个牺牲品，一个领导者也可以去打一个流氓无赖。这里也存在着居辽同志的平易质朴。你们知道，我不是居辽同志的热烈崇拜者，可是，他的行为却叫我改变了看法，叫我崇拜他。你们明白这意味着什么吗？是一个五十多岁的男人把一个在摔跤和拳击方面训练有素的流氓打倒了，叫他躺在地上。我感到奇怪啊，扎依姆·阿瓦吉，你怎么能得出这样一个结论：'流氓与居辽同志的冲突表现出后者的精神危机。'我感到奇怪，真的，我感到奇怪！"

围绕着这一事件评论还在继续。这些评论还伴随着许多感叹号和责骂人的脏话。这些评论在热烘烘的沙滩上，在玫瑰色和绿色的伞棚下面，扯起来长达几个小时。只有在居辽同志和阿蒂拉来的时候，这种争执才算平息下来。居辽同志这会儿已经变了。他不高兴，若有所思地坐在那里。乍眼看去，给人留下一个人在心灵深处有着莫大的忧心事儿的印象。他好像听到了声音不算大的喧哗，从原地挪动了一下，向四周看了看。他似乎又听到有人在交谈，挺起身来发问："哦？"当他看到 Q 同志在远远的地方出现了的时候，便把腿收回来，像在沙滩上似的半挺起身子，讲道：

"Q 同志在散步！今天你们见到 Q 同志了吗？"

不过，这一忧郁不是长久的，居辽同志有过把一切事情都忘记的时刻。他趴在地上，脊梁对着天空，胳膊肘支撑着身子；身上披着浴巾，嘴里叼着烟卷。他就以这种姿势待在那里，思考着问题，什么也不说，对科莱奥巴特拉同他人展开的各种交谈他也不参一言。

2

有一回，当我们默不作声，在我们的伞棚下面坐着的时候，亚当·阿达希转身对居辽同志说：

"居辽同志，您给流氓上的那一课给我留下了深刻的印象。我想用这个情节写一篇心理短篇小说。"

居辽同志转向一边，向亚当·阿达希投去一瞥凝滞的目光，微笑着说：

"同流氓发生的那桩事儿，并不是什么英雄主义行为。我觉得要写成短篇小说材料不够……"

作家亚当·阿达希用手捏了一把沉甸甸的腮帮子，甚至还向后推了一下，他的脖颈就像我们搓手指时关节嘎嘣嘎嘣响那样，咯噔地响了一声。

"为什么材料不够？！一位领导，一位负责任的老同志打了一个肇事的流氓。"

我们的交谈戛然而止，Q同志从我们旁边走过。大家都站起来，他跟我们打招呼问好，没跟我们握手，然后走开了。居辽同志斜眼盯着他。Q同志对居辽同志的冷淡态度给大家留下了很深的印象。评论家米特洛·卡拉巴达奇和扎依姆·阿瓦吉互相凝目而视，他们的目光有着丰富的含意。科莱奥巴特拉眨巴眨巴眼睛，拄着一只手，心事重重地注视着居辽同志。

"我觉得Q同志今天特别心不在焉。我打赌，他肯定是有事儿，如果不是有什么重要工作，他不会是那样。只有重要工作才会弄得他惶惶然不知所措。"她说。

"你从哪儿知道的？"亚当·阿达希问。

"从他跟我们打招呼问好中注意到的。Q同志向我们打招呼问好不像以前那么热情。所以我说他心不在焉……"科莱奥巴特拉解释说。

"这倒是真的。"亚当·阿达希说。

居辽同志不爱参与这种交谈，他继续支撑着两个胳膊肘待在那里。

后来，他终于心情烦躁地站了起来，同时还说他要到宾馆的房间里去工作。

大浴巾的两端从肩膀上耷拉下来，看样子似乎随时都能碰到地面，扫着沙滩上的沙子。他慢腾腾地迈着步子，时而偏向这一边，时而又偏向那一边，评论家们带着异样的感情目送着他。这种感情讽刺的意味要比遗憾的意味浓重得多。科莱奥巴特拉不时地摇晃她那漂亮的脑袋，一次次地感叹着。

"我向你们发誓！居辽同志痛打流氓这件事儿没有给Q同志留下好印象。嘻，居辽同志坏了自己多少事儿啊！"她说。

"岸边后面是山岳，全是废话！"亚当·阿达希说道，"伟大的法国诗人弗朗索瓦·维庸与流氓神甫打架，但这并没有妨碍他成为伟大的诗人……"

"亚当,你这又说了些什么!允许诗人们打人,而不允许负责人打人。"科莱奥巴特拉说。

"咱们扔下这个话题吧!"亚当·阿达希生气地挥了挥手。

3

傍晚,我们在旅行社旅馆前面散步的时候,一辆小汽车的灯光晃得我睁不开眼睛。居辽同志用手捂住眼睛免受强光的刺激。

小汽车退到角落里停下了。打开车门,下来了两个人,他们是 Q 同志和阿拉尼特。居辽同志开始在他的衣服上胡乱地摆弄起手来,好像是在兜里或衣服里子里寻找什么丢失的东西。

Q 同志和阿拉尼特登上旅行社咖啡馆阳台的台阶,然后在靠近栏杆的一张桌子旁边坐下了。他们沉浸在一次长长的交谈中,他们这次谈话已经开了个头,他们没有注意到我们。

我和居辽同志懒散地坐在离他们距离较远的一个大花瓶旁边,那儿有一株叶子肥硕的柠檬树。Q 同志的背朝着我们的桌子,阿拉尼特恰好和我们是迎面而坐。

第一个注意到我们的是阿拉尼特,他向我们轻轻地点头示意,仿佛是在大街上偶尔认识的人似的。他们的谈话我们听不见,但是从态度上、从手势上、从动作上可以明白,他们的谈话是非常严肃认真的。这引起我一些思考。我预感到,在我们工作的中心,将有一些根本性的变化。根据几个人的看法,居辽同志现在已经领导不了工作了。上级确定的每项方针、上面的每个指示,他都作简单化的处理,甚至还有搞乱套的。对某一决定的事情,Q 同志有一套自己的想法,而居辽同志却又有一套另外的想法。因此,在我们工作中心每天都下达一些自相矛盾的命令。

阿拉尼特再也忍受不住了,他好像变成了一个疯子。传说他炮制了一份充满严肃理由的报告,要求 Q 同志和更高的领导叫居辽同志离开我们工作中心；报告中陈述的理由都敦促他赶快离开。整个工作组、整个小分队把阿拉尼特的报告拿去作了研究。有些人说，居辽同志也知道这件事儿，但他不愿意表现出来，采取了沉默不理的态度。只有在工作组到了我们机关的时候，居辽同志才迫不得已说阿拉尼特在搞秘密活动。不过，居辽同志把他的全部精力都调动起来，把阿拉尼特打了个落花流水，使其不能和居辽同志比试高低。甚至当你往深处问的时候，人们就会说，Q同志今日的职位是属于居辽同志的。不说这个了，像居辽同志习惯所说的，时间将说明这一点。

居辽同志一边向Q同志和阿拉尼特交谈的桌子投去一瞥冷冰冰的目光，一边说：

"戴木克，你听着，那个讲述青蛙想和牛比武打擂的古老的寓言，在当今仍有现实意义。你看到这个阿拉尼特了吧？这能不叫你想起凭吹气肿胀起来的青蛙吗？可是，Q同志不理会他那套鬼蜮伎俩，为了消除吹进体内的空气，叫他恢复到青蛙的原样，给了他很好的一棒子……"

"有可能他们谈的是别的内容，跟您想的这件事儿没有联系。"我说。

居辽同志转向我半张脸，眼睛也不看就往烟灰缸里弹烟灰，苦溜溜地笑了笑。

"你错了，Q同志叫他去是为了训斥他，给他又粗又长的一棒子。这棒子他已经练了很久了，捶打这个青蛙的脊梁骨，这个棒子相当好，相当合适……"

我们俩每人喝了一瓶冰镇柠檬汁。我注意到居辽同志举杯子的时候，他的手直发抖。他的神经紧张起来，甚至在桌旁都坐不住了。

"戴木克，我很生气！我不能看这个阿拉尼特！所以，为了不出什么丑，咱们起来走开算了。"他说。

我们向女服务员付了钱就站了起来。居辽同志走出阳台，对Q同志和阿拉尼特交谈的桌子看都不看一眼。

4

我们出来以后走在杨树中间一条窄窄的黑洞洞的小路上的时候,突然听到了科莱奥巴特拉的讲话声:

"见到您,这有多好啊,居辽同志!实在是太好了!"

居辽同志惊奇地站住了。在这样浓重的暮色里,这个女人想跟他干什么?!

"实在是太好了,居辽同志!"她又娇滴滴、嗲声嗲气地重复了一遍,面对我并不觉得不好意思。

"科莱奥巴特拉,您出什么事儿了?"居辽同志用颤抖的声音问道。

"嗜,居辽同志,我想和您谈谈……"科莱奥巴特拉和我点头,意思是想让她和居辽同志单独留下来,二人一对一地谈一谈。

"这会儿是夜间了,怎么?"他问。

"噢,居辽同志!白天您总是在许多朋友中间忙活……夜间咱们可以自由随便地交谈。"科莱奥巴特拉说,这会儿说话的音调非常严肃。

"可是……请您……一个女人……那个……"居辽同志说话语无伦次了。

"噢,居辽同志,没关系……"科莱奥巴特拉柔媚地笑着说。

于是,他便对我说,要我到公路边上的旅行社旅馆大门口等他,说完他就与漂亮的科莱奥巴特拉一起向浓密的杨树林中间黑洞洞的小路走去了。

天空布满了阴云,黝黝的夜色笼罩了一切。在这样的夜晚,居辽同志与海滨浴场最讨人喜欢的女人之一散起步来了。我停下站了片刻,凝视着小路。他们的身体,好像两个黑影。他们朝前走着,几乎都贴在一起了。科莱奥巴特拉的声音听起来好像树叶发出的沙沙声。"嗜——"我在想,"居辽同志是我在生活中认识的最富有原则性的人之一,但就能到这个地步了。你堕落了,居辽同志,落在一个女人的圈套里了!你从来没落进过圈套,而现在却如同麦子地里的斑鸠一般被网住捉拿了!"

我抄了小路,以便让他往公路上走。穿过夜幕,我听到了科莱奥巴特拉的笑声,说得更确切些,是咯咯的笑声,好像有人胳肢她的夹肢窝。而且我还想起了那天居辽同志晒破皮肤时,科莱奥巴特拉给他上药膏时他发出的笑声。

我在标记着公里数的一块石头上坐下来,因为我的腿太累了。我点着一支烟,开始等候居辽同志。我相信,在这块凉爽的石头上我将坐很长时间。

公路上,小汽车和载重汽车来来往往地奔驰着。我的脸被汽车强烈的灯光照得发亮。"居辽同志能够取得这个女人这么大的信任?!能,能。在女人们的眼睛里,居辽同志可是个大人物哩。对我来说,也是如此。瞧!我这是想哪儿去了!也许科莱奥巴特拉这会儿正在同居辽同志进行一次严肃认真的关系到她未来的工作的谈话呢。什么是真实的情况,白天她未曾有过任何机会同他单独相会,晚上谈话比较安静,甚至可以说比较严肃。"我坐在公路旁标记着公里数的石头上思考着。

我与居辽同志离开一小时以后,听到亚当·阿达希的干咳声。

"戴木克,就你一个人啊。"他说。

"休息休息。"我回答说。

"科莱奥巴特拉到过你这儿没有?她出去到旅行社商店买包带过滤嘴的香烟,有个把钟头了,到这会儿还不回来。"作家亚当·阿达希说。

我该对他说什么呢?要欺骗他吗?我想把真情告诉他。我要对他说,科莱奥巴特拉为了她未来的工作的事情见了居辽同志。亚当·阿达希不可能怀疑居辽同志光明磊落、正派大度的人格。我绞尽脑汁之后,骤然间来了这么些想法。

"科莱奥巴特拉在和居辽同志谈话。我相信谈的是她未来的新工作。我不愿意自己成为一个多余的人,所以便坐在这块石头上等一等。"

亚当·阿达希耸了一下肩膀,在小汽车强烈的灯光照耀下,我看到了他那张发怒的脸。

"是这样吗?他们在什么地方谈话?在咖啡馆里?"他问。

这一问题彻底地解除了我的武装,我扪心自问:"真的,科莱奥巴特拉为什么不愿意在咖啡馆里而在杨树林中谈话?"

"不,他们是在杨树林中散步的林荫道上谈话。"我立刻解释,并且纠正说,"我和居辽同志从旅行社出来,科莱奥巴特拉在杨树林里见到了我们。Q同志和阿拉尼特也在旅行社……"

"好吧。"亚当·阿达希迈着沉重的步子向杨树林中散步的林荫小道走去,那神态就像吉卜赛人手里牵的性情温顺的熊一样。

5

还没过一刻钟,我就听到杨树林中的散步小道上响起一阵破口骂人的喧闹声,于是,我便向发出喧闹声的地方跑去,见到了居辽同志、亚当·阿达希和科莱奥巴特拉,他们彼此撕扯、大喊大叫。亚当·阿达希没有威胁居辽同志,他所威胁的是他的妻子。她反驳丈夫的每句话,斥骂他,称他是一个不懂礼貌、落后封建,甚至愚昧无知的人。居辽同志竭力劝阻他们。他恳求亚当·阿达希要稳重平和行事儿,回到家里去,因为他妻子是个正派端庄、富有文化素养的人,那些辱骂和流氓下流的话语用在她身上实在不合适。

"她跟我谈话如同妹妹对哥哥讲话一样。我没想到你,亚当·阿达希,竟然是一个有着这么严重的封建思想残余的人。"居辽同志说。

我作为一个真正的、可靠的见证者,介入他们中间了:

"您认为我如果怀疑居辽同志和科莱奥巴特之间有什么不正派的

事儿，就不会把真情告诉给您。如果是这样的话，我就不会告诉您他们谈话的地点，而是要欺骗您，就会把您引到别的地方去，引到某一个舞场或者城里。不要变成一个小孩子，我说亚当！我感到奇怪，您怎么会有勇气把居辽同志往坏处想！"我说。

我的话震动了亚当·阿达希，我的话是会令人信服的。在这些话中感觉不到任何模棱两可的色彩。他看了看我，慢腾腾地说：

"我和科莱奥巴特拉吵架的原因是她无故迟迟不回来，她要是跟我说一声她将在什么时候回来的话……"

在讲完这些话之后，出现了一种紧张的平静。我们一会儿听到咳嗽声，一会儿听到我们的呼吸声……风儿吹得杨树东摇西摆地晃动，宽宽的肥硕的叶子打起嘴巴子，好像是对我讲话的成功致以敬意……

最后，科莱奥巴特拉终于一边拉住我们的手，一边恳求我们原谅。

"请原谅我们，居辽同志！我这个亚当有点儿莽撞。"她说。

亚当·阿达希不言不语地跟我们握了握手。

我们朝一边走去，他们朝另一边走开了。我感到在亚当·阿达希意识的深处闪烁着怀疑之光。他是一个嫉妒心很强的人，尽管他竭力不让自己表现出真性情。几天以前，当科莱奥巴特拉说如果不是先认识了亚当·阿达希，她就会爱上……以此表达她对居辽同志的好感的时候，他的嫉妒心就已经表露出来了。他把一腔的怒气倾泻在妻子身上。这是一个说明亚当·阿达希嫉妒心的事实。另一个事实是科莱奥巴特对居辽同志皮肤的担心，为居辽同志去取意大利药膏她一点儿都不发懒。不仅这些，她还用她的手在居辽同志晒伤的后背上抚摸。而夜间到杨树林中散步的林荫道上约会，那就更为荒唐丢人了。这件事儿说明科莱奥巴特拉对居辽同志有好感，亚当·阿达希怎么能袖手旁观、漠不关心？

"令人不愉快的事件，戴木克，是吧？"当我们走出杨树林的时候，居辽同志说。

"是不叫人高兴。"我抑郁地说。

"你把亚当给说信服了，戴木克，噢，我的朋友！女人就是迷宫！"他说着还吹起口哨来，吹的是一首青年之歌的曲子。以这支曲子我明白了他心里很高兴。居辽同志发生什么事情了？难道他被爱罗斯①的箭射中了？他吹着口哨，摇着头，想要对我说点儿什么，可是，不知怎的，他又退缩不说了。

"唉，戴木克，你说？"

"什么也没有，居辽同志。"我说。

"咱们回旅行社每人来杯白兰地？戴木克，你说好不好？"

"好吧，咱们回去。"

"要是那个丑恶的阿拉尼特在那儿，将会破坏幽默，我的幽默劲儿又回来了，戴木克。你懂幽默意味着什么吗？"居辽同志说，而且还抓住我的肩膀，异常兴奋地摇晃我。

因为他高兴到了顶点，又表现出对我非常亲近的感情，所以我便决定问问他：

"居辽同志，科莱奥巴特拉向您表示……"

他立刻打断我：

"戴木克，我的道德原则不允许我除掉我那用钢筋水泥筑成的感情之湖的堤坝。科莱奥巴特拉对我失去了理智，简直是发疯，不过，有许多因素促使我离开她。今天晚上我努力让这个女人稳重行事儿。我轻轻地捋捋头发，对她说请求她原谅我不能回应她纯洁的爱情。她是一个非常好的、妙不可言的女人。戴木克，她爱上我了。你对她怎么办？让她受苦去吧，直到把我忘记为止。唉，戴木克！我的责任，我的任务，我的威望都不允许我胡作非为。那些爱咱们的女人，让她们痛苦去吧，咱们没有办法。你知道，戴木克，在古代的时候，从早期文明以及到后来，特别是在古希腊和古罗马的时候，任务和爱情不

---

① 爱罗斯，希腊神话的爱神。

经常是互相对立的吗？我建议你投进历史深层里去，戴木克，以便更好地理解今日的事情。了解今日的事情不是说学习几样综合性的事情，而是要细致地懂得社会道德、社会伦理学！噢，戴木克！"居辽同志总结性地讲完了话，深深地使出全胸的力量叹了一口气。

6

当我们第二次走进旅行社咖啡馆的时候，Q同志和阿拉尼特正在往外走。阿拉尼特没有注意到我们，而Q同志却停下脚步，拉住我们的手。他莞尔微笑，对居辽同志摇头说：

"人家告诉我前天晚上你干了一件富有英雄气概的事情，居辽。"

居辽同志的脸色刷地一下子变了；他不明白Q同志讲话的腔调：是严肃地一本正经地讲话，还是带有讽刺意味地训斥他？

"您是说同流氓的那次冲突？"居辽同志问。

"是说你打倒在地的那个人。"Q同志说。

"他罪该应得。"居辽同志说，站在那里等待他的顶头上司的回答。

Q同志生气地皱眉丧脸，表情变得严肃起来，从他的面部表情上可以读出充满意见和训斥的内容。

"我真感到奇怪，居辽，你有时怎么能那么过分地走向极端……"Q同志严厉地说。

"为什么，Q同志？"居辽同志问道，他嘴里发干，唾液都没有了。

"假如那个流氓把你打了怎么办？像你这样重要的人物动手打人有失体面。这里来来往往过路的还有外国旅游者，他们可能给你拍照，然后他们拿你的照片在他们资本主义国家的报纸上去发表。你以为特务不认识咱们这些领导者？咳，我说居辽！真可笑、丢人！真的，丢人！"Q同志说完准备走开。

"我真遗憾，Q同志！不要用这种方式去思考问题嘛！任何丢人的事儿也没发生。"居辽同志心情难过地说。

"是没发生，可是有可能发生。"Q同志说，然后连句祝福我们晚安的话都没说就走了。

居辽同志的喜悦变成了一种莫名其妙的十分痛苦的失望。现在他的面容变样了。他的脸色好像得了一场为时一周的重感冒那么苍白，走在桌子中间是那么丧魂落魄，以至于竟和从咖啡馆里往外走的一对刚结婚的夫妻撞了个满怀。他立刻向人家请求原谅，然后拉住我的胳膊，以便在坐满人的桌子中间更好地找准方向。

"你把咱们送到哪儿去，我说戴木克？"他说。

"你要求咱们每人喝杯咖啡啊，居辽同志。"我说。

"呵，对呀。"他想起来了，"噢，戴木克，我怕有哪个外国摄影者给咱们照了相，在旅行社这种地方有很多外国人，Q同志是对的。"

"我不相信。"我笑着说。

"不要笑，戴木克！"他说。

我们在阳台边上坐下了。月亮从云彩中钻了出来，用金子洗涤着大海中长长的一角。我们坐着，观赏着那金色的角落，各自想着自己的心事儿。

7

在所有这些不安与烦恼之后，居辽同志把自己关在宾馆里，再也没到热烘烘的沙滩来了。他的身体确实是关在房间里，可是，他的名字和思念，却留在了外边，在人们洗浴、小船和橡皮筏子游弋的海上飞翔。对居辽同志关在房间里这件事儿，人们作了许多猜测和判断。有些人说，居辽同志关在房间里是忙于紧急的工作，另外一些人认为既然居辽同志在准备出国，所以他是正在学习英语。科莱奥巴特拉时不时地发出叹息，瞭望居辽同志关在房间里的那所宾馆。她继续坐在我们这个小集体当中，尽管她的丈夫、作家亚当·阿达希不出来。亚当·阿达希在写一部具有强烈的民族气魄和心理描写成分的中篇小说。近来,科莱奥巴特拉与我的泽奈柏的友情大增,反反复复地对她说了相当多恭维和赞美的话。对居辽同志在海滩上的缺席,唯独她有一种独到的想法。认为居辽同志工作太多太忙的想法是想对了,但是,他不到我们伞棚下边来的基本原因,却有一点儿别的说道。居辽同志在为科莱奥巴特拉受苦,不愿意再刺激她那块特别疼痛的伤疤。因此,最好还是以待在四面墙包围之中为上策,在那里度过在海滨浴场休假的最后几天。

阿蒂拉也消失了,她比规定的期限提前一个星期离开了海滨浴场。科莱奥巴特拉想,阿蒂拉的离去,也耗费了居辽同志对她浓厚的感情。但是,真实的情况是,她是为了待在马克苏迪大叔——居辽同志的爸爸身边侍候老人而离开的。马克苏迪大叔的身体不适,他想要有个人待在身边。阿蒂拉把小儿子巴尔德也随身带走了,而把迪奥金留给了她丈夫。迪奥金已经开始创作一部题为《噢,大海!》的交响乐,他必须待在海浪和海风旁边,以便获取创作灵感。

这样一来,我们这个小集体的人数减少了,现在它由科莱奥巴特拉、米特洛·卡拉巴达奇、扎依姆·阿瓦吉、我和我的妻子泽奈柏这样几个人组成。即使米特洛·卡拉巴达奇也只是身在此处,因为心在长篇文章中,文章的题目叫《亚当·阿达希的中篇小说〈泽尔瓦斯克的栗子〉和我们小说中语言的几个问题》。他时不时地掏出笔记本,以哲理评论的形式记下顷刻间闪现出来的某种理念。这样做使他达到了不在我们谈话中记下想法的目的。实情是怎样的呢,现在,互相交谈也变得不冷不热,已经失去了居辽同志坐在我们当中时曾有过的活跃快乐的气氛。可是,有一天发生了一点儿意想不到的事情,于是,那些谈话人燃起了一把火。一辆小汽车来到海滨浴场,派来的一个人匆匆忙忙地找Q同志和居辽同志。他们两个人被叫到地拉那出席一个很重要的有关干部问题的会议。这是一个高层次的会议,会议之后将有重大变化。扎依姆·阿瓦吉看到Q同志受到很大震动,甚至都茫然不知所措了。居辽同志到泽奈柏那里,把迪奥金也带去了。他把迪奥金留给泽奈柏照顾,对她说,等大家休假结束时把迪奥金给带回去。

"我不再回海滨浴场来了。"居辽同志对我的泽奈柏说。

扎依姆·阿瓦吉的一个同志从地拉那来了,说他听人家讲Q同志将被撤职,轮换到另外一个区的某个地方。根据扎依姆·阿瓦吉的话得知,因为他在工作风格和方法上犯了严重错误,所以受到了严厉的批评。

这一事实宛如一颗炸弹落在了海滨浴场。科莱奥巴特拉激动得满脸通红,莽撞地说道:

"啊,多好哇!Q同志是个骄傲自大的人!我向你们发誓:居辽同志没有到他的岗位上去!"

"我也是那么想。"扎依姆·阿瓦吉以相当权威的架势说道。

"其实居辽同志配得上占有Q同志原来占据的职位。"科莱奥巴特拉补充说。

评论家米特洛·卡拉巴达奇把他的笔记本撂在沙子上,向我们大家投来一瞥严肃的目光,说道:

"人们说塞姆塞丁同志将走上Q同志的岗位!"他一边举起一根手指,一边说,简直像一个预言家似的。

"真是的,跟这个塞姆塞丁打交道!"科莱奥巴特拉说道,她的话味儿让人觉得她好像吃了一个酸李子。

"如果塞姆塞丁同志从基层回来。你们认为他是为高升而来吗?"米特洛·卡拉巴达奇满怀信心地问道。

扎依姆·阿瓦吉对自己的想法动摇了。他从沙子上站起来,两手交叉放在胸前,边思考边说:

"有可能,米特洛是对的。"

"那样的话,居辽同志往什么地方去?"科莱奥巴特拉问道。

"很清楚,或者出国当大使,或者还担任原职。"米特洛·卡拉巴达奇说。

"他不会再担任那个职位,那个职位由阿拉尼特担任。"扎依姆·阿瓦吉说。

"那样的话,当大使的方案不变。"米特洛·卡拉巴达奇说,这一回他像个战略家。

"哎哟,这个阿拉尼特有多凶、多粗野啊!"科莱奥巴特拉拉长了每个字的音节说。

"你们知道,在这些变化中阿拉尼特扮演的是重要的角色之一吗?"扎依姆·阿瓦吉隐晦地说道。

沉默降落在数十亿粒沙子上面,看来阿拉尼特这个名字自身的确要求这种安静。米特洛·卡拉巴达奇、扎依姆·阿瓦吉、科莱奥巴特拉和我对阿拉尼特是很了解的。他从来不允许说出的话落空。他不允许四处传话,不允许说废话,不允许在别的名义下大吹大擂……

"不对。"科莱奥巴特拉说,"阿拉尼特是个能力很强的人,他有声望……我想说……"

"他是条汉子!"扎依姆·阿瓦吉打断话说。

我明白为什么插进来这些话。他们都怕阿拉尼特,都想说他的好话。

8

在海滨浴场休假的日子结束了,干燥的沙子在炎热的太阳照耀下,把这些日子全给喝了。我挎着我的泽奈柏的胳膊,领着迪奥金(这孩子的书包里装着新的一部交响乐《噢,大海!》的乐谱)上了火车。迪奥金像个大小伙子似的坐在车厢的座位上。泽奈柏有时候捋一捋他的头发,而迪奥金却把头转向一边,因为他不觉得自己像个孩子。火车呜呜地鸣叫着,我们三人默不作声地坐在那里。我在思考我自己的事情。如果真的是阿拉尼特取代了居辽同志的职位,那我们就得和他一起工作?我不习惯与性情如此粗野暴躁的人一起工作。除了写报告以外，我能做什么工作呢？我要请求阿拉尼特允许我到某家报纸的编辑部工作，圆我早年的梦。

火车车厢的轮子发出隆隆的响声，机车多次呜呜地吼叫，人们在旅行，我也在旅行的途中……

"你创作了交响乐？"我的泽奈柏好像害羞似的问迪奥金。

"这个泽奈柏在一个小毛孩子面前还害羞！"我生气地思忖着。

"嗳，我说，你用整个交响乐弄得我们不得安宁！"我头一回生气地、粗暴地讲话。

"愚昧无知总是要起来反对艺术。"迪奥金冷静地说。

一开始，我在他面前茫然发窘，后来开始放声大笑。迪奥金学会背诵在他家里听到的句子了。

对我的笑他没作出反应。他挺着腰板，自豪地坐在泽奈柏的旁边。泽奈柏咬着嘴唇，摇着头，示意他修正自己的言行。

居辽同志不失幽默

1

　　人们讲的话最大一部分都是真实的。Q 同志离开了原来所在的职位,阿拉尼特来到居辽同志的岗位上。只是 Q 同志正式地接到了通知,居辽同志尚在等待。他还像平时那样进进出出办公室。每天活动都安排得满满当当的。接待人,征求他们的想法,根据情况对他们提出参谋和指导性的意见;把文化和艺术界的重要人物找到他的办公室,进行密切相关的和专业性的咨询。

　　听到与干部轮换运动和新的人事任免有联系的喊喊喳喳的议论的时候,他就发脾气,向有过错的人提意见,指示不要制造恐慌和混乱,不要破坏工作的和谐的节奏。就这样,一天他把达奇找来,对他说道:

　　"达奇,我早就喜欢上你了,因为你很谦虚,从不趾高气扬,而且又很勤勉,干活很多。但我也注意到了一些卑躬屈节的迹象,不过我没有当面对你说过,因为我不愿意羞辱你。已经有好几天了,你在走廊里喊喊喳喳地讲得很多,而且嘴上还指名道姓地点我的名字,同时也提到一些别的名字……要走正路,达奇!"

　　达奇的脸色顿时羞得通红,他低下头,好像要在地板上找个洞钻进去。他的双手开始出汗，气嗓头频繁地活动起来，一会儿逼近山羊胡子，一会儿靠向胸膛，因为达奇的嘴里唾沫都干了，咽东西很困难。

"居辽同志，我嘴里念叨您的名字是为了您好，我说您要出国当大使。"达奇说。

居辽同志从桌子旁边站起来，摘下看书时用的老花镜。

"你父亲告诉你的，是不？我就没想过和你父亲一起出国当大使！……话就说到这儿！出去！"居辽同志火气很大，怒气冲冲地说。

达奇从居辽同志的办公室里走出来，宛如洗完澡的人从浴室里出来时那样。在走廊里，他反复地抹了几下脸，而且还几次发出"噗噗！"的感叹声。巴基里走到他跟前时，向他问发生了什么事情。达奇把自己与居辽同志的对话复述了一遍，说到"我就没想过和你父亲一起出国当大使"这句话时，没有控制住自己，轻轻地细声细气地笑了起来，同时用他那汗水津津的手掌挡在嘴前面，说：

"唏—唏—唏！我不愿家里边有人，他就这么跟我说的！"

巴基里也笑了。这时候阿拉尼特从走廊里走过，口气平和地说：

"请进，到办公室里坐坐嘛！"

"我有件事情，阿拉尼特同志！"经受磨砺而变得干练的达奇说。

阿拉尼特没注意听达奇的话，而把门打开，走进自己的办公室。

"噗噗！和这个阿拉尼特在一块儿，咱们可怎么办啊！我可不愿意家里有人，他要把咱们活活吃掉的！"达奇小声地赌咒，回到位于走廊尽头的自己的办公室。

在这些变化发生之前，当大家都知道将要发生什么事情的时候，你竭力装出一个事事儿都没听说过的人的表情，那是有点儿滑稽可笑的。而对居辽同志和阿拉尼特这两个在性格上不同的人来说，对这一事件我竭力作出袖手旁观、漠然处之的姿态，那我就要成为很滑稽的人。我一如既往地与居辽同志相处。他叫我，我就到，满足他的要求，不让他懂得我一切事情全知道，也不让他懂得我知道他的那个职位是暂时的。对我的举止行动居辽同志是满意的，摆出诚笃、可爱的姿态。当我进到他办公室里的时候，他就撂下摆成一个很大的T字形的桌子①，到我跟前坐到沙发上，以便让交谈更带有畅叙隐私的色彩。他递给我一支烟，给我把烟点着，用手紧捏额头，似乎繁重的脑力劳动累得他要休息一下。而且他还发出感叹："是这样，是这样！"

"咱们工作得并不坏，戴木克！"他带着淡淡的感慨说。

"咱们受过多少累啊！"我回应他。

然后我们就默默地坐一会儿，看着我们吐出的烟雾一圈一圈地飘向屋顶。电话的铃声把沉默给我们破坏了。电话铃的响声是轻微的，就像经常那样，因为居辽同志找来一位电工，把电话铃作了技术性处理，不让它像一般电话铃响起来那样刺激人。现在，居辽同志不再提Q同志，再也不说"Q同志刚刚给我来了电话"这个话了。

一天，我们在沙发上坐着的时候，他被一个奇怪的电话惹生气了，手里举着听筒喊起来：

"我不是阿拉尼特，而是居辽·卡姆贝里！您不知道这个电话号码还不属于阿拉尼特！……"说完他就生气地把听筒摔在了电话机上。

他又坐到沙发上，自己对自己骂起来："是些什么人！给我来了三四次电话，吞吞吐吐地说：'您是阿拉尼特同志吗？'我觉得是那个性格脆弱的人，评论家扎依姆·阿瓦吉！"

我想对他讲，人们以为阿拉尼特现在已经开始了新的工作。可是，我还是没开口，因为我害怕，不要伤他的心。

居辽同志将手伸进兜里，掏出一个小本子，翻了翻，在最后一页停下来。

"戴木克，"他说，"在我的课题的那些提纲里，有可能再增补上

---

① 阿尔巴尼亚机关办公室和会议室里的桌子常常摆成T字形，领导坐在顶头的位置上，以示地位的重要。

这样一些内容……"

居辽同志停了一秒钟,用手理好耷拉下来的一绺头发。

"在与保护和维修文化古迹相关的事情方面咱们有一些反面的典型;这些典型在一些地方露出头来。古老的土耳其澡堂损坏严重,或者是毁掉了,像克鲁雅城的土耳其澡堂,就是其中的一例。佩朗迪的旧教堂和发罗拉的姆拉迪清真寺都处于悲惨的境地。恩德莱·米耶达[①]曾做过弥撒的瓦乌代耶旧教堂,已经从地面上消失了。阿波洛尼亚的尼姆费是一个重要的名胜古迹,可是,在它旁边建起了许多牲口圈,散发着牲口粪味。在发罗拉的普洛切,在古老的阿曼蒂亚体育场旁边,竟然开进去一台拖拉机,要平整那里的土地,具有丰富的古典作品的土层已经受到破坏。海卡尔、玛尔格利奇和申特利德的古城堡的存在是一种耻辱。人们经过那里都要拆下一块石头。可是,你知道,噢,戴木克,谚语说得好:块块石头垒得好,筑成一座座城堡。是这样吧?把石头都拆走了,城堡还能剩下什么?我想在我正准备的课题里,应该增添这些丑陋的事实,以便采取措施改变现状。"

居辽同志坐在沙发里挺直了身板,稍过片刻,他又弯下腰,往烟灰缸里磕烟灰。他已经失去了多忧善思的研究者重气度讲体面的派头。那种研究者不想知道人们上上下下对一些琐碎而平常的事情喊喊喳喳地议论什么。他现在投入到伊里利亚、希腊、罗马、拜占庭、土耳其的古代历史中,古老的城市、他们的街道和市场、天然剧场和体育场、竞技场和充满热腾腾的雾气的土耳其澡堂,在他的脑海里发出轰隆轰隆的响声。

"咱们要保护好文化古迹,戴木克!造成的损失太多了,而且现在在这些古迹的脊梁上还有损伤的事情发生。咱们是如何对待古老的土耳其澡堂的?噢,你该知道,噢,戴木克,你该知道!土耳其澡堂是他们给咱们留下来的最奇妙的财富。那些澡堂让咱们想象一群群人

[①] 恩德莱·米耶达(Ndre Mjeda, 1866—1937年),阿尔巴尼亚民族复兴时期著名诗人。

满脸红彤彤的从热水和蒸汽中走出来的情景；那些人有另外一种心理和另外的生产工具。咱们要把那些土耳其澡堂告诉给孩子们，以便使他们增强对古代事情了解和想象的能力。反之，如果丢掉了这些设施，那咱们也要丢掉'土耳其澡堂'这个词。咱们的孩子不晓得这些词汇是什么意思，不得不去查字典，到字典里去寻求关于这些词是什么意思的解释。不要让词汇消亡，戴木克。"居辽同志说道。由于激动，他的脸色都红了。

我一边盯着他的眼神，一边听他说话。他说话的时候，时而举起手指在我面前比比画画，时而用铅笔敲打沙发前面的小茶几，他的精力是无穷尽的。

"居辽同志，"我说，"保护文化古迹的事情，不久以前在一次大型会议上，咱们曾高兴地提出过，可是人家说这不是什么刻不容缓的问题……"

他站起来，挥手做了一个果断而严厉的手势，这说明他要发神经了。

"是谁阻挠咱们提出问题，嗯？"

"您通知我说……"我说。

"你，戴木克，你不知道这个问题是咋回事儿。无知的他，他，像人们所说的，Q这个人，对于地方的精神价值，是一丁点儿也不知道。我和他交锋过多少次！我争辩过多少次！他不服气！你注意到了，在海滨浴场，当他要我在一个流氓面前当母鸡的时候，我把他顶得多么狼狈。你记得在旅行社那个晚上？除了这个之外，他还是一个狂妄自大的人。嗐，这个你不知道。戴木克，我跟他进行了多少斗争！所以说，他被免职不是偶然的……噢，戴木克，我跟那个人进行过多少次面对面的斗争！我都不愿意提他的名字！"居辽同志总结性地讲完了。

2

在关于文化古迹的谈话两天以后,居辽同志发出通告,说他因为有一项紧急的工作要做,所以他就不来办公室上班了。但是,只要他能很快地把紧急工作做完,他就会到办公室上班。

可是,那天,阿尔巴尼亚对外文化交流协会通知我们:一个国家的两位朋友将要来我们机关。因为他缺席不在班上,所以这两位客人将由阿拉尼特接待。既然如此,阿拉尼特便打开居辽同志的办公室,指令女清扫工把办公室打扫干净,整理好桌、椅、图书等办公室的用具。女清扫工把居辽同志宽敞的办公室整理得井井有条,一切都布置就绪。她还在桌子上放了一束鲜花。阿拉尼特坐到居辽同志的办公桌前,准备接待客人。他怀着缤纷的遐想坐在那里。宽绰的房间里铺着草绿色的地毯,大大方方的办公桌,摆着许多书的书架,再加上阿拉尼特天生的沉郁寡欢的性情,形成了一种非常庄重严肃的气氛。达奇伸长了脑袋,从锁头眼里往里看,然后一边搔着脸皮,一边走开了。

"噗噗!咱们要遭怎样的难啊!可不要叫他看到孩子们,他是个可怕的家伙!他要把咱们搞个七零八落!"达奇在走廊里对阿拉尼特大加评说。

就在这个时候,居辽同志突然来了。他在走廊里碰见了我,把我请到他的办公室。他一定是提前完成了他那件紧急的工作。我该如何让他知道阿拉尼特已经坐在他的椅子上呢?

"这是怎么回事儿?"

我刚要准备告诉他阿拉尼特到了他的办公室的原因,他就把门推开,直挺挺地仿佛冻僵了似的站在那里。他耸了耸右肩,把书包扔在沙发上,气急败坏地说:

"阿拉尼特同志,那把椅子现在还不属于你!"

阿拉尼特站起来,我走到居辽同志面前,开始向他解释事情是如何发生的：

"居辽同志，是别人通知阿拉尼特……"

"现在并没有任何通知！你这是渴望坐沙发！这种抢权夺权是什么行为，这种流氓行径又是什么！咱们是在演戏！"居辽同志大声嚷叫。

"慢着，慢着！"阿拉尼特一边站起来，一边心平气和地说。

居辽同志把扔到沙发上的书包又拿起来，坐到他的位置上，然后又举起花盆，将它放到书架顶上。

"嘀！来了个全面大扫除，阿拉尼特同志！"他发泄满腹的怒气。

阿拉尼特轻蔑地注视着他。他的两个腮帮子绷得很紧，腮帮的两边突起两块发硬的如同筋腱一般的肌肉。

"你还要听着：这里施发号令的是我！这个房间只有得到我的许可才能打开！"居辽同志说，还用手掌拍他的办公桌。

这时候，电话铃响了。

"请接电话，Q同志找你，要你去打猎！"阿拉尼特玩世不恭地说。

居辽同志的嘴唇哆嗦起来，电话铃继续丁零丁零地响着。他凝视着阿拉尼特，自言自语地嘀咕了点儿什么。

阿拉尼特使劲儿把门一摔，扬长而去。

电话里通知说，外国朋友将于中午十二点来到这里。

"让他们来嘛！"居辽同志说完关了电话。

"你跟阿拉尼特发火没用。"我说，"因为你缺席不在，外国朋友就由他来接待。"

居辽同志用手绢擦掉额头上的汗水。

"让他坐在他的办公室里好喽，外国朋友来到时再让他到我的办公室里来。嘀！一个渴望坐沙发的人！"他带着同样的火气说道，"他成什么样的人了！这会儿让我平静平静吧！"

我把他孤单单地留在那里了。

3

  第二天他请我和他一起守着啤酒杯过上一夜。他遇上什么烦恼的事情时，常常求我陪伴他。我知道在这种交往中，会有人说三道四地讲出点儿叫我闹心的事儿。奇怪得很，最近一个时期，他对我特别亲近和诚恳。他经常拉扯我的胳膊套近乎，告诉我一点儿什么重要的秘密的事情，说上个笑话，讲上一句他自己编作或者从别人那里借来的格言警句。总而言之，他好像面对一个老朋友那样对我敞开心扉。不过，当工作需要的时候，他知道还是要保持适当的距离的……

  当我们走出机关的时候，人山人海的大街有如市场一般发出嗡嗡的喧闹声。许多熟人向居辽同志问好，他不得已地转身回敬人们的问好，时而面向这边，时而又面向另一边。

  "地拉那"咖啡馆的前面，如同在休闲之家那样摆放着许多椅子，人们一边喝着咖啡，一边交谈着。

  在靠人行道道边的一张桌旁，我们看见塞姆塞丁同志在吃冰激凌。居辽同志看到了塞姆塞丁同志，于是放慢了脚步。

  "咱们从人行道的另一边过去。"他说，因为他不愿意见他的老同事。

  我们一直走到斯堪德培纪念塑像旁边，然后转过身向回走去。这时候，塞姆塞丁同志刚刚从桌旁边站起来，于是，我们又放慢了脚步。此时，塞姆塞丁上了小汽车，坐到后排座位上，司机将车启动了。当车朝着我们的方向开过来的时候，塞姆塞丁同志从车窗里向我们挥手打招呼，居辽同志回敬了他的问好。

  "是否是塞姆塞丁同志被任命到 Q 同志的岗位上工作？"我问他。

  居辽同志把嘴一咧，歪着嘴唇说：

"塞姆塞丁没长做公羊的胡子。"①

"我只是问一问,因为我听到了一点儿风声。"我说。

居辽同志作出了对每件事情都全然了解的表情。

"只是有那么个话。"他说,"他们请我到 Q 同志那个岗位上工作,但我没接受。我对他们讲:'谢谢你们的关照。可是我喜欢一种比较安宁的工作。'塞姆塞丁是个好人,可是我还要重复地说一遍:他没长做公羊的胡子……"

说完这些话,居辽同志一边用手挡着嘴,一边嘿嘿地笑起来。笑声拉得很长,而且是间断性的,隔上一会儿停一停,隔上一会儿又笑起来。

"我之所以笑,是因为'没长做公羊的胡子'这句民间谚语非常有表现力,而且本身还具有一种滑稽与淡淡的讽刺混合在一起的色彩。"他说。

在"地拉那"咖啡馆有很多人,声音嘈杂,好不热闹。吸烟人吐出的烟雾直向屋顶飘散,放散出呛人的味道,空气污浊,叫人窒息。我们在靠近人行道的一扇敞开着的窗户旁边占上了座位。人们出出进进,络绎不绝。孩子们从母亲的手中挣脱出去,恰似一大群羊中的小羊羔子一样撒欢奔跑着。居辽同志拿出烟斗吸烟,我心里感到由衷的高兴,我的心情处于喜悦的状态中。我觉得居辽同志幽默的情趣也相当不低。

"我和他,就是和阿拉尼特发脾气,这事儿我干得不好。"他突然说道。

"你知道我会干预阿拉尼特走上我的岗位吗?戴木克,我为我的下级的前程着想,为他们开辟道路,让他们成长,让他们提升到负责的岗位。我能阻挡住阿拉尼特,因为他对我表现不好。可是,我对他

---

① 阿尔巴尼亚语是一种富有形象性的语言,此处的意思是:塞姆塞丁没有本事做那个工作。

的一切都予以原谅。我对那些同志说，我们要为年轻人的前程多想一想，教他们学会做领导工作。"居辽同志用权威的音调说话，"可是，事情还没有定下来……还没有到正式任命阿拉尼特的时候。我为自己的事情害怕。Q同志被我给拒绝了。人们说我可能被任命为副部长或驻外大使……我不能坐着老是拒绝任命。戴木克，我害怕，他们能否叫我遭殃！我对轮换到某个别的城市感兴趣。我觉得他们不会放我的……"居辽同志感叹道，"不过，你听着，假如我要出任驻外大使，我就要介入此事，把你也一起带出去，留在我身边，你又懂外语。可是，在海牙也罢，在阿尔及尔也罢，你到哪儿去找'地拉那'这个咖啡馆，这些熟人，这条大街，这个为你提供绝妙的凉爽和新鲜空气的达依迪山，我说戴木克？……你想干什么呢！第二次拒绝我可不能再干了！"他讲完话，慢慢地敲了敲小桌子。

"您想要点儿什么？"女服务员问道。

"两份咖啡和两杯弗尔奈特酒①。"居辽同志说。

当女服务员把两份咖啡和两杯弗尔奈特酒给我们端来的时候，评论家米特洛·卡拉巴达奇和扎依姆·阿瓦吉，作家亚当·阿达希和科莱奥巴特拉走进"地拉那"咖啡馆。他们向我们注意地看了看，冷淡地问了个好。他们的脸上再也见不到尊敬和往昔诚挚的表情。居辽同志感受到了这一点，说了一句带有侮辱性的话：

"戴木克，他们以为我已经滑下坡了。"他一边微笑一边说，其实那不是微笑，而是生气。

"我不相信他们会有不可告人的想法。"我说。

"时间将会证明这一点。"居辽同志说。

虽然如此。可是科莱奥巴特拉还是转过她那美丽动人的脑袋，一边好像很真诚地举起手，一边对居辽同志微笑。

因为没有找到座位，他们走出了咖啡馆。科莱奥巴特拉再次挥手

---

① 弗尔奈特酒是在阿尔巴尼亚很流行的一种酒。

致意。居辽同志的脸色稍微红了一点儿，为了不让自己慌神、手忙脚乱，他将弗尔奈特酒一饮而尽，开始喝咖啡。

"这个亚当·阿达希有个不坏的老婆。"他若有所思地说。

"他有个美丽动人的老婆。"我说。

"亚当他弄走了我的小说的主题……可是，我不是个自私自利的人，不对他采取……"居辽同志说，可是他留下了半句话。我心领神会地笑了。

"这没有什么好笑的，戴木克。"他严肃地说道。

我们又坐了一会儿，然后就站起来离开了。

那天夜里，我把他一直送到家。他想留我吃晚饭，可是，时间太晚了，再说泽奈柏还在等我回家呢。

居辽同志作最后一次演讲

1

每件事儿都清楚了，那块薄薄的怀疑的面纱现在已经撕碎。阿拉尼特被正式通知接替居辽同志原来把持的职位。人们祝贺他担承新任务，用许多赞美恭贺之词表达满意的心情。性情内向、像一贯那样冷静的阿拉尼特，常常向人们致以谢意，皱着眉头离开工作岗位。居辽同志办着交接手续，讲解上级的指示、文件、计划。他竭力要让自己显得从容不迫、全心全意。他不想在最后辞别的时刻同这个难办的人再发生什么新的冲突。在这种时刻，除了烦乱之外，冲突带不来任何好处。因此，就是他对阿拉尼特提出劝诫，也是很讲分寸，特别小心和谨慎的。噢，居辽同志是多么小心翼翼啊！他可以不提出任何劝诫和建议，不表示任何关心离去。什么也不说，什么也不做！你好，我这就走了，工作顺利，阿拉尼特，正等你去完成任务呢！可是，他没有这样做。居辽同志不能不对新干部提出些劝诫和建议就离开。让他惴惴不安的是，在他以前亲自领导过的地方，在他竭尽全力工作，留下一部分汗水，花费一部分脑汁的地方，未来工作将如何开展。

居辽同志与阿拉尼特办完了交接工作之后，就把我找去，叫我准备一个简短的讲话稿。在我们的会议室里将要为他举行的小型告别鸡尾酒会上，他要讲话。他向我交代了我应该重点突出的地方，然后又补充说：

"我只要求有那么四五点做基础，然后，讲话时我自己再扩充……"

"好吧，居辽同志。"我说。

然后，他把从家里带到办公室的书和从图书馆借来的书都从书架上搬了下来。在桌子两边排列起来，发出深深的感叹声，而且说：

"这么多年了，戴木克，这么多年了！人与工作分别，心里是不好受的，深感遗憾的！……"

居辽同志喊来了女清洁工，吩咐她整理书籍。她懂得居辽同志的意思，这些书应该一点儿一点儿地运回他的家里，因为数量很多。绝大多数的书是精装本的外文书，其他的书是阿文的。

当女清洁工走出去的时候，居辽同志激动地看着书，说道："戴木克，我可以把这些书给阿拉尼特留下，可是，他掌握不了这些语言，他留着这些书只是把书当成装点书架的装饰品。可是，我从来都没有把书籍当家具观赏的雅兴。图书不能列入普通的物品当中。图书要求活动。假如你不让它活动，那就要犯最大的规矩，就要当之无愧地成为图书咒骂的对象，戴木克，懂吗？"

"是这么回事儿。"我说。

"假如我把这些书给阿拉尼特留下，我就要使他受到伤害，因为图书要骂他。我不信仰宗教，我只相信书本。不过，咱们也要懂得：叫人不能相信的书也是有的。"

居辽同志张开手掌，拍打从抽屉里拿出来的书籍和信件上面的灰尘，将张开的双手离开上衣远远的。他向他的办公室的墙壁和T字形的大办公桌望了一眼。

"围着这张桌子咱们进行过多少辩论！噢，我说戴木克，咱们为什么要进行这些辩论？白费力吗？那是为了对工作有益，对进步有益。"

然后，他在椅子上坐下了，用手捋着山羊胡子，向窗户那边凝望。有过很多次，居辽同志思考问题，我不该去打断他的思绪。除了考虑他领导了这么长时间的部门的未来之外，居辽同志还能有什么别的考虑呢？

可是，思绪被电话的铃声打断了。

"阿洛，阿拉尼特吗？"

"阿拉尼特有自己的办公室，亲爱的朋友，我是居辽·卡姆贝里！"他一边摇头一边关了电话，"从声音我就知道是他。"他又冲着我说："是扎依姆·阿瓦吉，吉比莱特·吉比莱托夫的模仿者，气得我够呛。好了，好了，戴木克！"

居辽同志站起来，把椅子放回原处。

"不管怎么样，你要围绕保护文化古迹这一主题好好做文章，戴木克！对阿拉尼特，也要提醒他。那个问题应当提出来。"

不知在什么地方有人喊他，他准备要离开了。我也把与巴基里见面，确认如何举行欢送居辽同志的鸡尾酒会这件事情给搁在了一边，现在应该去过问一下了。

2

巴基里来到我家旁边。我们谈了很长时间，既谈论居辽同志，也谈论阿拉尼特；谈论一个离开的人，还谈论另一个上任的人。我心里有一种轻松的感觉。我觉得仿佛我从自己的肩上卸掉了一个重重的连续多年叫我吃苦受累的担子。我相信我将从讲话和报告中解放出来，从事一点儿更好、更有益的工作。这种感情我对巴基里也表达过，他像我一样，希望我能从这个叫人腻烦的担子下面得到救助。可是，我还有一点儿别的感觉。我和居辽同志已经习惯了，适应了。对我来说，他是一个怪人，与他分别让我感到遗憾。这是令人吃惊的事儿，而我却感到遗憾。对这种遗憾之情，巴基里以笑相待，但对我是相信的，认为我的感情完全是真实的、诚心实意的。我既认同他，也不认同他，这是一种双重的感情。总的来说，我常常代演别人和自己。我写过那么多的报告。他在人们面前只是存在二分之一，那另外二分之一，其实就是我，不过我的身体并不在作报告的现场。这第二个二分之一叫我作报告，竭力充实我的思想。唉，我在为自己作报告！……可是，什么是最怪的事儿呢？我相信，当听到这个二分之一的时候，一定觉得那并不是我的话，而是他的。甚至在一次会议上，我竟无意错误地说："这话说得多精彩啊！"我忘了那是我写出来的话。您可知道？我已经习惯了这种工作方式和生活方式，为别人没有什么讲话和报告好写的时候，我还发脾气。所以说，阿拉尼特来到居辽同志的岗位，是既让我高兴，又让我忧伤的。"阿拉尼特将要自己亲自写报告。"我在想，"那我将干什么工作呢？"

"你到某家报纸去工作嘛，戴木克！"在我家门前一个地方坐着的时候，巴基里对我说。

"我是这么想的。"我对他说。

"你还可以写长篇小说。"他说，毫无讽刺的意味。

"我害怕，可不要一章一章处处都充满了报告式的句子。"我胆怯地说，全身不寒而栗。

我不寒而栗不是空口瞎说。从前我和童年朋友亚当·阿达希一起写作短篇小说和速写的时候，为了恢复先前的青春岁月，我曾试着写了一篇短篇小说。可是两三天以后，当我读这篇东西时，心情变得非常沮丧，犹如预制件的砖头那么呆板乏味。那是些报告式的语言。连我的泽奈柏读了也挺伤心，说我最好不要去写小说，因为我已经忘记写小说的门路了。她是带着非常遗憾的心情讲这个话的，因为我以前小说写得很好，展示了我将成为一个比中不溜儿的作家要强得多的小说家的希望。从前，亚当·阿达希写得比我差，可是现在，有许多书评家撰写关于他的书评和大块批评文章。我的文学同龄人问我而且很惊奇，为什么我是那么快地把文学扔掉了。

"戴木克,你能够写出好作品的。"巴基里怀着一种友善的情意重复地说。

"你相信?"我问他。

"相信。"他说。

我把眼睛眯缝起来。

"从前你跟我说过,好像还是笑着说的,假如你把居辽同志的全部活动都记录下来,定将写出一篇精彩的小说。"巴基里说。

一种略微渴望写出成为样板式作品的心绪攫住了我的心魂。这就像写作的开头一样。我感觉多年前我写作短篇小说时就尝受到了这一点。"哎,亚当他在写短篇小说,而你却在编织报告。"泽奈柏的声音传到了我的自我意识中。当我一头埋进一大堆纸的官话中的时候,她就经常地对我重复这些话。

"亚当·阿达希要看小说写得怎么样!"我说。

巴基里睁大了眼睛。

"戴木克,你说什么?"他问我。

"我将开始写小说。"我回答。

我想和巴基里多坐些时间,可是,我应该去准备居辽同志最后的讲话稿了;这个讲话稿在欢送晚会上他要用的。所以,我们彼此互相祝愿晚安以后,我就上楼回到我的住所。

织针在泽奈柏的手中飞快地穿梭着。织针这种飞快的穿梭,经常对我问好致意。这些织针时而像牧羊人手中的牧棒似的交叉在一起,时而又迅捷地分散开来。泽奈柏全神贯注地盯着织针,为的是不要织错一针,也不要让它们忘记向我问好致意……

我在不声不响当中拿起盘子和勺子,开始吃起来。

"提升了吗?"泽奈柏问。

我明白她这句话的意思是问居辽同志是否提升了职位。可是,我任何事情都不知道,只了解他离开了原来的职位。

"我什么事情都没听说。"我说。

我吃完饭，拿起几大张纸，放到眼前的桌子上，像往常一样地点着烟，开始写起来。泽奈柏斜着眼睛注视着我。我写出一句话，稍微把脸挪开一下，想从远处看看自己的字，好像对自己的漂亮书写非常得意。

"大家都说，阿拉尼特那个人很严厉，可大家又指出另一点，说他能力很强，很能干。他能自己写报告吗？"

"他自己也能写。"我回答，眼睛没离纸，也没打断开始的句子。

"如果他自己写报告，那可太好了。再说你已经够累了……"她说。

"有些事情我也应该去做……不管怎么说，报告是共同的产品。一个人写报告没有意义，因为那样的话，思想会因为主观主义而变得贫乏无力。"我说，不过眼睛和铅笔都没有离开纸。

有那么一会儿，泽奈柏静悄悄地待在一边，她的织针随着收音机广播和民乐的旋律，欢快地跳起舞来。

"唉，戴木克，你已经习惯写报告了，离开报告你感到遗憾！我感觉到你是在为此而遗憾。我也将为与织针告别而遗憾。我要少有点儿毛线，为了解除疲劳，开始织点儿什么……你已习以为常了，戴木克，习以为常了！"她深深地叹了一口气。

我把铅笔搁在纸上，让它躺在那里，犹如把一棵锯断的橡树放在一块白白的鹅卵石上面。这造成一种印象：你坐在一座山丘的顶峰上向山下俯视。

"你从哪里得知我感到遗憾？"我问。

"我知道，戴木克，我知道。"她脸上带着忧愁的表情说道。

我没有回答她的话，又重新拿起笔，开始写起来。字母一个挨着一个排列起来，如同一块田地里垄台上的土块一样。我小时候跟爸爸到田地里，出神地望着片片的地垄。地垄很长，犁铧在地里迅疾地翻土，把一块块的土块翻向一边，散发着泥土的气息。真实的情况是，纸张并不散发气味，只不过是我那么感觉罢了。我并不是一个缺乏想象力的人,我能够写东西,但进展不顺利。第一个把报告的细菌传递给我的是谁?嗯?是他,他!第一个人是塞姆塞丁。是他传染了我。后来又来了居辽同志和Q同志……

"你在写什么?"泽奈柏问。

"居辽同志最后的讲话稿。"我说。

"在什么地方讲话?"泽奈柏问。

"在欢送晚会上。"我回答。

"什么时候?"

"明天晚上。"我说。

"嗳!"泽奈柏说,"明天我想咱们去看科尔察剧院演出的一场话剧,他们来到地拉那已有一个星期了。"

"咱们后天去看。"

"后天他们离开地拉那。"泽奈柏遗憾地对丈夫说。

"那样的话,你就自己单独去吧。"我说。

这时候,电话铃响了。

"戴木克,不要对人家下保证!"我把电话听筒拿到手里时泽奈柏喊道。

"是的,戴木克……好……您怎么样?……科莱奥巴特拉?……泽奈柏?……从事家务……是的,在哪里安排?……怎么?……将讨论科尔察剧院的话剧?您将要作报告?……啊,不,主要报告……我没有看过……(泽奈柏对我打手势,示意不要对人家提出什么保证)啊,科莱奥巴特拉,您有个作家丈夫!亚当同志可以帮您的忙……欧?……参加生产劳动去了……在什么地方?在斯克拉巴尔?……米特洛·卡拉巴达奇或者扎依姆·阿瓦吉也可以帮助您……他们是批评家,怎么能不知道!……可是,您想在什么时候?后天早晨?……好吧,科莱奥巴特拉……我努力去做……那没关系。"

我又屈服了。在恳求和压力面前屈服,是我最大的缺点之一,它给我带来了相当多的不幸。

"戴木克，戴木克！连一个科莱奥巴特拉都抵挡不住！噢，我的戴木克，你的难处会怎么样呢？"泽奈柏带着哭腔儿说，让我心里受到震动。

"我不能那样，泽奈柏。"我说。

"你对这些事情感兴趣，戴木克！"泽奈柏说，然后站起来准备到卧室休息去。

3

居辽同志坐在主桌的席位上，他的左右两侧坐着阿拉尼特和巴基里。各张桌子被白兰地、夹核桃仁的小点心和饼干装饰得非常漂亮、雅致。总的来说，晚会是很节俭的，就像居辽同志指示我们的那么平平常常。用薄薄的光滑纤维板贴面的长桌子上，没有任何一点儿多余的扎眼的东西。人们的目光都投到居辽同志身上。他穿了一件灰色上衣，系了一条草绿色领带。他不时地露出微笑，但他的脸上却现出一种痛苦和淡淡的忧郁的表情。但这些却又赋予他一种高尚华贵的容颜。他频频地把脸转向阿拉尼特，笑容可掬地跟阿拉尼特说话，毫无嫉妒和谄媚之意，不要因为离开自己受人尊敬的职位而给别人留下那种印象。阿拉尼特带着一贯特有的表情坐在那里，那又粗又黑的眉毛，看上去似乎要盖上眼睛，在这样的一种热烈亲密的时刻，显露出沉郁愁闷的面容。

一开始，我们举了两三次杯，似乎与举行的晚会没有什么联系。我们互相碰杯，无意识地彼此说着祝福的话："祝你愉快，祝你愉快！"在这些不连续的举杯中感受到了一点儿表面应酬的欢愉，其实这是一种黄色忧郁症。这种黄色忧郁症，常常在组织的晚会序曲中出现。正是为了度过这一危机，我们便急忙地喝起白兰地。后来，危机过去了，我们就变得高兴多了。有如山上下大雨时，河水出岸，向平地涌去。白兰地像雨水一般落到我们的胃里，高兴劲儿冲破胸腔的堤岸，向前奔流而去。这样一来，我们便从座位上站起来，举起酒杯，与居辽同志用力碰杯。我们拥抱他，开怀欢笑，他伸手拍打我们的肩膀，同时还说：

"我相信你们当中的任何一个人，都能成为领导者！你们在我的眼皮底下成长为具有重要价值的干部！祝你们愉快，小伙子们！我的目的之一就是要从这个工作中心培养出一大批很有前途的干部……瞧，戴木克在能力上就是精明强干、出类拔萃的一个……"还有，作为一个预言者，他决定过我们的命运，指出过我们能够攀登的社会职位的台阶。

作为工会主席，巴基里对居辽同志讲了几句话，祝愿他在新的工作中获得成功。我们当中没有任何人知道这个新的工作是个什么工作。因为从现有的迹象来看，这个新的工作尚未确定。然后，他举起酒杯一饮而尽，而且还走过去拥抱了居辽同志。居辽同志很感动，眼睛里噙满了一层亮闪闪、湿润润的东西。我们明白了：差一点儿他就要哭了……

最后，居辽同志终于要讲话了。他从兜里掏出写了好几张纸的稿子。那一份写好的讲话稿是我为他准备的。他把稿子往前面一放，说道：

"弟兄们，我知道我将被这个欢送晚会感动，也没有能力让讲话连贯无阻，所以晚上我便在纸上记下那么三言两语，以便讲得容易些。这完全是很自然的事情，我们的感情容易激动，不管在性格上和原则上我们是多么坚强，都会是这样的。当在生活的各个领域取得了光辉的成就，当资产阶级在全世界遭到沉重打击的这一时刻，我就要离开你们！"讲到这儿，居辽同志把写好的稿子撂在了一边，从讲话的文本中游离出去。他稍微停顿了一下，望望我们大家，挥手离开了写好的讲话稿，继续讲下去："让我们扔下官场的派头，让我们去哭，让我们不去讲那些苦溜溜的话。我白白地写了这个讲话稿。让我们凭感觉讲吧。心里感觉到了什么就说什么，是不是这样啊,弟兄们?"

"您讲得好哇,居辽同志!"达奇说。

阿拉尼特用手捂住头发,然后低下头来,距离桌面只有二指远。达奇淡然地微微一笑。他把山羊胡子扬起来,以一种奇特的方式注视着居辽同志。巴基里像一个有过错的人似的苦涩地微笑,好像是他免去了居辽同志原有的职务。

居辽同志掏出手绢,擦了擦额头和眼睛。

"弟兄们,我一向受你们的好处,为了你们的未来我努力奋斗过。我要从你们当中离去,但是,我不会和你们分开,我的心和我的思想将留在你们中间。正如我所说的,我要离去,但是,我是坚定地信心十足地离去,因为我把每件事情都放在了你们强有力的手中。你们有需要的时候,就请到我这儿来,我会毫无保留地帮助你们,将用我朴实无华的思想去对待可能出现在前面并需要解决的每个复杂的问题。不要害怕。到我家里去,就像在你们的办公室和家里一样。我将要担任的职位的影子,可不要吓倒你们。不要害羞、不好意思到我的办公室。我要通知全体看大门的人和警卫人员不对你们制造任何障碍。"居辽同志再次用洁白的手绢擦了擦额头和眼睛。

达奇出神地凝视着,沉浸在无边无际的怀念中。他用胳膊肘碰了我一下,慢腾腾地对我说:

"噗噗!我可不要有孩子,居辽同志要登得老高老高!可是,又是多么谦虚,又是多么可亲可爱!我们到他那里,就像在我们家里一样!……"

阿拉尼特的脸上变得暗淡无光,他急赤白脸,用手慢慢地敲打桌子。我怕他用什么粗鲁的言辞打断居辽同志讲话。可是对此,他却以静默的态度相待,脸色阴沉沉得难看,恰似达依迪山上的一大朵乌云。

"弟兄们",居辽同志继续说,"为了你们工作的顺利成功,为了阿拉尼特同志的新工作,让我们干上这一杯!"

所有的酒杯都碰得叮叮当当地响起来,所有的桌子都咣当而动,祝福的话语发出雷鸣般的响声，在大厅里久久激荡。白兰地在人们的嗓子眼儿里咕噜咕噜地畅流而下，嚼在牙齿中间的点心和饼干又脆生又爽口。

就在这个节骨眼儿上，发生了一件让大家深受感动的事情：门打开了，一个孩子手捧一束鲜花走了进来。她是我们的达奇的小姑娘。小女孩面对居辽同志停下脚步站在那里，开始朗诵：

> 天上有多少星星，
> 太阳发出多少光芒，
> 愿它们都成为欢乐，
> 愿它们都为进步高歌引吭。
> 祝您在新的工作中旗开得胜，
> 那新工作如闪电般晶光明亮！

我们热烈地鼓掌，小姑娘把鲜花献给了居辽同志，并且还拥抱了他。

此地此刻，居辽同志再也无法控制眼泪的涌流，他拥抱小姑娘，流了泪；吻了小姑娘，又流了泪。大家都很激动。达奇也开始哭起来，把头躲藏在我的背后。只有阿拉尼特犹如粗糙地刻在石崖上的雕像一般坐在那里。他低头生气地注视着达奇，他没有本事把这种怒气冲冲的情绪掩藏起来。

"啊，在这种时候，眼泪是控制不住的，弟兄们！"居辽同志说。他抓了一把点心，给了小姑娘。

当小姑娘准备走开时，他嘱告小姑娘：

"愿你健康、幸福地成长，小心肝！"

在这种异常热烈、激动的时刻过后，是很难平静地站在那里的，所以我们又干了最后一杯，然后起立，拥抱了居辽同志。

他手里捧着鲜花，眼睛里含着洁净的泪水走了出去。

你们将要说，我们出于什么原因举行如此隆重的仪式欢送居辽同志？啊，亲爱的，我不半途评价他，人生之路还没走完，就长篇大论地上一大课！有人对我们说，居辽同志处在 D 级别的位置上。但不管怎么样，他毕竟是和我们一起工作了那么长的时间嘛。再说了，你们知道有句幽默话是这么说的：'幽幽旧事别离去，谈笑相伴不介意。'在这些纪事中，还需要我戴木克再多说些什么吗？

居辽同志在传说的边沿上

1

他出门少，非常少。从前，在办公室里，在受人尊敬的集体中间，我们经常见到他，而现在却不是这样。别人对我们说，他们在一个地方看见他跟一个来自他遥远的故乡一带地方的农民谈过话，劝诫过那个农民。那个农民是到首都会见他，为自己办事儿的。人们还在"弗洛拉"咖啡馆见到过他，当时他在同一位副部长交谈。唯独这两次人们看到了他。我曾准备到他家里看看他，以便不叫他以为自从他离开我们的工作中心，我就把他忘记了。可是后来，或者是我改变了主意，或者是琐碎的烦心事儿缠住了我的手脚，让我手忙脚乱，终归未能去成。

肯定是任何人都不知道，给居辽同志将安排一个什么样的新工作。同样，任何人也不知道，是否已经提议他担任什么职务。只有一件事儿是知道的：居辽同志还没到退休的年龄，也就是说，应当在某个地方给他安排一个工作。

可是，迟迟拖延安排居辽同志的新职务，这件事儿掀起了各行各业广泛争论、大加推测的波澜。由于这种争论，首都各家最大的咖啡馆、酒吧间喧闹起来了。这一争论的波澜更多地冲击到了人民剧院、作家俱乐部、老战士俱乐部、猎人俱乐部、养蜂人俱乐部的门口。在地拉那宽阔的步行街上，特别是傍晚，当公民们三三两两四处兜圈遛弯的时候，人们也是议论、争辩居辽同志的任职问题。开头一部分人说他将去阿尔及利亚当大使，可是后来那些说法又从阿尔及利亚跳到了荷兰。这个以磨坊和奶牛闻名的国家，成了居辽同志可能开始新工作的最有保证的地方。这一争论在人民剧院进行并以科莱奥巴特拉为首领。另一部分人想，他将得到副部长的职位。甚至有人说，为居辽同志有意增加了一个副部长的职位。特别是在老战士俱乐部和人民剧院，围绕副部长职位的争论进行得尤为激烈。在猎人俱乐部和养蜂人俱乐部，争论是为一点儿别的事情展开的。狩猎人和饲养蜜蜂的人认为居辽同志将占据Q同志从前的职位，虽然他们怀疑先头的轮换干部塞姆塞丁有可能接替那个职位，但他们都是些居辽同志迷，因为他们都承认居辽同志是个闻名的好猎手，他的父亲是个闻名的养蜂人。在作家俱乐部，争论是评论家米特洛·卡拉巴达奇领头搞起来的。他说居辽同志或者有可能得到创作长假去写回忆录和评论，或者有可能当N这个大行政区人民议会执委会的主席，因为他自己曾要求过到地方轮换一下，以便获得更充沛、更新鲜的活力。在地拉那宽阔的步行街上，争论是杂乱无序的，推测更是异常奇特并富有幻想色彩。在这个地方参与议论的还有不认识和从来没有见过居辽同志的人。在步行街上，人们争论的不仅仅是居辽同志未来职位的事情，而且还有另外一些与他的社会生活、文化生活、政治生活以及隐私有联系的事情。

2

我既然理所当然地受到同志们特别是巴基里的敦促，严肃认真地着手为居辽同志撰写生活纪事，所以便开始也搜集与他的调遣有关系的一些人的想法和说法。这些想法对于刻画居辽同志的性格并无什么重要意义，但对于说明他的非凡脱俗的思想，还是需要的。只有不寻常的人才能成为争论的对象，并且围绕着他能展开那么热烈的讨论。照此说来，对居辽同志的说法对于全面地展示居辽同志的性格，能够给予间接的帮助。我是这么想的，因此也记下了人们关于他的人格的种种说法。在这篇简短的纪事中，我只提上几件事儿，那是很有必要的。不讲章法地列举出这些事情，会使档次不高的读者感到厌烦；这些读者肯定是要求作者描写爱情的阴谋诡计，闪光的甜言蜜语。我连续多年撰写报告和讲话，这些必然在我的写作风格中留下痕迹，因此，这篇纪事就免不了会出现干瘪无力、官腔官调的语句。

听听亚当·阿达希的妻子科莱奥巴特拉在奶制品商店门前说了些什么：

居辽同志是个出类拔萃的大好人。他在等待赴任，海牙的一座建筑一起来，他就马上起程。这座新建筑将用鲁本斯和莱姆布兰德的绘画作品装饰一新。在建筑物建成之前，居辽同志利用这段时间学习荷兰语。与居辽同志一起去荷兰的还有戴木克。

米特洛·卡拉巴达奇在一张桌子旁边含糊不清地说道：

内在的和外在的动力促使他要作出反应和服从调动，就是说要服从轮换。他喜爱民间的一些东西，他要贴近人民，到那个农业大区去。结果是，他的威望会进一步增强、提高，会使思想更加丰富、深厚。

他——我们说的是居辽同志——来自人民的深层，为了获取一种新的兴旺，在人民生活中间形成的兴旺，他又进入人民的深层里去。

一位公民肯定了这一事实：

两个农民从居辽同志的家乡一带地方来到首都见一位雕塑家，他们是在雕塑室里找到雕塑家的。在那里，他们为居辽同志的爸爸订下了一尊塑像。塑像雕成后他们将把它安放在泉水井旁边，当年居辽同志的爸爸曾在那里跟五个奥斯曼土耳其人搏斗过。

扎依姆·阿瓦吉在发誓：

我看见居辽同志一边走路，一边慢慢地自己对自己唱歌。他唱的是国歌。

"青年"公园的园丁惶惶不安地说：

居辽同志看见我在浇花，喊道祝贺你呀，他对我提意见说，喂，亲爱的，他要我把黄色的花都拔掉，或者换上蓝色的花，或者换上红色的花。黄色的花对我们来说既是背叛的象征，也是现代主义的象征。叫我这个穷光蛋可怎么办？拔还是不拔？这是个事儿啊。

他的一个梦：

他的妻子讲述他的一个梦。居辽同志骑着海豚，来到海边上。海豚吃了三个鹅蛋。

阿蒂拉的一个梦：

科莱奥巴特拉像鸟儿一般在树上叫唤。居辽同志在树下边的青草上睡觉。科莱奥巴特拉在叫："啾—啾！"

迪奥金的一个梦：

居辽同志在罗辛故居博物馆唱歌，唱完歌的时候，吞掉了大师的乐谱。
"爸爸！"
毫无回应的声音。
"爸爸！"
毫无回应的声音。

巴尔德的一个梦：

居辽同志发现了第一个活恐龙。一百名牵马驮货的人为恐龙做了一个驮鞍。
"爸爸！"
爸爸从恐龙的驮鞍上往地下吐唾沫。

马克苏迪大叔的一个梦：

一个人伸出胳膊，抱起马克苏迪大叔，将他送到托儿所里。
"马克苏迪，别大声喊叫！"
"放开我！"
"我不放开你，因为汽车要轧着你！"
奇怪！愚蠢的梦！嚄，嚄！

一个"为什么"梦：

"来了三个重要的教导员，他们检查了证件。居辽同志有什么学术职称吗？"

"为什么?"

"这个行动与科学院有关系吗?"

突然发生了另外一点儿事儿:

三个民间歌手在斯堪德培纪念塑像前为居辽同志叹息。其中一位把祖辈传下来的二弦琴赠送给了居辽同志。居辽同志把这个二弦琴送给了迪奥金。

一次来访:

杜什库（居辽同志曾在那里喝过酒）的社长领着妻子和孩子来到地拉那。居辽同志举行盛大酒会欢迎他。社长在五个钟头里喝了一升烧酒。阿蒂拉举杯向他祝酒，请他连喝十三杯。社长喝得酩酊大醉，咬了居辽同志的耳朵。

街上发生的一点儿新鲜事儿:

一种新牌子的公共汽车第一次在街上运行。居辽同志将汽车拦住，一边拍着司机的肩膀，一边向他表示祝福。然后，指示司机开车要注意安全，要像爱护眼睛一样爱护汽车。

有人报告情况:

居辽同志正在写一本现代寓言。有一篇寓言的内容是这样的：秋天，雨后，在一个老树墩上长出几团蘑菇。树墩沾沾自喜地打量自己说："谁说我不结果?"

另一则寓言是：小麦从田地里流动到打麦场，然后又从打麦场进了粮库。南瓜在菜园里感到心满意足，因为高兴变得膀肿起来，而且还摇头摆尾显摆自己。这位菜园里的干部不考虑干部轮换的事情。

又有人报告情况：

在阿尔巴尼亚文学中，居辽同志第一个在评论的园地里耕耘，一部分评论是用诗歌形式写成的，下面就是一例：
一种挂着的东西
将要掉下来，
因此，挂着它
就是为了叫它往地上摔。
或者是
为了让别人把它摘。

另外一例：

除了蜜蜂，
是否还有另外一种昆虫
把蜜生，
或者生一点儿别的东西，
只要是采取液体的样式就成？
假如我们找不到这种昆虫，
但不能说不存在这种生命。
我们要去寻觅追踪，
我们要去寻觅追踪……

还有一例：

> 一只母鸡
> 一连五个钟头咯嗒咯嗒地叫唤，
> 可是，这只咯嗒咯嗒叫的母鸡
> 还没有下蛋。
> 啊，这只母鸡
> 多么卖劲儿地自我表现，
> 啊，多么卖劲儿地自我表现。

一个老翁议论居辽同志的讲课：

一个老翁摇头说："我们在老年人之家见到过居辽同志。他到那里讲了一次课，讲课的内容是关于人衰老的原因。"

两天以后，老头们在一起讨论居辽同志的讲课。

牙医们议论说：

居辽同志买了三克金子，在牙科医院为三颗牙齿包上了一层金子。为什么偏偏在这个时候为三颗牙齿包了金？这种包金有什么意义？居辽同志镶上了这几颗金牙将要到哪里去？

一位理发师嘱托一件事情：

经常给居辽同志理发的理发师向他提出一个请求，要他从荷兰寄两把刀子。荷兰人是从瑞典进口钢材料，质量是头等的。居辽同志向理发师作了保证。理发师把这一高尚的举动告诉给了十五位顾客和街道民主阵线主席。

一次重要的会晤：

　　居辽同志在家里接待了两名轮船设计师和一名舰长。他们是在早晨八点钟当客人走进居辽同志的公寓时见面的。后来，在下午五点钟往外走时又见了面。居辽同志在考虑为儿童写一个大部头的作品，这将是儿童文学的一个转折。

一个完全突如其来的想法：

　　"他还有可能到刚果—布拉柴维尔。在刚果有两种方言：林加拉和穆尼图巴。居辽同志可以在厄瓜多尔—非洲方言方面作出点儿贡献。

在另外一个地方他还露过面：

　　居辽同志在路上亲吻了一个小孩，并且说："孩子是国家的未来。"

Q同志的想法：

　　只有居辽同志能够配得上接替我的职位。我曾在一封信里造过这个舆论，而且还把此信寄到了有关的地方。塞姆塞丁也知道这件事儿。

被居辽同志痛打的流氓有何说法：

　　虽然居辽同志用拳头打了我，并且给我带来了惶恐不安，但我并没有失去对他的尊敬。居辽同志教育了我，今天我已经转变了。

一句具有重大意义的碑文：

一个小孩用粉笔在居辽同志家的门上写道："文化纪念碑。"

发生了一次动手打架的事儿：

评论家米特洛·卡拉巴达奇和扎依姆·阿瓦吉在"弗洛拉"咖啡馆为居辽同志的事情发生争论，争着争着便动手打起架来。为了制止打架，科莱奥巴特拉和亚当·阿达希与"弗洛拉"咖啡馆首席服务员以及刚到此处检查不动产状况的两个监察员一起进行干预。可是，在两个监察员中间也发生了争论；这一争论差点儿以打架而结束。当他们想到是为检查不动产状况来到这里的时候，便克制住了自己。

一条未经证实的情报：

这个情报是谁第一个说出来的，尚不知道，可是，它却在很多地方传播开了，被人们所知晓。大家说居辽同志任《光明报》[①]主编，该报每周出版一次，每次印32个版页，现在他就开始构想开设几个新专栏。

就这样，争论一浪接一浪地传播着，时而犹如不可遏止的火焰，时而又显得风平浪静，烈火已经熄灭。然而，真实的情况是，烈火还在内里燃烧。居辽同志的父亲没有讲出什么不寻常的事情，只是小声地说：

[①]《光明报》（Drita），阿尔巴尼亚作家与艺术家协会机关报，每周出版一次。

"你们将会看到他的!"

迪奥金在学校里对老师们说:

"时间将会说明这一点。"

阿蒂拉遗憾地和街道里的女人们说:

"你有什么办法呢!他被迫要到最艰苦的地方去。"

日子像用胳膊肘互相推挤似的滚动着。我像往常那样,每天都到办公室里去,不时地写写报告,有时同巴基里或者阿拉尼特一起到地拉那以外的地方去出差。同志们希望我到《新闻工作者论坛》杂志工作。我等着到那里去。这是一种我喜欢的工作,相信它会让我感到满意。总的来说,它以新闻理论的特色为人们所熟悉,通过这样一种方式,特别对培养业余记者的专业能力给予帮助。我稍微懂点儿新闻理论,工作起来不会有困难。

有一天,巴基里来到我这里,对我说:

"戴木克,你知道吗?有可能居辽同志来当《新闻工作者论坛》的主编。原来所说的他要被任命为《光明报》主编,没有那么回事儿。"

"现在你说的这些话,也只不过是说说而已。"我对他说。

"有可能。"

"我没看到他,他到哪儿去了?"我问。

"和他父亲一道回故乡去了。人家叫他回去出席一个水利工程的竣工典礼。他的故乡从前没有饮水用。"巴基里对我说。

时间过去了。那些关于居辽同志可能出任《新闻工作者论坛》主编的构想,也不真是那么回事情。人们围绕他展开的争论,发出雷鸣般的响声。这一争论也席卷了他的故乡。不过,居辽同志的乡亲们把他未来要担负的责任拔高很多,一直拔到部长级的层次。在宴席和婚礼上,人们都向他祝酒。

可是,所有这一切都不过是笑谈和嘲讽而已。

居辽同志衰落了!……

根据良师益友阿果里寄赠给我的阿尔巴尼亚地拉那"纳伊姆·弗拉舍里"出版社1981年阿尔巴尼亚文版《居辽同志兴衰记》（原文书名为 Shkëlqimi dhe rënia e shokut Zylo）一书译出。2008年11月底阿尔巴尼亚民族独立96周年前夕脱稿于寒舍"山鹰巢"。

图书在版编目(CIP)数据

居辽同志兴衰记 / [阿尔巴尼亚] 德里特洛·阿果里 著;郑恩波 译.–重庆:重庆出版社,2009.6
(重现经典)
书名原文:Shkëlqimi dhe rënia e shokut Zylo
ISBN 978-7-229-00825-3

Ⅰ.居… Ⅱ.①阿…②郑… Ⅲ.长篇小说–阿尔巴尼亚–现代
Ⅳ.I541.45

中国版本图书馆 CIP 数据核字(2009)第 104771 号

居辽同志兴衰记
JULIAO TONGZHI XINGSHUAIJI

[阿尔巴尼亚] 德里特洛·阿果里 著
郑恩波 译

出 版 人:罗小卫
策　　划:后浪·华章同人
责任编辑:陈建军　刘玉浦
特约编辑:陈　黎　苏俊祎　李　严
封面设计:奇文云海工作室

重庆出版集团
重庆出版社　出版
(重庆长江二路 205 号)
三河九洲财鑫印刷有限公司　印刷
重庆出版集团图书发行公司　发行
邮购电话:010-85869375/76/77 转 810
E–MAIL:sales@alphabooks.com
全国新华书店经销

开本:925mm×1280mm　1/32　印张:9　字数:195千
2009年7月第1版　2009年7月第1次印刷
定价:24.00元

如有印装质量问题,请致电023-68706683

版权所有,侵权必究